Dirk Kruse absolvierte in Hamburg eine Krankenpflegeausbildung und studierte in Erlangen Politikwissenschaft, Germanistik und Theaterwissenschaft. Er arbeitet hauptberuflich als Literatur- und Musikkritiker, Chef vom Dienst und BR-Klassik-Moderator für den »Bayerischen Rundfunk« in Nürnberg. Außerdem ist er als Rezitator und freier Moderator sowie als Dozent für Literaturgeschichte und Literaturkritik an der Hochschule Ansbach tätig. Er ist Leiter des Literaturhauses Nürnberg. Bei ars vivendi erschienen u. a. seine Kriminalromane »Tod im Augustinerhof«, »Requiem« und »Tod im Botanischen Garten« sowie die von ihm herausgegebene Anthologie »Meine wunderbare Buchhandlung«.

Dirk Kruse
Tod in der Gustavstraße

Kriminalgeschichten

ars vivendi

Für Frank, meinen ältesten und besten Freund

Originalausgabe

Zweite Auflage Januar 2021
Erste Auflage Juli 2020
© 2020 by ars vivendi verlag
GmbH & Co. KG, Bauhof 1,
90556 Cadolzburg
Alle Rechte vorbehalten
www.arsvivendi.com

Umschlaggestaltung: FYFF, Nürnberg
Motivauswahl: ars vivendi
Coverfoto: © Andreas Riedel
Druck: CPI books GmbH, Leck
Gedruckt auf holzfreiem Werkdruckpapier
der Papierfabrik Arctic Paper

Printed in Germany

ISBN 978-3-7472-0210-4

Tod in der Gustavstraße

Inhalt

Short Cuts I
It started with a kiss	10
Tod und Verklärung	12

Beaufort-Stories
Tod in der Gustavstraße	16
Die schöne Unbekannte	41
Beichte eines Mörders	51
Gänsemord in Ochsenschenkel	73
Das Verdi-Komplott	101
Der Fall des Faktotums	120

Short Cuts II
Der Sniper	150
Last Exit	152
Smoking	153
Stalking	154

Non-Beaufort-Stories
Das kalte Herz	156
Unser kleines Paradies	173
Schöne Bescherung	181
Herrn Meyers Obsessionen	187
Black Coffee	207
Sand-Tragant	220

Short Cuts III
Großwildjagd	228
Der Schnappschuss	230

Quellenverzeichnis 232

Short Cuts I

It started with a kiss

Der Typ war ein riesengroßes Arschloch. Das konnte jeder sofort sehen. Mit Arschlöchern ist es doch wie mit Kamelen. Auch wenn einem noch keines in echt begegnet ist, erkennt man's sofort, wenn man's sieht. Wie der schon reinkam in den Supermarkt, da hatte der noch keinen Pieps gesagt, da wusste ich sofort: Das ist ein Riesenarschloch. Er war so ein bulliger Typ. Halbglatze, Stiernacken, fleischige Lippen. Eine Jacke aus Lederimitat, die über der Wampe spannte. Untersetzt, aber Muckis. Und trotzdem keinen Arsch in der Hose. Wie oft bei älteren Männern. So ein Mach-Platz-da-jetzt-komm-ich-Arschloch. Wie der seinen Einkaufswagen stur durch den Laden schob und die Leute rücksichtslos abdrängte. Jede Wette, der fährt einen SUV mit Bullenfänger vorne dran. Das ist bestimmt so einer, der viel zu schnell auf den Zebrastreifen zurast, erst im letzten Moment abbremst und dem dabei einer abgeht, wenn die Fußgänger vor Schreck zur Seite springen. Genauso war der auch auf das Regal mit dem Klopapier zugebrettert, an dem die alte Frau Huber zugange war. Bis die sich mit ihrem Parkinson was greifen konnte, hatte das Arschloch schon die letzten vier Zehnerpakete in seinen Einkaufswagen geworfen und war direkt auf meine Kasse zugesteuert. Die Frau Huber wusste gar nicht wie ihr geschah. Ich frage mich sowieso, was die Kunden gerade mit dem Klopapier haben. Seit Söder wegen Corona die Schulen dichtgemacht und alles Leben runtergefahren hat, sind die völlig durchgedreht. In anderen Ländern versorgen sich die Leute mit Grundnahrungsmitteln, bei uns mit Klopapier. Da fasst man sich doch an den Kopf. Aber so ein fieses Verhalten wie von diesem Riesenarsch hatte ich noch nicht beobachtet im Laden. Als er dann seine Beute auf mein Förderband wuchtete, habe ich ihm erst mal Bescheid gegeben. Ein Zehnerpack pro Person, habe ich gesagt. Und dass er sich schämen sollte wegen der alten Dame. Da hat der Typ sich vielleicht aufgeregt. Von wegen, das ist hier ein freies Land und er kauft, was und so viel er will. Er lässt sich als Deutscher doch nichts vorschreiben von so einer Ostblockschlampe an der Kasse. Da hatte der sich aber mit der Falschen angelegt. Mein Chef sagt zwar immer: Der Kunde ist König. Aber nicht so einer. Nicht bei mir. Ich kann da echt stur sein. Das hat das Arschloch dann auch bemerkt und ist immer wütender geworden. Richtig getobt hat der. Und schließlich hat er die Plexiglasscheibe runtergeworfen und mich mit voller Absicht angehustet. Die Tropfen sind nur so in mein Gesicht geflogen. Da wurde ich kalt wie Eis. Ich habe ganz langsam sein Gesicht in meine Hände genommen und ihn geküsst. Ein richtig feuchter Zungenkuss war das, mit ganz viel Spucke. Der war so verblüfft, der hat das alles mit sich machen lassen. Erst, als ich ihm gesagt habe, dass ich gerade eh nichts schmecke, voll die Gliederschmerzen habe und daheimgeblieben wäre, wenn mein Chef mir nicht mit Kündigung gedroht hätte, weil gerade so viel los ist im Laden, ist der Typ ganz bleich geworden und hat die Polizei gerufen. Also, wenn das Körperverletzung war, Herr Richter, dann war das Anhusten aber auch Körperverletzung. Ich wusste da ja noch gar nicht, dass ich Corona hatte. Ich hatte höchstens so eine kleine Ahnung. Außerdem kann sich der Typ ja auch woanders angesteckt haben. Wer sagt denn, dass er das von mir hatte? Ist doch nicht meine Schuld, dass der Arsch an Corona gestorben ist. Ich hab es ja schließlich auch überstanden. Also wirklich. Ein Kuss ist doch keine Körperverletzung!

Tod und Verklärung

Wie wild sein schulterlanges Blondhaar wogt. Wie leidenschaftlich er dort oben am Pult die Mienen wechselt. Wie elegant seine Hände durch die Luft tänzeln. Wie präzise er mit dem Taktstock die Einsätze gibt. Sie greift in die Saiten ihrer Harfe und lässt ihr Glissando mit dem Klang des Orchesters verschmelzen. Wie schön er ist. Wie funkelnd sein Blick. Wie sie ihn liebt! Wie sie ihn hasst!

Seit zwei Tagen ist er wieder da: Hanno von Heubling, der als führender Strauss-Dirigent durch die Welt jettet. Er ist gekommen, um seinen Zyklus zu beenden. Während der Proben zur Alpensinfonie hatte sie eine stürmische Liebesaffäre mit ihm. Nach seiner Abreise reagierte er auf keine Anrufe, Mails oder SMS mehr. Totales Schweigen. Und als sie ihn vorgestern nach einem Jahr, drei Monaten und siebzehn Tagen das erste Mal wiedersah: nichts. Eine Mauer aus distanzierter Geschäftigkeit. Ein höfliches Nicken, wenn sie ihm in den staubbedeckten Fluren der Philharmonie, die gerade generalsaniert wurde, begegnete – das war alles. Stattdessen machte er der neuen Flötistin Avancen, einer bildhübschen Japanerin. Lange musste er nicht balzen. Das sieht sie ihrer Kollegin an. Dieser triumphierende Blick, dass der Maestro jetzt bei ihr den Taktstock schwingt. Mit einem feierlichen C-Dur lassen sie das Stück ausklingen. Tod und Verklärung.

Nachdem sämtliche Kollegen aus dem Gemeinschaftsraum gegangen sind, bereitet sie alles vor, wartet und lauscht. Sie kennt ihn ja und weiß, wie er sich nach einer Probe zu entspannen pflegt. Als sie die Tür seiner Garderobe hört und die Stöckelschritte der Flötistin im Gang verhallen, setzt sie sich in Bewegung. Hanno folgt grundsätzlich immer erst fünf Minuten später, um unnötiges Gerede zu vermeiden, wie er sagt. Sie schiebt die Karre mit ihrem Instrument vorbei an Haufen voller Bauschutt und richtet es so ein, dass sein erster Blick auf sie fällt als er aus der Garderobe tritt. »Kann ich dir helfen?«, fragt er, ganz Gentleman, auf sie zueilend. Auch darauf ist Verlass. »Das ist nett von dir.« Sie lächelt ihn an und zeigt auf eine angelehnte Tür. »Ich bringe die Harfe nicht über die Schwelle da.« Er zieht, sie drückt, er stößt im Rückwärtsgehen die Tür auf und verschwindet. Drei Stockwerke tiefer gibt es einen dumpfen Aufprall – danach Totenstille. Vorsichtig schließt sie die Tür, klebt das große Warnschild wieder an und schiebt ihre Harfe zum Fahrstuhl. Das Konzert nach dem tragischen Unfalltod des Maestros dirigiert der große Raimondo Conga. Es ist Liebe auf den ersten Blick. Sie erwartet bereits das dritte Kind von ihm.

Beaufort-Stories

Tod in der Gustavstraße

»Jetzt schau dir diese Flitzpiepen an.« Frank Beaufort schüttelte ungläubig den Kopf.

Zur ersten Anti-Corona-Demonstration auf der Fürther Freiheit hatte sich eine bunte Allianz aus Müttern mit Kinderwägen, Rockern in Lederkutten, Rentnern in Beige, Hipstern mit weißen Sneakers, Männern im Armylook, Familien mit Kindern und jungen Männern und Frauen in schwarzen Kapuzenpullis versammelt. Ein Teil der Demonstranten skandierte Parolen wie »Freiheit! Freiheit!« oder »Wir sind das Volk!«.

»Als würden wir hier in einer Gesundheitsdiktatur leben«, echauffierte sich Beaufort.

»Na ja, der Shutdown hat die größte Freiheitseinschränkung in Friedenszeiten mit sich gebracht. Da sollte man schon wachsam sein und darf auch für seine Grundrechte demonstrieren, finde ich.« Anne Kamlin hielt ihr *BR*-Mikrofon in die Höhe und nahm die Rufe der Demonstranten auf.

»Aber doch nicht so! Schau dir mal diese beiden da an mit dem Judenstern auf der Brust. Das ist absolut geschmacklos.«

Anne und Beaufort standen vor einer Buchhandlung am Rand der Demonstration. Einige Schaulustige hatten sich an diesem späten Freitagnachmittag ebenfalls eingefunden, dazu etliche Streifenpolizisten. Die Sondereinheiten warteten ruhig im Hintergrund bei mehreren Transportern. Nur wenige Demonstranten trugen Mundschutz. Und die meisten scherten sich kaum um das Abstandsgebot von mindestens eineinhalb Metern. Die seit Wochen geltenden

Richtlinien, die die Ansteckung mit dem Virus verhindern sollten, wurden hier von vielen demonstrativ missachtet. Doch die Polizisten ließen sich nicht provozieren und griffen vorerst nicht ein.

»Da hast du recht«, gab Anne zu, »das geht gar nicht. Und es ist auch eine höchst fragwürdige Mischung an Demonstranten. Da muss man sich nur die Transparente und Klamotten anschauen: Verschwörungstheoretiker, Autonome, Pegida-Anhänger, Impfgegner und nicht wenige Neonazis. Die Normalos sind eindeutig in der Minderheit.«

»Wo siehst du denn Neonazis? Ich habe noch keine Glatzen in Springerstiefeln entdeckt.«

»Das war gestern, Frank. Auch Rechtsradikale gehen mit der Mode und stellen ihre Gesinnung nicht mehr so martialisch zur Schau. Siehst du die Typen dahinten? Die mit den Sonnenbrillen und den schwarzen Kapuzen über ihren Basecaps? Das sind Neonazis.«

»Wirklich? Das könnten auch Linksautonome sein.«

»Nicht mit diesen fremdenfeindlichen und nationalistischen Transparenten. Außerdem steht dieser ältere Typ in Anzug und Krawatte bei ihnen. Das ist ein frankenweit bekannter Holocaustleugner. Über den haben wir schon mehrmals berichtet.«

»Komisch eigentlich, dass die den Mundschutz ablehnen. Das müsste denen doch von der Vermummung her entgegenkommen.« Beaufort grinste. »Kennst du noch mehr von den Demonstranten?«

Anne ließ ihren Blick schweifen und blieb am linken Rand bei einem älteren Mann mit blauem Blouson und schütterem Haarkranz hängen. »Allerdings. Da steht der wohl meistgehasste Mann Fürths: Gerhard Schönlein.«

Beaufort zuckte die Schultern. »Sagt mir gar nichts.«

»Das ist der Typ, der ein Haus in der Gustavstraße hat und die Stadt und die Wirte seit Jahren verklagt, weil es ihm da zu laut ist. Berufung, einstweilige Verfügung, neue Klage. Eine unendliche Geschichte. Der Typ nervt wahnsinnig. Die halbe Stadt würde den am liebsten auf den Mond schießen.«

»Ach, der ist das. Ich habe mich schon immer gefragt, was einen ruhebedürftigen Menschen dazu bringt, sich ausgerechnet in der Kneipen- und Partymeile ein Haus zu kaufen. Warum zieht der nicht einfach wieder weg?«

»Ist er doch schon längst. Aber Schönlein klagt trotzdem weiter. Aus Sturheit. Denn das Haus gehört ihm ja noch. Das hat er vermietet. Sein Anwalt müsste man sein. Da hätte man finanziell ausgesorgt.«

»Na, dann passt er doch gut zu den Verschwörungstheoretikern hier. Von denen haben ja manche ein ähnlich narzisstisches Sendungsbewusstsein.«

»Weißt du was? Ich will für meinen Radiobeitrag sowieso noch ein paar Interviews mit den Demonstranten führen. Und mit Schönlein fange ich gleich mal an.«

Anne holte einen Mundschutz aus ihrer Tasche, setzte ihn auf und stiefelte los. Beaufort zog seinen ebenfalls aus der Jacketttasche und folgte ihr. Zwei Meter vor Gerhard Schönlein blieb sie stehen, grüßte freundlich und schob ihm das an einer Stange montierte Mikrofon unter die Nase. Der Windschutz war wegen der Keime mit Frischhaltefolie umwickelt.

»Ich bin Anne Kamlin vom *Bayerischen Rundfunk*. Darf ich Sie was fragen? Wogegen demonstrieren Sie hier?« Schönlein schaute sie verächtlich an. »Ich rede nicht mit der Lügenpresse. Und jetzt verschwinden Sie wieder.«

Beifall von den umstehenden Demonstranten brandete auf.

»Warum sollte ich? Sie nehmen hier Ihr Grundrecht der Demonstrationsfreiheit wahr und ich mein Grundrecht der Pressefreiheit.«

»Pressefreiheit. Dass ich nicht lache. Ihr Öffentlich-Rechtlichen berichtet doch nicht frei. Ihr seid doch alle von der Regierung gesteuert und steckt mit denen da oben unter einer Decke.«

Noch mehr Applaus, Schulterklopfen für Schönlein und laute Rufe wie »Genau«, »Lügenpresse« oder »Zeig es der Tussi«.

Beaufort fand, dass die Stimmung bedrohlich kippte. Aber Anne blieb unerschütterlich.

»Sie wissen genau, dass das eine Lüge ist. Sie sind doch nur sauer, weil Sie so unbeliebt sind, und geben den Medien die Schuld daran.«

»Pressespitzel«, zischte Schönlein.

»Schau an. Eine Beleidigung direkt in mein Mikrofon? Das dürfte teuer für Sie werden, wenn ich so klagewütig sein sollte wie Sie.« Annes Ton war sarkastisch. Sie wandte sich laut an die Umstehenden. »Wissen Sie eigentlich, mit wem Sie da gemeinsam demonstrieren? Das ist der Mann, der Ihnen die Kneipen in der Gustavstraße madig macht, weil er dauernd wegen des Lärms dort klagt. Seinetwegen musste die Sperrstunde vorverlegt werden.«

Plötzlich wandte sich der Unmut der Menge gegen Schönlein. Einige Fußballfans unter den Demonstranten bedrängten ihn. Es war Usus bei vielen Anhängern von Greuther Fürth, nach den Heimspielen Triumph oder Niederlage in der Gustavstraße zu begießen.

Beaufort zog Anne aus der Gefahrenzone. In etlichen Metern Abstand beobachteten sie, wie Schönlein vor den wütenden jungen Männern Reißaus nahm und sich in

Richtung Fußgängerzone trollte. Eine Polizeistreife griff deeskalierend ein und beruhigte die Männer wieder. Ganz in der Nähe bemerkten Anne und Beaufort dann, wie der Holocaustleugner auf den Flüchtenden zeigte und einem jungen Mann in Kapuzenjacke etwas zuflüsterte. Der löste sich aus der Gruppe der Demonstranten und folgte Schönlein in weitem Abstand.

Beaufort streichelte Anne die Schulter. »Sag mal, solltest du nicht eigentlich nur still beobachten und berichten und nicht gleich den ganzen Laden hier aufmischen?«, sagte er augenzwinkernd.

Anne pustete sich eine dunkle Haarsträhne aus dem Gesicht. »Ja, sollte ich. Aber ich kann diesen Lügenpresse-Scheiß einfach nicht mehr hören.« Sie war immer noch sauer. »Mir hat noch nie einer meiner Chefs vorgeschrieben, wie ich über etwas zu berichten habe. Ich versuche immer, mir ein objektives Bild zu machen und mehrere Quellen zu konsultieren. Früher haben die Leute das honoriert. Aber heute schreien die gleich Lügenpresse, wenn du bei deinen Recherchen zu anderen Ergebnissen kommst als sie oder gar unterschiedliche Ansichten zu Wort kommen lässt. Ist doch wahr.«

»Du hast doch hier nicht ernsthaft Fans der ausgewogenen Berichterstattung erwartet?«

Anne verzog das Gesicht. »Ich versuche trotzdem noch ein paar Demonstranten zu interviewen. Vielleicht kommt ja etwas dabei heraus. Und ich brauche noch einen O-Ton vom Polizeisprecher. Das sind ja doch deutlich mehr als die achtzig angemeldeten Teilnehmer.«

»Definitiv.« Beaufort teilte den Platz im Geiste in Planquadrate ein, zählte und multiplizierte. »Ich schätze, das sind über zweihundert.«

»Wohl eher dreihundert.« Anne deutete auf einen Einsatzwagen, der etwas zurückgesetzt zwischen einer Pizzeria und einem Kaufhaus parkte. »Das scheint die Einsatzleitung der Polizei zu sein. Kommst du mit?«

»Also, mein Informationsbedarf ist gedeckt. So langsam bekomme ich Hunger. Zu blöd, dass die Straßencafés noch nicht wieder öffnen dürfen.«

»Hol dir doch ein Teilchen beim Bäcker. Ich bin hier noch etwa zwei Stunden beschäftigt. Wenn ich meine Interviews im Kasten habe, setze ich mich ins Auto, schreibe die Meldung und schneide O-Töne auf dem Laptop.«

Er rümpfte die Nase. »Weißt du, was ich bei diesem Shutdown am meisten vermisse? Ein gutes Essen im Restaurant.«

Anne lächelte. »Dem Manne kann geholfen werden.«

»Und wie willst du das anstellen?«

»Habe ich dir schon von meinem guten alten Kumpel René erzählt?«

»Ich weiß nicht, ob ich überhaupt alle Männergeschichten deiner dunklen Vergangenheit kennen will.«

»Ich sagte Kumpel und nicht Lover. René betreibt ein Bistro in der Gustavstraße, kocht auch momentan trotz allem jeden Abend und organisiert für die Stammkunden einen Straßenverkauf. Für seine Tapas ist er berühmt.«

»Essen zum Mitnehmen ist aber noch kein Restaurantbesuch«, wandte Beaufort enttäuscht ein.

»Jetzt wart's doch mal ab. Treffen zu dritt sind seit dieser Woche ja wieder gestattet. Besuchen wir ihn doch einfach. Ich bin mir sicher, er wird uns nicht verhungern lassen. So ist das definitiv kein verbotener Restaurantbesuch. Ich rufe ihn gleich mal an.«

Sie telefonierte und hob den Daumen. In zwei Stunden, wenn Anne mit ihrer Arbeit fertig wäre, würden sie sich vor dem Bistro treffen. Sie zogen kurz ihre Masken runter und küssten sich zum Abschied. Während Anne auf den großen grauhaarigen Polizeisprecher zuging, beschloss Beaufort, einen Spaziergang zu machen.

*

Nach einem ausgiebigen Streifzug durch den weitläufigen Stadtpark, mit dem es kein Nürnberger Park an Schönheit aufnehmen konnte, schlenderte Beaufort an den vielen denkmalgeschützten Häusern der Innenstadt vorbei und musste mal wieder feststellen, dass Fürth eine wirklich hübsche Stadt war. Als gebürtiger Nürnberger kam er viel zu selten hierher. Ob er es wollte oder nicht: Irgendwie war er von der Rivalität der beiden Nachbarstädte von klein auf beeinflusst gewesen, obwohl er es besser wissen müsste. Auch er sprach mitunter scherzhaft vom fünfmal kleineren Fürth als »Westvorstadt«. Dass Nürnberger und Fürther sich nicht leiden konnten, beruhte mehr auf einem ironischen Spiel als auf Tatsachen und war einer jahrhundertelangen Konkurrenz geschuldet. Nur die Fußballfans der beiden Städte konnten sich tatsächlich nicht ausstehen. Derbys sorgten regelmäßig für Großeinsätze der Polizei, damit die Anhänger des Clubs und der Kleeblättler nicht aneinandergerieten. Nur die gemeinsame Antipathie gegen den Rekordmeister Bayern München einte sie wieder. Doch momentan ruhte der Spielbetrieb. Das Coronavirus hatte das gesellschaftliche Leben fast vollständig zum Stillstand gebracht.

So war es auch in der malerischen Gustavstraße mit ihren denkmalgeschützten Sandsteinhäusern, die Frank Beaufort von der Nordwestseite her betrat. Normalerweise würde hier an einem frühlingshaft milden Freitagabend der Bär steppen. Vom *Alten Rentamt* über den *Goldenen Reiter* bis zum *Grünen Baum* würden die Menschen dicht an dicht auf den Straßenterrassen sitzen und gesellig essen und trinken. Hunderte von mehr oder minder lärmenden Menschen wären hier. Doch heute war die Gustavstraße wie leer gefegt. Beaufort begegneten lediglich ein Fußgänger, ein Radfahrer und eine Katze.

Er war noch etwas zu früh dran und bummelte entsprechend. Im Schaufenster des Eine-Welt-Ladens entdeckte er erstaunt ein großes Sortiment ungewöhnlicher Kaffeesorten und trat ein. Das letzte Mal war er vor etwa fünfundzwanzig Jahren in so einem Geschäft gewesen. Damals hatte das noch Dritte-Welt-Laden geheißen und für ihn entbehrliche Waren wie Räucherstäbchenhalter aus Bananenholz oder peruanische Panflöten feilgeboten. Seitdem hatte sich das Warenangebot sehr zum Vorteil geändert. Moderne, nachhaltige Textilien, die keinesfalls ethnisch oder alternativ aussahen. Hochwertige Lebensmittel, erlesene Schokoladen, edle Kaffee- und Teesorten – und alles fair gehandelt. Auch dass man ihn nicht gleich duzte und für die gute Sache missionierte, sondern ihn sich in Ruhe umschauen ließ, zeigte Beaufort, dass er schon wieder ein Vorurteil ad acta legen konnte.

Als er etwas ratlos vor dem Kaffeeregal stand, bot ihm die jüngere der beiden Verkäuferinnen, eine Mittdreißigerin mit blondem Pagenschnitt, ihre Hilfe an. Christine – so stand es auf ihrem Namensschild – erläuterte ihm fast schüchtern die unterschiedlichen Herkunftsregionen, Kaffeebohnen, Röstungen und Geschmacksrichtungen. Zweimal musste sie bei ihrer älteren Kollegin, die sie Hildegurd rief, Rat einholen, um Beauforts Fragen zu beantworten.

Sie entschuldigte sich damit, dass sie erst seit Kurzem hier arbeitete. Beaufort lobte ihre durchaus umfangreichen Kenntnisse und entschied sich für zwei Kaffees aus Kolumbien und Nicaragua. Als sie ihn gerade abkassieren wollte, läutete hinter ihm die Türglocke, die einen weiteren Kunden ankündigte. Doch noch ehe der richtig eintreten konnte, schoss die ältere Verkäuferin wütend und mit den Händen fuchtelnd auf die Ladentür zu, sodass Beaufort sich erstaunt umdrehte.

»Oh nein, Sie haben hier Hausverbot. Verlassen Sie sofort unser Geschäft, oder ich rufe die Polizei«, schimpfte Hildegurd den sichtlich verdatterten Kunden aus. Es war Gerhard Schönlein.

»Aber ich wollte doch nur …«, stammelte Schönlein mit kreideweißem Gesicht und starrte unverwandt in Beauforts Richtung, »… ich glaube … ich habe … meine Tochter …« Doch noch ehe er den Satz beenden konnte, schob die Verkäuferin ihn energisch zur Tür hinaus und schloss ab.

»Entschuldigen Sie bitte«, wandte sie sich an Beaufort, »dieser Mann ist Persona non grata in der Gustavstraße und hat fast überall Hausverbot. Aber das ist eine lange Geschichte. Eigentlich wohnt der hier gar nicht mehr.« Sie blickte forsch zum Schaufenster, durch das Schönlein hereinspähte. »Ja, ist der immer noch da. Jetzt reicht es aber.« Mit verscheuchenden Armbewegungen steuerte Hildegurd resolut aufs Fenster zu und zog ihr Handy aus der Tasche. »Jetzt rufe ich aber wirklich die Polizei.« Doch sie hörte mit dem Wählen auf, als Schönlein sich endlich trollte und im schräg gegenüberliegenden Haus verschwand.

Beaufort nahm von der jüngeren Verkäuferin, die wegen der ganzen Szene einen hochroten Kopf bekommen hatte, das Wechselgeld entgegen. Die Ladentür sperrte ihm Hildegurd auf, die misstrauisch hinausspähte und hinter ihm gleich wieder abschloss. Befremdet schüttelte Beaufort den Kopf und schaute auf die Uhr. Es war fast neunzehn Uhr, er musste sich sputen. Anne wartete sicher schon auf ihn.

*

Satt und zufrieden lehnte sich Beaufort in seinem Stuhl zurück und schaute auf die geplünderten Tapasteller. Anne schob sich die letzte kleine gebratene Paprika mit Meersalz in den Mund. »Ich stehe auf deine Pimientos, René. Einfach köstlich.«

»Und ich auf deinen Vinho Verde«, ergänzte Beaufort und leerte sein Glas.

Ihr Gastgeber strahlte. »Es ist schön, mal wieder Gäste zu bewirten.« Er zog die Weinflasche aus dem Kühler. »Mögt ihr noch ein Gläschen?«

Beaufort nickte, und René goss nach. Als er Annes Glas wieder füllen wollte, schob sie sanft die Hand darüber.

»Nein, danke. Ein Glas muss reichen. Ich habe Bereitschaftsdienst, und da weiß man nie, was noch kommt.«

»So richtig als rasende Reporterin? Das wolltest du ja schon damals bei der Schülerzeitung immer sein«, erinnerte sich René. »Wie bekommst du eigentlich mit, wo etwas los ist?«

»Auf meinem Bereitschaftshandy ist eine Polizei-App drauf.« Anne zog das Mobiltelefon aus ihrer Handtasche und schaute aufs Display. »Die piepsen uns an, wenn was Wichtiges los ist, und informieren uns über heftige Unwetter, schwere Verkehrsunfälle oder größere Verbrechen. Aber das passiert gar nicht so oft. Meistens reicht es, den Polizeibericht zu lesen, um zu sehen, ob es etwas Berichtenswertes gibt.« Sie legte das Handy wieder beiseite. »Alles ruhig im Moment. Wegen der Coronakrise bleiben die Leute halt daheim, es passiert deutlich weniger.«

Auf dieses Stichwort hin schilderte René, wie es ihm als Gastronom in der Krise ging und dass er befürchte, sein Bistro ganz schließen zu müssen, wenn er es nicht bald wieder öffnen dürfe.

Etwas später schwelgten Anne und René in Erinnerungen an ihre gemeinsame Schulzeit in Coburg. Als Beaufort gerade die Geschichte zum Besten gab, wie Anne und er sich kennengelernt hatten – nämlich bei der Aufklärung des Augustinerhofmordes –, piepste und vibrierte Annes Bereitschaftshandy gleichzeitig.

»Du musst doch nicht etwa ausrücken? Es ist gerade so gemütlich hier«, maulte Beaufort. Doch dann blickte er in Annes entschlossenes Gesicht und wusste, dass der behagliche Teil des Abends vorüber war. »Was ist los?«

Die beiden Männer schauten die Journalistin erwartungsvoll an.

»Ein Mann wurde getötet. Ein Gewaltverbrechen, schreibt die Polizei.« Verblüfft fügte sie hinzu: »Aber jetzt haltet euch fest. Der Tote liegt hier in der Gustavstraße.«

*

Zwei Minuten später und nur drei Häuser vom Bistro entfernt gingen Anne und Beaufort auf eine Gruppe von Polizisten zu. Zwei von ihnen zogen gerade ihre weißen Ganzkörperanzüge aus. Offenbar hatten sie den Tatort untersucht. Im grellen Licht der aufgestellten Scheinwerfer sahen Anne und Beaufort in einer Hofeinfahrt einen Mann in einer dunklen Blutlache liegen. Er trug graue Hosen und eine blaue Blousonjacke und lag so, dass man sein Gesicht nicht erkennen konnte. Sein Hinterkopf war merkwürdig deformiert. Jemand hatte ihm vermutlich den Schädel eingeschlagen. Inmitten der dunklen Gustavstraße wirkte der überbelichtete Anblick des Toten wie ein groteskes Polaroidfoto. Irgendwie surreal.

»Was machen Sie hier innerhalb der Absperrung?«, raunzte sie ein Beamter streng an. »Das wird ja immer schlimmer mit den Gaffern. Aber das gibt ein saftiges Ordnungsgeld.«

Der Polizist packte sie unsanft an den Schultern und schob sie so beiseite, dass sie im Lichtschein standen. »Ihre Papiere. Aber sofort!«

Beaufort griff ins Sakko und reichte dem Beamten seinen Personalausweis. »Maske runter«, blaffte der und verglich Beauforts Gesicht mit dem auf seinem Passfoto. Mittlerweile hatten sich weitere Polizisten um sie versammelt.

»Sie auch«, befahl ein anderer Anne, die ihre Maske ebenfalls gehorsam abnahm.

»Frau Kamlin? Was machen Sie denn hier?« Ein großer grauhaariger Polizist kam verwundert auf sie zu.

»Sie haben doch gerade die Presse angepiepst, Herr Scharrer.«

»Aber erst vor zwei Minuten. Sind Sie geflogen?«

»Nein, wir haben einen Freund besucht, der da vorne wohnt.« Anne deutete auf das Sandsteinhaus mit dem Bistro. »Und von einer Absperrung haben wir nichts bemerkt«, verteidigte sie sich. »Tut mir leid.«

»Das liegt wohl daran, dass Sie dann schon innerhalb der Absperrung waren, Frau Kamlin. Bitte warten Sie dort hinten. Ich komme gleich zu Ihnen. Ich muss den Kollegen nur noch schnell sagen, dass sie das Absperrband auch an den

Haustüren hier anbringen müssen. Wir wollen ja nicht noch mehr Besucher am Tatort haben.«

Der Polizist gab Beaufort die Papiere zurück und geleitete sie, nur eine Nuance weniger missmutig, in eine Seitenstraße hinter das rot-weiße Absperrband. Kurze Zeit später, als der Tote gerade in einen dunkelgrauen Leichenwagen geschoben wurde, kehrte Polizeisprecher Scharrer zu ihnen zurück.

Anne hatte in der Zwischenzeit ihr Mikrofon vorbereitet und an der Angel festgemacht. »Sie machen wohl keinen Feierabend heute?«

»Genau wie Sie, Frau Kamlin. Ich hätte nicht gedacht, dass wir uns so bald nach der Demonstration wiedersehen würden. Und vor allem nicht unter diesen unschönen Umständen. Ich hoffe, Sie oder Ihr Kollege haben kein Foto von dem Toten gemacht?«

»Selbstverständlich nicht. Und das ist übrigens nicht mein Kollege, sondern mein Freund, Frank Beaufort.«

Scharrer nickte Beaufort zu.

»Kann ich unser Interview gleich mitschneiden? Dann müssen Sie nicht alles doppelt sagen.«

Scharrer nickte abermals, und Anne hielt ihm in gebührendem Abstand das Mikrofon unter die Nase. »Was ist denn genau passiert?«

»Eine bislang unbekannte Anruferin hat die Notrufzentrale gegen neunzehn Uhr dreißig alarmiert, dass in der Gustavstraße ein schwer verletzter Mann liege. Die Polizisten und der Rettungsdienst fanden dort einen einundsiebzigjährigen Rentner am Boden liegend vor. Der Notarzt konnte nur noch seinen Tod feststellen.«

»Sie haben in der Polizei-App geschrieben, dass Sie von einem Gewaltverbrechen ausgehen. Wie ist der Mann denn gestorben?«

»Dem ersten Anschein nach durch stumpfe äußere Gewalteinwirkung gegen seinen Hinterkopf. Aber über die genaueren Umstände, die zum Tod des Opfers führten, kann ich erst nach der Obduktion der Leiche etwas sagen. Die wird vermutlich morgen in der Erlanger Gerichtsmedizin durchgeführt.«

»Haben Sie eine Tatwaffe gefunden?«

»Bislang nicht.«

»Hat die unbekannte Anruferin etwas mit dem Mord zu tun?«

»Ob es Mord, Totschlag, Körperverletzung mit Todesfolge oder ein Unfall war, müssen erst noch genauere Ermittlungen ergeben. Das gilt auch für die Frage, ob die Anruferin etwas damit zu tun hat. Wir wissen nur, dass die Frau uns über das Handy des Toten alarmiert hat – und dass es verschwunden ist und sich nicht mehr orten lässt. Vermutlich wurde der Chip oder das Telefon zerstört.«

»Können Sie etwas über die Identität des Opfers sagen? Wohnte der Mann hier in der Gustavstraße?«

»Sie wissen genau, Frau Kamlin, dass wir die Identität von Opfern und Tätern nur in Ausnahmefällen an die Presse weitergeben. Nur so viel: Der Tote hat früher mal in der Gustavstraße gelebt.«

Beaufort, der still zugehört hatte, weil Anne es nicht leiden konnte, wenn er ihre Interviews unterbrach, konnte nicht länger an sich halten. »Der Tote ist Gerhard Schönlein, nicht wahr?«

»Wie kommen Sie darauf?« Scharrers Stimme klang verunsichert.

»Ich habe ihn an der Kleidung wiedererkannt. Ich bin ihm heute zweimal begegnet. Einmal auf der Demo an der Fürther Freiheit und einmal vorhin in dem Weltladen dort.«

»Du hast recht, Frank. Das ist er. Den blauen Blouson hatte er bei der Demo auch an.« Anne triumphierte und wandte sich an Scharrer. »Da haben Sie ja eine reichliche Menge an Verdächtigen – schon allein hier in der Gustavstraße, wo man ihn ja nun wirklich nicht leiden kann.« Doch auf einmal wurde sie ganz blass. Kleinlaut sagte sie zu ihrem Freund: »O Gott. Erinnerst du dich an den Neonazi, der Schönlein gefolgt ist, nachdem ich ihn auf der Demo bloßgestellt habe? Hoffentlich bin ich nicht mitschuldig an seinem Tod.«

Der Polizeisprecher schaute von Anne zu Beaufort und wieder zurück. »Jetzt sind Sie aber dran, mir ein Interview zu geben. Wenn Sie mir bitte auf die Wache folgen würden. Dort werden wir Ihre Zeugenaussagen aufnehmen.«

*

Es wurde eine kurze und wenig erholsame Nacht. Erst weit nach Mitternacht kehrten Anne und Beaufort in die gemeinsame Wohnung zurück. Die Befragung auf dem Polizeirevier hatte länger gedauert als erwartet. Und auch als sie endlich nebeneinander im Bett lagen, redeten sie noch lange über das Geschehene.

Beaufort versuchte Annes schlechtes Gewissen zu lindern, indem er an ein paar Fakten erinnerte. Immerhin sei es doch eindeutig ein Mann gewesen, der Schönlein von der Demo gefolgt war. Bei der Polizei habe aber eine Frau angerufen. Und er habe keinen Kapuzenpulli mehr in Schönleins Nähe bemerkt, als sich die kleine Szene im Eine-Welt-Laden abspielte. Allerdings habe er auch nicht nach einem Verfolger Ausschau gehalten, musste er eingestehen.

Schließlich fielen die beiden in einen unruhigen, mit wirren Traumfetzen durchwebten Schlaf.

Als Beaufort gegen neun Uhr nicht sonderlich erholt erwachte, fand er auf Annes Kopfkissen eine Nachricht von ihr. Sie war schon vor einer Stunde ins Studio aufgebrochen, um die Hörfunk- und Onlinebeiträge über den Toten in der Gustavstraße fertigzumachen, und rechnete mit ihrer Rückkehr nicht vor dem späten Nachmittag. Die Arbeit müsse nun mal getan werden – es sei das beste Mittel, um wieder in Tritt zu kommen, schrieb sie.

Nach einer Dusche, einem Brötchen, einem Frühstücksei und reichlich Kaffee fühlte sich Beaufort einigermaßen wiederhergestellt und checkte die Nachrichtenlage. In der Printausgabe der Lokalzeitung fand sich noch nichts über Schönleins Tod – die Presse war ja erst kurz vor Drucklegung informiert worden. Aber auf den Onlineseiten von Zeitung, Lokalfunk und *BR* wurde er fündig. Allerdings waren die Informationen noch recht spärlich und enthielten nicht mehr, als der Polizeisprecher Anne gestern Abend im Interview gesagt hatte. Dass es sich bei dem Toten um Gerhard Schönlein handelte, hatte nicht eines der Medien herausgefunden. Aus ermittlungstaktischen Gründen verschwieg die Polizei noch seine Identität, und Scharrer hatte auch Anne gebeten, den Namen des Opfers vorerst nicht zu veröffentlichen. Unter normalen Umständen hätte sie ihren Informationsvorsprung vor der Konkurrenz nicht kampflos aufgegeben, aber in diesem Fall hatte sie infolge ihres schlechten Gewissens sofort zugestimmt. Sie besaß ein gutes Gespür dafür, wann Kooperation zielführender war als Konfrontation.

Was Beaufort ein wenig irritierte, war, dass die Polizei seinen Ausführungen über Schönleins Auftritt im Laden wenig Beachtung geschenkt hatte. Tatsächlich hatte Schönlein es sich wegen seiner Dauerklagen bis hin zum Bayerischen Verwaltungsgerichtshof mit den meisten Geschäften und

Gastronomiebetrieben so verdorben, dass er fast überall Hausverbot erhalten hatte. Außerdem war er nach der Begegnung mit Hildegurd noch von weiteren Menschen lebend gesehen worden, nämlich von Mietern seines Hauses gleich schräg gegenüber. Weil er nur noch selten in die Gustavstraße kam, habe er kurz nach dem Rechten schauen wollen und fragen, ob alles in Ordnung sei, hatten die zu Protokoll gegeben – wie Anne und Beaufort auf dem Revier erfahren hatten.

Jetzt las Beaufort alles im Netz, was er zu Gerhard Schönlein finden konnte, und das war eine ganze Menge. Etwa, dass Schönlein wieder in seiner Geburtsstadt Weißenburg lebte, verwitwet war, einen Sohn namens Thomas und eine Tochter namens Christine hatte. Er fand sogar auf der Seite des Weißenburger Tennisclubs ein zwanzig Jahre altes Foto vom Vater mit seinen beiden Kindern im Teenageralter – aufgenommen bei einer Siegerehrung. Der blonde Sohn reckte stolz einen Pokal in die Höhe, während die blonde Tochter missmutig danebenstand. Ganz langsam keimte in Beaufort die vage Möglichkeit einer Lösung des Falles auf. Er kannte dieses Vorgefühl, einer vielversprechenden Spur folgen zu können, nur zu gut. Noch stocherte er im Nebel, aber schon bald würde der sich lichten. Das spürte er. Er musste an den Tatort zurückkehren. Aber vor allem musste er sich bewegen. Ein langer Spaziergang war jetzt genau das Richtige, um nachzudenken. Mit einem leichten Trenchcoat bekleidet verließ er sein Penthouse in der Nürnberger Altstadt, fuhr mit dem Fahrstuhl ins Erdgeschoss, trat in die milde Frühlingsluft, überquerte nach kurzer Distanz die Pegnitz auf dem Kettensteg, tunnelte linker Hand die westliche Stadtmauer und wanderte munteren Schrittes über die Hallerwiese gen Fürth.

*

»Roland's Boderslädla« prangte auf dem schmalen Sandsteinhaus mit den drei Stockwerken und dem spitzen Giebel. Zwar hatte Roland ein Apostroph gesetzt, wo keines hingehörte, aber die Idee, seinen Friseursalon in einer Mischung aus Tradition, Moderne und beherztem Lokalpatriotismus Boderslädla zu nennen, traf Beauforts vollen Beifall. Schließlich war der mittelalterliche »Bader« ja auch für Körperpflege und Kosmetik, Haareschneiden und Bartscheren zuständig gewesen. Beaufort hoffte nur, dass Roland die zahnmedizinischen und chirurgischen Eingriffe, die der Bader im Mittelalter als »Arzt des kleinen Mannes« auch noch durchgeführt hatte, heute lieber medizinisch geschultem Fachpersonal überließ. Das Haus gehörte jedenfalls Gerhard Schönlein, denn darin war er gestern nach dem Vorfall im Eine-Welt-Laden verschwunden. Außerdem hatte Beaufort diese Information im Netz recherchiert.

Im Mittagslicht sah der Tatort stark verändert aus. Erst jetzt bemerkte Beaufort die unmittelbare Nähe von Schönleins Haus, dem Eine-Welt-Laden und der Toreinfahrt direkt hinter dem Geschäft, in der der Tote gelegen hatte. Wie gestern Abend standen die schmiedeeisernen Tore zum großen Hinterhof offen. Nur der schmale Streifen zwischen der Hauswand und dem Torpfosten aus Sandstein war noch abgesperrt. Auf dem Pflaster konnte man deutlich den Kreideumriss, den die Polizei um die Leiche herum gezogen hatte, sowie den fast schwarzen getrockneten Blutfleck auf dem Pflaster sehen. Blutspuren waren auch am Sockel des Torpfostens und im unteren Bereich der Hauswand zu erkennen. Entweder war hier etwas Hartes auf Schönleins Kopf geschlagen oder sein Kopf gegen etwas Hartes gestoßen worden – wie etwa auf den Sockel des Torpfostens dort. Beaufort hatte schon einige Tatorte gesehen, aber er war immer wieder aufs Neue von der Macht der Gewalt erschüttert, die einen Menschen schlagartig aus dem Leben reißen konnte.

Beaufort verließ die Einfahrt und lugte vorsichtig um die Ecke durch das Schaufenster in den Eine-Welt-Laden. Er erkannte die beiden Verkäuferinnen von gestern wieder, die gerade in ein Gespräch miteinander vertieft waren, und zog seinen Kopf langsam wieder zurück. Ein paar Häuser weiter postierte er sich in der Nische einer Hauswand, sodass er Hoftor und Ladentür gut im Blick hatte. Es war Mittagszeit, und bald würden die Verkäuferinnen sicher Pause machen.

Während er wartete, fragte er Anne per WhatsApp-Nachricht, ob sie schon Neuigkeiten über den Toten habe. Sie leitete ihm postwendend die Polizeimeldung mit dem Obduktionsbericht weiter, die gerade hereingekommen war, und schickte reichlich Küsse und Smileys und den Hinweis hinterher, dass sie leider gerade keine Zeit für ihn habe. Sie müsse aus den neuesten Informationen einen Beitrag fürs Radio erstellen.

Der Obduktionsbericht bestätigte Beauforts Vermutungen. Außer dem gebrochenen Schädel wies der Tote keine weiteren Verletzungen auf. Der Schädelbruch sei vermutlich durch einen Stoß oder Fall gegen etwas Scharfkantiges verursacht worden und habe unmittelbar zum Tode geführt, las er. Außerdem grenzte die Polizei den Todeszeitpunkt auf die Zeit zwischen 19.18 Uhr und 19.35 Uhr ein. Um 19.18 Uhr wurde Schönlein zuletzt lebend gesehen, als er relativ überstürzt bei dem Mieter im Erdgeschoss seines Hauses in der Gustavstraße aufbrach. Um 19.31 Uhr hatte die Unbekannte in der Notrufzentrale angerufen. Und um 19.35 Uhr waren bereits Polizei und Rettungsdienst an Schönleins leblosem Körper eingetroffen.

Beaufort überlegte gerade, ob er Friseur Roland im Boderslädla einen kurzen Besuch abstatten und ihn über Schönlein ausfragen sollte, als die jüngere Verkäuferin aus dem Eine-Welt-Laden trat, die Straße überquerte und gegenüber in der Oberen Fischerstraße verschwand. Er setzte sich unauffällig in Bewegung. Als er die Straße erreichte, bog sie gerade links in eine kleine Gasse ein – drei Sekunden später, und er hätte sie bereits verloren gehabt. Beaufort beschleunigte seine Schritte und folgte der Frau in die ausgesprochen pittoreske Pfarrgasse. Diese schlängelte sich eng an den Häusern und winzigen, aber üppig begrünten Winkeln und Balkonen vorbei – hinter denen Beaufort einmal Deckung suchen musste, als die Verkäuferin ihre Schritte verlangsamte – und mündete schließlich zwischen Pfarrhaus und Kinderhort auf den Kirchplatz. Vor ihm erhob sich in warmem Sandstein die älteste und schönste der Fürther Kirchen: St. Michael. Die Michaeliskirche war längst nicht so groß und prächtig und voller Kunstschätze wie die Sebalduskirche und die Lorenzkirche in Nürnberg, aber sie passte in ihren Proportionen perfekt auf diesen Platz in der Altstadt und strahlte so etwas wie erhabene Genügsamkeit aus. Viel Zeit hatte Beaufort allerdings nicht, um sich architektonischen Betrachtungen hinzugeben. Die Frau, die er verfolgte, hatte den Kirchplatz linksseitig beinahe überquert und betrat nun die Kirche. Ein paar Minuten wartete er unschlüssig davor, dann öffnete auch Beaufort die Kirchentür am Längsschiff und ging leise hinein.

Das Innere war licht und freundlich mit viel hellem Holz und weißer Farbe und nicht dafür geeignet, um sich unbemerkt im Halbdunkel zu verstecken. Dazu war die Kirche auch nicht groß genug. Die blonde Verkäuferin saß vorne links in der zweiten Reihe und drehte sich zu ihm um, als er in den Mittelgang trat. Ihre Blicke trafen sich: ein forschender und ein verzweifelter. Beaufort spürte, dass sie erschrak und ihn wiedererkannte. Es war ihr unangenehm, nicht allein in der Kirche zu sein. Ohne sie aus den Augen zu lassen, ging Beaufort langsam den Mittelgang entlang. Als er an ihrer Reihe anlangte, fragte er freundlich, aber bestimmt: »Darf ich?«, und noch ehe sie antworten konnte, hatte er sich schon drei Meter von ihr entfernt in die Kirchenbank gesetzt. Sie rückte noch etwas weiter von ihm ab.

Er musterte sie, während sie unverwandt zum Altar schaute und ihn zu ignorieren versuchte. »Mein Name ist Frank Beaufort«, sagte er nach einer Weile. »Ich glaube, ich weiß, was Sie gerade durchmachen.«

Abrupt wandte sie ihm das Gesicht zu, sodass ihr Haar mitschwang. »Woher wollen Sie das wissen?«, fragte sie so laut, dass ihre Stimme hallte.

»Ich denke, Sie fühlen Furcht, Zweifel, Zorn, Trauer. Vor allem aber Schuld«, entgegnete er mitfühlend. »Sie sind die Tochter von Gerhard Schönlein, nicht wahr? Und Sie waren dabei, als er gestern Abend starb.«

Das Blau ihrer eben noch empört funkelnden Augen wurde wässrig wie auf einem Aquarell. »Es war ein Unfall«, schluchzte sie auf, »ein Unfall«. Und dann begann sie mit bebenden Schultern und heftigen Schluchzern zu weinen. Sie heulte Rotz und Wasser, sodass Beaufort ihr mehr als ein frisches Taschentuch reichen musste. Und als die Tränen nach einer ganzen Weile schließlich verebbt waren, sprach sie.

*

»Das ist nicht dein Ernst, oder? Du hast einen auf Beichtvater gemacht? Hammer!« Anne spießte einen mit Kräutern marinierten Champignon auf die Gabel und schob ihn sich in den Mund. »Soll ich dich jetzt Pater Brown nennen?«

»Es hat sich einfach so ergeben. Die Kirche, die Situation. Sie war zum Beichten bereit. Und ich kann sehr einfühlsam sein, wie du weißt.« Er faltete demütig seine Hände wie zum Gebet.

»Es war zumindest einfühlsam von dir, uns von René gleich noch mal Tapas mitzubringen. Ich habe einen Mordshunger.« Sie angelte sich etwas von der Chorizo. »Du solltest öfter in der Gustavstraße rumhängen.«

»Gern geschehen. Vor allem solltest du mir aber danken, dass ich nicht nur diesen Fall gelöst, sondern dir auch einen freien Abend verschafft habe. Als ich mit Christine Schönlein auf der Wache aufgetaucht bin, damit sie ihre Aussage macht, hat mir Scharrer hoch und heilig versprochen, die Pressemeldung erst morgen Mittag rauszugeben. Du kannst also morgen sogar ausschlafen und bist trotzdem die Erste, die darüber berichtet.«

»Mein Held«, sagte Anne halb ironisch, halb dankbar und mit ein paar Körnern tatsächlicher Bewunderung. »Ich bin jedenfalls heilfroh, dass ich nicht unfreiwillig die Neonazis auf Schönlein gehetzt habe. Das kannst du mir glauben. Er war zwar ein Kotzbrocken, aber an seinem Tod möchte ich nicht mitschuldig sein.«

»Das bin ich auch.« Beaufort trank versonnen einen Schluck vom Vinho Verde, der ihm gestern Abend so gut geschmeckt hatte und von dem er auch gleich noch zwei Flaschen mitgebracht hatte.

»Das war wirklich stark von dir – so schnell herauszufinden, dass sie Schönleins Tochter ist.« Annes Lob fiel etwas undeutlich aus, während sie auf einer gefüllten Tomate kaute.

»Seine verlorene Tochter, besser gesagt. Schönlein, der ja nun um kein drastisches Wort verlegen war, war im Laden dermaßen erstaunt und sprachlos gewesen, als hätte er eine Erscheinung gehabt. Und dass das nicht an Hildegurd lag, war eindeutig. Nein, er starrte Christine an. Und Christine starrte hochrot und sprachlos zurück, weil sie ihn erkannte. Das wurde mir erst heute Morgen klar, als ich mir noch einmal alles vor Augen rief. Es musste da eine Beziehung zwischen den beiden geben. Und da Schönlein unter anderem das Wort Tochter gestammelt hatte, musste ich nur noch eins und eins zusammenzählen und ein wenig im Netz recherchieren.« Beaufort tunkte ein Stück Brot in eine hervorragende Aioli. »Sie hat mir in der Kirche erzählt, dass sie sich schon gleich nach dem Abitur in Weißenburg endgültig mit ihrem halsstarrigen und herrschsüchtigen Vater überworfen hatte. Danach hat sie alle Brücken zu ihm abgebrochen und viele Jahre im Ausland gelebt. Den Job im Eine-Welt-Laden in Fürth hat sie erst vor Kurzem angetreten. Sie wusste nichts davon, dass ihr Vater in der Gustavstraße ein Haus besaß und die halbe Stadt gegen sich aufgebracht hatte.«

»Dann war das Wiedersehen für sie also genauso überraschend wie für ihn?«

»Das kann man wohl sagen. Schönlein hat danach den Laden wohl im Blick gehabt, um seine Tochter abzupassen, wenn sie Feierabend macht. Ich bin ja erst kurz vor Ladenschluss da raus. Als sie dann ihr Fahrrad aus dem Hinterhof holte, stand er plötzlich vor ihr. Aus der möglicherweise erhofften Vater-Tochter-Versöhnung wurde ganz schnell ein heftiger Streit mit gegenseitigen Vorhaltungen.«

»Ich nehme an, in puncto Halsstarrigkeit ist auch die Tochter erblich ein wenig vorbelastet?«

»Vermutlich ja. Der Streit jedenfalls eskalierte, und Vater Schönlein wurde handgreiflich, sagt sie. Schläge hatte sie schon als Kind und Jugendliche von ihm erdulden müssen und geschworen, sich zu wehren, sollte das je wieder geschehen. Das hat sie dann offenbar auch getan. Und zwar ziemlich heftig. Sie stieß ihn weg, und er fiel. So unglücklich, dass er mit dem Kopf am Torpfosten aufschlug.«

»Gefällt, mitten im Streit. Wenn das mal kein konsequenter Abgang für ihn ist«, sinnierte Anne. »Und was hat die Tochter dann gemacht?«

»Die war schockiert und kopflos und lief erst mal davon. Ein Fluchtimpuls. Aber nach hundert Metern bekam sie ein schlechtes Gewissen und kehrte zurück. Außerdem hatte sie ihr Fahrrad am Tatort zurückgelassen und musste es holen. Stellen wollte sie sich nicht. Aber sie konnte ihren alten Herrn da auch nicht so liegen lassen. Vielleicht lebte er ja noch. Also nahm sie, weil sie nicht erkannt werden wollte, sein Handy und rief die 112 an. Dann radelte sie davon und versenkte sein Mobiltelefon von der Maxbrücke aus in der Rednitz.«

»Hätte sie sich gestellt, wenn du nicht dahintergekommen wärst?«

»Wer kann das schon mit Sicherheit sagen. Sie war jedenfalls sichtlich erleichtert, alles beichten zu können.« Beaufort schenkte Anne und sich selbst noch etwas Wein nach.

»Krass eigentlich. An einem normalen Freitagabend ohne Shutdown wäre das womöglich gar nicht passiert«, dachte Anne laut nach. »Bei den vielen Leuten dort hätte vielleicht jemand eingegriffen, ehe der Streit eskalierte.

Und ganz sicher hätte die Tochter nicht unerkannt aus der Gustavstraße flüchten können.«

»Du meinst, Schönlein ist eigentlich ein Corona-Opfer? Das solltest du in deinem Bericht morgen aber besser weglassen«, grinste Beaufort.

Die schöne Unbekannte

How deep is the ocean?, How high is the sky? Frank Beaufort ließ die letzten Töne des Irving-Berlin-Songs der ungelösten Fragen verklingen und schloss sanft den Deckel seines Steinways. Genug gespielt für heute. Er streckte sich, erhob sich vom Klavierhocker und trat an das Panoramafenster seines Penthauses. Kaiserburg und Sebalduskirche leuchteten im grellen Nachmittagslicht. Viel zu schade, um diesen milden Spätsommertag in seiner Bibliothek zu verbringen. Außerdem verspürte er Appetit. Wenn er durch die Altstadt spazierte, könnte er vielleicht irgendwo in einem Straßencafé einen Sonnenplatz ergattern und vorher noch beim Schneider am Hauptmarkt seine beiden Hemden abholen. Beaufort schlüpfte ins Jackett und in ein Paar Loafer, zog die Schublade mit den Süßigkeiten auf und schob sich eine Praline in den Mund. Auch sein schwindender Vorrat an Schokolade musste dringend wieder aufgefüllt werden.

Unten im Erdgeschoss klingelte er bei seiner Haushälterin. Rita Seidl öffnete mit einer Bluse in der Hand, an die sie gerade Strasssteinchen nähte. Aus ihrer Wohnung drang laute Musik – eine schwer bekömmliche Mischung aus Richard Clayderman und Rondò Veneziano.

»Ich gehe in die Innenstadt. Brauchen Sie noch etwas?«, fragte Beaufort galant.

»Sie könnten mir meine Augensalbe aus der Apotheke mitbringen«, sagte Frau Seidl erfreut. »Ich komme nicht dazu, sie abzuholen. Ich muss mir noch die Haare aufdrehen.«

»Haben Sie heute noch etwas vor? Ein kleines Rendezvous vielleicht?«, neckte er sie.

»Ich gehe heute Abend ins Konzert, zu Madame Chauchat.«

»Madame Chauchat?«

»Na, diese wunderbare Klavierspielerin, die Sie da gerade hören. Sie sieht aus wie ein blonder Engel und stürmt gerade alle Hitparaden. Wenn Sie mögen, können Sie heute Abend mitkommen in die Meistersingerhalle. Ich habe noch eine Karte übrig fürs Konzert. Meine Freundin Traudl ist krank geworden«, sagte sie treuherzig.

»Oh, danke fürs Angebot«, hüstelte Beaufort, »aber ich habe schon etwas mit Ekki ausgemacht. Leider.« Er lächelte, nahm das Rezept und verabschiedete sich eilig. Das war gerade noch mal gut gegangen.

Mit federnden Schritten flanierte Beaufort über den frisch renovierten Kettensteg, deckte sich in der Konditorei bei der IHK mit viel zu viel Konfekt ein, erwarb zu den Hemden auch noch die dazu passenden Krawatten, stärkte sich am Bratwurstrestaurant beim Alten Rathaus mit Drei im Weckla, weil er dem Duft nicht widerstehen konnte, und betrat schließlich seine Stammapotheke in der Königstraße.

Während eine Mitarbeiterin Frau Seidls Salbe anmischte, wurde er Zeuge einer sonderbaren Szene. Eine aufgewühlte Frau verlangte dringend nach einem Beruhigungsmittel. Dass ihr der Apotheker ohne Rezept kein Valium geben wollte, schien sie in eine mittlere Verzweiflung zu stoßen, und sie lamentierte laut herum. Wie eine Drogensüchtige vom Hauptbahnhof sah die Frau nicht gerade aus. Im Gegenteil. Sie wirkte äußerst gepflegt und trug ein schickes Kostüm, das ihre schlanke Figur bestens zur Geltung brachte. Mit ihrer dunklen Mähne und den vollen Lippen war sie genau der Typ Frau, auf den Beaufort flog. Leider hatte sie ihre Augen hinter einer dunklen Sonnenbrille versteckt. Er bewunderte ihre schönen Hände, mit denen sie ausdrucksvoll gestikulierte, während sie mit dem Apotheker diskutierte. Der Auftritt endete damit, dass die Fremde Baldrian kaufte, eine größere Dosis Tropfen in einem Glas Wasser hinunterstürzte und kaum ruhiger die Apotheke verließ. Der Pharmazeut zuckte entschuldigend mit den Achseln und reichte Beaufort die Salbe. Der zahlte und ging seltsam berührt hinaus.

Ganz automatisch, als bestünde zwischen ihnen ein unsichtbares Band, folgte er der schönen Unbekannten. Er beobachtete, wie sie immer wieder ungeduldig auf die Uhr schaute und ziellos durch die Straßen irrte. Vor einem Schaufenster mit Korbwaren brach sie sogar in heftige Tränen aus und murmelte immer wieder einen Namen, den Beaufort aus der Entfernung aber nicht verstand. Beinahe wäre er zu ihr gegangen und hätte ihr ritterlich sein Taschentuch gereicht, doch dann setzte sie sich wieder in Bewegung, und Beaufort spürte, dass er durch Beobachtung eher herausbringen würde, was die Frau bedrückte, als wenn er sie anspräche. Er dachte an den Kulturphilosophen Walter Benjamin, der geschrieben hatte, dass der Flaneur einem Detektiv gleiche, der hinter der Maske des gelassenen Spaziergängers seine angespannte Aufmerksamkeit verberge.

Als sie bereits zum dritten Mal an der Lorenzkirche vorbeigekommen waren, steuerte die Frau plötzlich auf das Haushaltswarengeschäft am Lorenzer Platz zu. In dem verschachtelten Gebäude verlor er sie kurz aus den Augen, doch fand er sie in der Messerabteilung wieder. Während Beaufort vorgab, sich brennend für Fonduesets und Raclettegrills zu interessieren, sah er zu, wie die Unbekannte nacheinander mehrere große Küchenmesser mit langen, scharfen Schneiden in die Hand nahm. Er erschrak, als sie damit einige Stiche und Stöße in die Luft tat. Schließlich entschied sie sich für ein etwa dreißig Zentimeter langes Tranchiermesser mit einer spitz zulaufenden Klinge. Draußen vor dem Geschäft wickelte sie es aus der Verpackung, warf das Papier in einen Mülleimer und steckte das Messer hastig in ihre Handtasche. Es passte gerade eben hinein. Wieder blickte sie auf ihre Armbanduhr.

So langsam wurde Beaufort bei der ganzen Angelegenheit doch etwas mulmig. Was, wenn die Verzweifelte sich oder jemand anderem damit etwas antun würde? Und während er noch überlegte, ob er die Polizei verständigen sollte – doch was hätte er denen schon groß zu sagen, außer dass eine heulende Frau mit einem Dolch in der Handtasche durch die Stadt zog –, marschierte sie zielstrebig gegenüber in die Sparkasse. Eine Welle von Adrenalin durchflutete seine Adern. Sie wollte doch nicht etwa die Bank ausrauben? Eilig überquerte er den Platz und betrat durch sich automatisch öffnende Türen die Schalterhalle. Die Fremde hatte sich in die kleine Schlange vor dem Kassenschalter eingereiht, der durch dickes Glas geschützt war. Beaufort entschloss sich abzuwarten und schnappte sich einige Überweisungsformulare, die er an einem der Tische ausfüllte. Er hatte sich so postiert, dass er das Geschehen gut im Blick hatte, aber der Frau gegebenenfalls in den Weg treten konnte, wenn sie mit ihrer Beute flüchtete. Jetzt war sie an der Reihe. Sie sagte etwas, und schon zählte ihr der Kassierer eine stattliche Anzahl gelber und lila Scheine vor. Beaufort schluckte vor Aufregung. Er war auf der richtigen Fährte! Oder war das doch kein Überfall? Der Bankangestellte war ausgesprochen freundlich zu der Frau. Jetzt reichte sie ihm sogar ihren Personalausweis. Und sie quittierte etwas auf einem Formular, ehe er ihr das dicke Bündel Geldscheine hinüberschob. Sie verstaute es vorsichtig in der Handtasche, nickte dem Kassierer zu und strebte dem Ausgang entgegen. Hatte die schöne Unbekannte, die immer noch ihre Sonnenbrille auf der Nase trug, doch einfach nur Geld abgehoben? Aber warum so viel? Das mussten etliche Tausend Euro sein, die sie jetzt bei sich trug. Was wollte sie damit? Hatte sie sich das Messer doch nicht gekauft, um jemanden anzugreifen, sondern um sich gegen Diebe zu verteidigen?

Natürlich folgte Beaufort der rätselhaften Frau erneut, doch sie kamen nicht weit. Draußen ließ sie sich auf der erstbesten Bank nieder, schaute sich suchend um und blickte wieder und wieder auf ihre Armbanduhr. Sie saß dort angespannt etwa zehn Minuten lang, bis die Glocken von St. Lorenz zur Kurzandacht läuteten. Da erhob sie sich mit einem Ruck, der gleichzeitig etwas Banges und Entschlossenes hatte, und ging in die Kirche hinein.

Im Gotteshaus war das Licht schummrig, und Beaufort machte sich zwischen den Gläubigen und Touristen auf die Suche nach der Frau. Für die Kunstschätze, den *Englischen Gruß* von Veit Stoß etwa, hatte er heute keinen Blick übrig. Er ging Ausschau haltend den linken Seitengang des Hauptschiffes entlang, als er sie rechts im gegenüberliegenden Seitengang entdeckte. Die Dunkelhaarige stand mit dem Rücken zu ihm vor einer großen Stellwand, die dort in Höhe der Sakristei aufgebaut und mit zahlreichen Zetteln übersät war, auf die Kirchenbesucher ihre Bitten, Dankesworte und Gebete geschrieben hatten. Klagemauer nannte Beaufort diese Einwegkommunikationswand mit Gott im Stillen. Doch anstatt selbst ein Papier zu beschreiben und es an die Wand zu pinnen, stellte sich die Frau auf die Zehenspitzen, streckte ihren Arm aus, bis sie den Zettel in der oberen rechten Ecke erreichte, und nahm ihn ab. Leicht zitternd faltete sie das Blatt auseinander und las es. Beaufort bemerkte aus der Entfernung, wie die Schultern der Frau zu zucken begannen. Es sah aus, als bräche sie erneut in Tränen aus. Erschöpft ließ sie schließlich die Arme sinken. Der Zettel entglitt ihrer Hand und segelte zu Boden.

Da setzte mit gewaltigem Brausen die Orgel ein und weckte sie aus ihrer traurigen Trance. Jäh machte sie auf dem Absatz kehrt und stöckelte mit schnellen Schritten zum Ausgang. Beaufort stand ziemlich weit weg. Wenn er ihr nicht sofort nachsetzte, lief er Gefahr, sie aus den Augen zu verlieren. Aber er wollte unbedingt wissen, welche Nachricht sie dort drüben gelesen hatte. Er zog sich den Unmut einiger Kirchgänger zu, als er sich eilig durch ihre Sitzreihe drängte. Ein Stuhl, an dem er hängen blieb, fiel krachend zu Boden. Auf der anderen Seite fand er nach einigem Suchen endlich das Papier am Boden, stopfte es in seine Jacketttasche und schob sich ungeduldig durch den Gegenverkehr einer Reisegruppe zum Portal.

Draußen blendete ihn die schräg stehende Sonne. Fieberhaft lief er kreuz und quer über den belebten Platz, doch von der schönen Unbekannten war nichts mehr zu sehen. Sie war im Gewimmel der Einkaufsstraßen verschwunden. Missmutig ließ Beaufort sich auf den Stufen des Tugendbrunnens nieder. Noch hatte er ja den Zettel. Vielleicht half der ihm weiter. Er strich das Papier auf seinem Oberschenkel glatt. In Druckbuchstaben stand dort geschrieben: »Wenn Sie den Kleinen lebend wiedersehen wollen, deponieren Sie das Geld heute Abend in der Garderobe.«

Beaufort war schockiert. Eine Welle des Mitleids überflutete ihn. Die arme Frau war Opfer eines Verbrechens geworden. Jemand hatte ihr Kind entführt! Und das Geld, das sie abgehoben hatte, war Lösegeld. Kein Wunder, dass sie so verzweifelt war. Baldrian war da sicher nicht das geeignete Mittel, um ihre Sorgen zu lindern. Bestimmt hatten die Entführer sie für Punkt fünf Uhr in die Kirche bestellt, um ihr dort diese Instruktion zukommen zu lassen. Ausgerechnet jetzt hatte er sie aus den Augen verlieren müssen, haderte Beaufort mit sich. Er musste die Polizei verständigen. Oder besser noch seinen besten Freund Ekki, den Justizpressesprecher. Doch wusste er nichts über diese Frau, weder ihren Namen noch ihren Aufenthaltsort. Niedergeschlagen erhob sich Beaufort und ging langsam die Karolinenstraße entlang. Im Gehen konnte er besser nachdenken. In was für einer Garderobe sollte die Bemitleidenswerte das Lösegeld nur hinterlegen? Vielleicht in einem Restaurant oder in einem Theater? Welch schreckliche Angst diese Mutter um ihr Kind haben musste. Aber wie sollte er sie nur wieder aufspüren? Während er grübelte, fiel sein Blick auf ein Plakat an einer Litfaßsäule. Eine schöne Frau mit schulterlangem, blond gelocktem Haar war dort an einem weißen Flügel abgebildet. »Melodien zum Träumen«, verhieß eine verschnörkelte, rosafarbene Schrift. Es war eine Ankündigung für das Konzert von Madame Chauchat heute Abend in der Meistersingerhalle. Und obwohl Beaufort das erste Mal ein Bild der Pianistin sah, erkannte er den vollen Mund und die ausdrucksstarken Hände sofort.

*

»Ich kann Ihnen gar nicht sagen, wie sehr es mich freut, dass Sie mitgekommen sind.« Rita Seidl strahlte. In ihrer fliederfarbenen Bluse mit den Glitzersteinchen, dem langen, schwarzen Rock und der Pelzstola wirkte sie etwas overdressed unter den Konzertbesuchern in Freizeitfummeln.

»Wer hätte gedacht, dass Ekki ausgerechnet heute Abend arbeiten muss. Er ist mit einer Kindesentführung beschäftigt.« Beaufort reichte seiner Haushälterin, die mindestens zwei Köpfe kleiner war als er, den Arm und führte sie aus dem Saal hinaus ins Foyer.

»Wie schrecklich!«

»Davon sollten wir uns die Laune aber nicht verderben lassen. Die Sache wird bestimmt gut ausgehen. Darf ich Sie zu einem Gläschen Sekt einladen?«

Während Frau Seidl an einem Bistrotisch das Programm studierte, stellte Beaufort sich an einer der Bars an. Das Pausenfoyer wimmelte nur so von Besuchern, das Konzert war ausverkauft. Aber Beaufort interessierte sich nicht für das Getümmel um ihn herum, sondern spähte aufmerksam durch die Glasfront nach draußen. Dort parkten im Licht des Bühneneingangs drei Polizeiwagen. Er beobachtete, wie mehrere schwer bewaffnete Uniformierte in ihren Mannschaftsbus zurückkehrten. Wenig später führten zwei Zivilbeamte einen in Handschellen gefesselten Mann ab. Ziemlich munter kehrte Beaufort mit zwei Sektgläsern zu Frau Seidl zurück.

»Hoffentlich gefällt Ihnen das Konzert auch?«, fragte die Haushälterin leicht besorgt, nachdem sie miteinander angestoßen hatten.

»Doch, doch, es ist sehr *interessant*«, versicherte Beaufort.

»Es sind ja auch so wunderschöne Melodien, gell. Beim *Taigawalzer* und dem *Sehnsuchtspotpourri* sind mir richtige Schauer über den Rücken gelaufen«, schwärmte sie. »Aber Sie als Klavierspieler können das doch besser beurteilen. Kann es sein, dass Madame Chauchat sich ein paar Mal verspielt hat?«

»Ja, so ganz bei der Sache war sie tatsächlich nicht, obwohl sie wirklich eine recht achtbare Pianistin ist. Aber ich bin mir sicher, dass Madame Chauchat nach dieser Pause wie verwandelt aufspielen wird«, prophezeite er.

Als Frau Seidl sich auf den Weg zum Nasepudern machte, nutzte Beaufort die Gelegenheit, um hinaus zum Bühneneingang zu gehen. Dort stand Justizsprecher Eckehard Ertl im Gespräch mit zwei Polizeibeamten. Alle drei lachten laut und schallend. Als sein Freund ihn bemerkte, kam der breit lächelnd auf ihn zu.

»Na, ihr seid ja in Hochstimmung. Habt ihr den Kerl geschnappt?«, fragte Beaufort.

»In flagranti erwischt. Die Männer vom Spezialeinsatzkommando haben während des Konzerts zugegriffen, als er sich das Lösegeld aus der Garderobe holte«, antwortete Ekki. »Er ist ein alter Bekannter, hat mehrere Vorstrafen wegen ähnlicher Delikte.«

»Und das Kind? Wie geht es dem?«

»Das Entführungsopfer befindet sich wohlbehalten in den Armen von Madame Chauchat«, grinste Ekki. »Da hast du jemanden echt glücklich gemacht. Deine schöne Unbekannte heute Nachmittag in der Stadt war tatsächlich sie. Weil sie so prominent ist, zeigt sie sich in der Öffentlichkeit meist nur mit Perücke und Sonnenbrille, um nicht erkannt zu werden.«

»Dann war alles genau so, wie ich es kombiniert habe«, sagte Beaufort stolz.

»Mit Ausnahme einer winzigen Kleinigkeit«, feixte Ekki.

»Und die wäre?« Beaufort schaute skeptisch in das Gesicht seines Freundes. »Könntest du bitte mal mit diesem dämlichen Gegrinse aufhören.«

»Das Kind ist ein Hund«, prustete der Justizsprecher los. »Ein süßer kleiner Yorkshireterrier mit Zöpfchen und hellblauer Schleife.« Ekki konnte sich gar nicht mehr einkriegen vor Lachen.

Beaufort war perplex. »Oh je, da war der SEK-Einsatz wohl etwas überdimensioniert«, sagte er kleinlaut.

»Verzeih mir das Wortspiel, aber du siehst gerade ganz schön auf den Hund gekommen aus.« Ekki amüsierte sich prächtig.

»Aber trotzdem waren meine Recherchen nicht für die Katz«, konterte Beaufort, »ich hab mich nicht zum Affen gemacht.«

»Na, da hast du ja noch mal Schwein gehabt.«

Und dann gackerten sie beide wie die Hühner.

Beichte eines Mörders

Von seinem Fenstersitz aus konnte Justizsprecher Ekkehard Ertl den großen Platz vor dem Neuen Museum gut überblicken. Während gegenüber die historische Stadtmauer im Halbdunkel lag, erstrahlte rechts das Museum hinter seiner konkaven Glasfassade im weißen Halogenlicht und gab den Blick auf einige Exponate frei. Ein stahlgrauer VW-Käfer und ein kupferfarbener Satellit, beides herausragende Beispiele deutschen Designs, fielen ihm besonders ins Auge. Es war ein kalter Abend Anfang Dezember, ein unsteter Wind wirbelte Laub über das Pflaster und ließ die Scheiben des Restaurants leise klirren. Als Ertl sein zweites Bier bestellt hatte, sah er Frank Beaufort kommen. Die große Gestalt im eleganten Mantel eilte über den Platz, einen prall gefüllten Leinenbeutel in der Hand. Ertl war es gewohnt, dass sich sein Freund zu ihren Mittwochsverabredungen verspätete. Die Tür ging auf, und zusammen mit einem Schwall kalter Luft betrat Beaufort das *Klara*.

»Tut mir leid, dass ich mich ein bisschen verspätet habe, Ekki, aber ich bin im Antiquariat versackt«, sagte er.

Die Männer begrüßten sich mit Handschlag. Beaufort hängte seinen Mantel an die Garderobe, orderte einen Noilly Prat mit Eis und legte den Beutel sorgsam auf den freien Stuhl neben sich.

»Und was hast du heute für Schätze gehoben?«, fragte Ertl, der die Buchleidenschaft seines Freundes mit einer gewissen Skepsis betrachtete. Auch er wusste ein gutes und sorgfältig gestaltetes Buch zu schätzen, aber dem Kult um edle Drucke und seltene Erstausgaben, den Beaufort betrieb, hatte er sich nie angeschlossen. Sein Freund besaß eine der wertvollsten Privatbibliotheken in Franken. Er war ein richtiger Bibliophiler. Und er konnte es sich leisten. Beaufort hatte geerbt und war so reich, dass er nicht zu arbeiten brauchte.

»Heute nur zwei Bildbände über Wiener Kaffeehäuser für meine kleine kulturgeschichtliche Abteilung. Dann einen Pressedruck mit einer launigen Arno-Schmidt-Erzählung und charmanten Originallithographien von Helge Leiberg. Und schließlich eine echte Rarität: die *Duineser Elegien* von Rilke mit einer eigenhändigen Widmung des Meisters an eine unbekannte Verehrerin. Ziemlich kostspielig. Aber Autographen von Rilke sind selten und nur schwer zu bekommen. Willst du's sehen?«

Vorsichtig nahm Ertl den schmalen Gedichtband und klappte ihn auf. In säuberlicher, etwas manierierter Handschrift, die Buchstaben s und r hatten schwungvolle Schnörkel, stand dort zu lesen: *Für Annemarie mit herzlichem Dank für die warmen Worte. Ragaz, im August 1926.* Signiert war die Widmung mit einem zierlichen *R.* für Rilke.

»Und wie viele Bände hast du mittlerweile in deiner Bibliothek?«, fragte Ertl und reichte das Buch über den Tisch zurück.

»Knapp unter zwanzigtausend. Aber die Marke knacke ich noch bis Jahresende.« Stolz wickelte Beaufort das Buch wieder ins Seidenpapier und steckte es in die Tasche zurück.

»Da wären wir ja gleich beim Thema«, sagte Ertl und trank einen Schluck Bier. »Weißt du was über Rudolf Grabowski? Der gehört ja wohl auch zu den großen Buchsammlern hier in der Gegend.«

»Warum fragst du? Ist er beim Bücherklauen erwischt worden und steht jetzt bei euch vor Gericht? Das soll bei

Sammlern ja häufiger vorkommen, als man denkt.« Beaufort lachte.

»Nein, es ist schlimmer«, sagte Ertl ernst.

»Brauchst du Hilfe bei einem Fall?«, fragte der Millionär gespannt. Neben dem Büchersammeln hatte er auch eine große Leidenschaft für die Detektivarbeit.

»Vielleicht. Aber das erkläre ich dir noch. Erzähl mir zuerst nur, was du über ihn weißt. Du kennst ihn doch bestimmt persönlich?«

Bei seinem Lieblingsthema Bücher ließ Beaufort sich nicht lange bitten. »Rudolf Grabowski hat wahrscheinlich die umfangreichste Privatsammlung deutscher Exilliteratur. Du weißt schon, die ganzen Autoren, deren Bücher die Nazis verbrannt haben und die ins Ausland fliehen mussten, wenn sie überleben wollten. Das war die Crème de la Crème der damaligen deutschsprachigen Literatur, die da vertrieben wurde: Heinrich Mann, Alfred Döblin, Else Lasker-Schüler, Bertolt Brecht, es waren Tausende.«

»Und warum ist das eine besondere Sammlung? Bücher von Brecht oder Mann werden doch in jeder Buchhandlung verkauft«, wandte Ertl ein.

»Aber damals waren deren Werke nur unterm Ladentisch zu haben – wenn überhaupt. Ganze Schriftstellerkarrieren wurden durch die Nazis vernichtet, denn im Ausland gab es ja kaum Publikationsmöglichkeiten. Eine fremde Sprache ist für viele Literaten so gut wie der Tod. Etliche haben sich dann ja auch tatsächlich umgebracht, wie Walter Benjamin oder Ernst Toller. Andere, die überlebten, haben aufgehört zu schreiben oder waren nach dem Krieg ganz einfach vergessen. Und wenn die Autoren doch etwas veröffentlichen konnten, dann meist nur in winzigen Auflagen in Exilverlagen, die kaum Geld fürs Honorar hatten.«

»Du meinst, diese Bücher sind wirklich selten?« Der Justizsprecher leerte den Rest seines Glases in einem Zug.

»Natürlich. Deutschsprachige Bücher wurden in Schweden, Holland, der Tschechoslowakei, den USA, ja selbst in Mexiko und China verlegt. Und Grabowski soll fast alle dieser über die Welt verstreuten Bücher besitzen, in Original- und Erstausgaben. Und nicht nur das: Es heißt, er habe auch Hunderte von Briefen dieser Autoren und etliche Originalmanuskripte. Wenn das stimmt, ist die Bibliothek einmalig und sehr wertvoll.«

Beaufort nippte an seinem Aperitif.

»Wie hat er diese Sammlung zusammengetragen? Er ist doch nicht besonders vermögend.«

»Soweit ich weiß, hat Grabowski gleich nach dem Krieg mit dem Sammeln angefangen, als sich noch niemand für diese Autoren interessierte. Da hat er die Bücher und Manuskripte oft spottbillig bekommen, getauscht gegen Lebensmittel oder was auch immer. Als Heimatvertriebener – ich glaube, er stammt aus Schlesien – hat er eine besondere Affinität zu den Exilautoren. Und später, als der Wert der Bücher dann rasant stieg, hat er sich mit dem Verkauf von Dubletten das nötige Kapital für den Ausbau seiner Sammlung besorgt. Jetzt muss er wohl so um die achtzig sein.«

»Kennst du ihn näher?«

»Nicht wirklich. Früher bin ich ihm manchmal auf Buchauktionen begegnet, zweimal auf Kongressen zur Exilliteratur und zuletzt vor etwa zwei Jahren auf dem Jahrestreffen der *Fränkischen Bibliophilen*. Grabowski ist ein richtig verschlossener Typ. Fanatischer Sammler. Der interessiert sich ausschließlich für seine Bücher und investiert sein komplettes Geld und seine ganze Zeit in diese Bibliothek. Typischer Junggeselle. Eine Frau würde so etwas gar nicht mitmachen.«

Es war jetzt nicht der Moment, Beaufort an seine gescheiterte Ehe und die wechselnden Freundinnen zu erinnern, beschloss Ertl.

»Dann kennst du bestimmt auch seinen Großneffen Carl Grabowski?«

»Natürlich. Er ist Assistent an der Uni Erlangen bei den Germanisten. Forschungsschwerpunkt Exilliteratur. Seit ein paar Jahren kümmert er sich um seinen Großonkel, vor allem um die Vervollständigung der Sammlung. Der alte Grabowski ist nicht mehr ganz so gut auf den Beinen und schickt jetzt immer ihn zu den Buchauktionen und in die Antiquariate. Dort habe ich ihn schon ein paarmal getroffen.«

»Und wie ist der so als Mensch?«

»Dazu kann ich wenig sagen, so gut kenne ich ihn nun auch wieder nicht. Er ist längst nicht so abweisend wie sein Großonkel. Wenn man ihm begegnet, ist er immer zu einem kleinen Gespräch aufgelegt. Und da er intelligent ist und viel über Literatur weiß, habe ich mich gern mit ihm unterhalten. Aber er kann auch knallhart sein.«

»Wie meinst du das?« In Ertls Stimme schwang ein wenig Erregung mit.

»Na ja, auf so einer Auktion ist man als Buchsammler eher Konkurrent als Kollege. Jeder will die Raritäten herausfischen und zu einem günstigen Preis ersteigern. Das Jagen ist ja Teil des Sammelns. Und da ist er gnadenlos. Ich bin ihm vor Kurzem hier in Nürnberg in einem Antiquariat begegnet und blätterte gerade in den neu eingetroffenen Büchern, als er mich in ein Gespräch verwickelte. Während wir uns unterhielten, taxierte er wie ein Luchs den Stapel hinter mir, zog während des Sprechens zielsicher das wertvollste

Buch daraus hervor und kaufte es mir vor der Nase weg. Das war schon ziemlich dreist, und ich gehe seitdem etwas auf Distanz, wenn er mir begegnet. Aber jetzt mal raus mit der Sprache, Ekki, warum fragst du mich das alles? Da steckt doch ein Fall dahinter.«

Der Justizpressesprecher drehte sein leeres Glas auf dem Bierfilz hin und her. Dann traf er eine Entscheidung. »Also gut, ich werde es dir erzählen. Du weißt, ich breche damit meine Schweigepflicht. Versprich mir, alles für dich zu behalten.« Als Richter tat sich Ertl besonders schwer damit, auch nur das kleinste Gesetz zu übertreten. Er stellte sein Auto selbst dann nicht auf einem Anwohnerplatz ab, wenn es der einzige freie Parkplatz weit und breit war.

»Keine Sorge«, beruhigte ihn Beaufort, »es ist ja nicht das erste Mal, dass du mich in solche Geheimnisse einweihst.«

»Rudolf Grabowski ist tot. Er ist vor drei Tagen, am Sonntagabend, in seinem Haus erschlagen worden. Seine Putzfrau hat ihn am nächsten Morgen gefunden.«

»Das ist allerdings eine Überraschung. Warum habe ich davon noch nichts im Radio gehört oder in der Zeitung gelesen?«

»Wir haben noch nichts an die Öffentlichkeit gegeben, um die laufenden Ermittlungen nicht zu gefährden. Außerhalb von Polizei und Justiz weißt jetzt nur noch du davon.«

Der Kellner brachte Brot mit zwei Sorten hausgemachter Butter und nahm ihre Menübestellungen auf.

»Wenn du als Justizsprecher eingeschaltet wurdest, heißt das also, dass ihr schon einen Verdächtigen habt?«, fing Beaufort wieder an.

»So ist es. Nur leider haben wir noch keine richtigen Beweise gegen ihn. Es gibt da aber ein paar merkwürdige Spuren. Und da du dich mit Buchsammlern und Bibliotheken besonders gut auskennst, dachte ich, du hättest vielleicht eine Idee.«

»Dazu müsstest du mir schon Genaueres über den Mord erzählen«, sagte Beaufort. In einem kurzen Anflug von Sammelgier fragte er sich, ob die Bibliothek des Toten verkauft werden würde, ermahnte sich aber sogleich selbst. Der alte Grabowski war zwar unsympathisch gewesen, doch jetzt war er tot, gestorben durch ein Gewaltverbrechen. Ziemlich pietätlos also, an seinen Nachlass zu denken.

»Die Putzfrau hat, wie immer am Montagmorgen, um neun Uhr bei Grabowski geklingelt. Da er nicht öffnete, machte sie sich Sorgen. Er ging nur noch selten allein aus dem Haus, sagt sie. Deshalb schloss sie die Tür mit ihrem Schlüssel auf. Sie schaute zuerst im Schlafzimmer nach, weil sie dachte, dass er vielleicht krank wäre, aber dort herrschte ein riesiges Durcheinander. Jemand hatte den Inhalt der Kleiderschränke und des Nachttisches auf dem Boden verstreut. Sie fand Grabowski schließlich in seinem Arbeitszimmer neben dem Schreibtisch. Er lag in einer kleinen Blutlache, sein Schädel war eingeschlagen. Die Tatwaffe stand auf dem Schreibtisch. Ein Stövchen aus massivem Glas, das nach Aussage der Putzfrau immer dort stand. Grabowski war Teetrinker. An dem Stövchen klebten noch Haare und Blut. Die Spurensicherung sagt, das ist zweifelsfrei die Tatwaffe.«

»Und habt ihr schon jemanden in Verdacht?« Beaufort bestrich ein Baguettescheibchen mit Peperonibutter und biss hinein.

»Es sieht alles nach einem Einbruch aus. Ein Fenster in einem der Bibliothekszimmer wurde von außen eingeschlagen und geöffnet. Da hindurch gelangte der Täter vermutlich in den Bungalow. Das muss so gegen acht Uhr am Sonntagabend gewesen sein. Der alte Grabowski bemerkte den Eindringling vermutlich erst, als der in sein Arbeitszimmer kam. Er hatte keine Chance. Der Einbrecher schlug ihm den Schädel mit dem erstbesten Gegenstand ein, den er greifen konnte, und durchsuchte dann die Wohnung nach Geld. Die Schreibtischschubladen waren herausgerissen und ausgeleert. Wie im Schlafzimmer wurden in der ganzen Wohnung die Schränke und Kommoden durchwühlt. Es fehlen die Geldbörse des Opfers mit EC- und Kreditkarte, etwa zweihundert Euro Bargeld, die im Küchenschrank lagen, sowie zwei wertvolle Taschenuhren. Das sagt jedenfalls sein Großneffe, und es scheint auch zu stimmen.«

»Ekki, wenn du nicht sagst, ›es war ein Einbruch‹, sondern ›es sieht nach einem Einbruch aus‹, heißt das doch bestimmt, dass du nicht daran glaubst«, warf Beaufort ein.

»Genau. Und ich sage dir auch, warum. Du musst dir das Haus mal ansehen, es liegt draußen in Mögeldorf. Grabowskis Bungalow hat etwa hundertsechzig Quadratmeter, verteilt auf fünf Räume. Außer dem kleinen Schlafzimmer und der Küche ist das Haus voller Bücher. Vier Zimmer voll mit Regalen bis unter die Decke, und auch im Flur, ja selbst im Klo gibt es Bücher. Aber der Einbrecher hat auf der Suche nach Wertvollem nicht ein einziges Buch angefasst. Die stehen alle noch brav in Reih und Glied, obwohl er sonst nicht zimperlich war. Ein echter Dieb hätte auch hinter den Büchern nach Geld oder einem Safe gesucht und viele dabei einfach auf den Boden gefegt. Aber dieser hat nicht mal ein einziges Eselsohr hineingemacht.«

»Vielleicht war es ja ein bibliophiler Einbrecher.«

»Dann hätte er aber auch um den Wert der Bücher gewusst und die besten Stücke mitgenommen. Doch es scheint nichts zu fehlen. Außerdem ist das Verhalten dieses Diebes noch in einem weiteren Punkt unlogisch. Ein Einbrecher will auf Nummer sicher gehen. Deshalb bricht er dann ein, wenn niemand zu Hause ist. Er will nicht riskieren, entdeckt zu werden und Gewalt anwenden zu müssen. Dieser hier ist aber eingebrochen, obwohl sichtlich jemand da war. Auch hat die Polizei im Garten keine Spuren von dem Einbrecher entdecken können. Und schließlich hat der Dieb nicht versucht, mit den Karten aus dem Portemonnaie Geld abzuheben. Nein, es deutet alles darauf hin, dass der Einbruch vorgetäuscht wurde, um uns auf eine falsche Spur zu locken. Der wahre Täter kam nur aus einem Grund in das Haus: Er wollte Grabowski töten.«

»Lass mich raten. Es kommt nur jemand in Frage, der auch einen Schlüssel zur Wohnung hat, denn wie wäre er sonst hineingekommen? Und einen Schlüssel haben die Putzfrau und der Großneffe, vielleicht auch noch ein Nachbar.«

»Stimmt genau, bis auf den Nachbarn.«

»Dann geht es also ums Motiv. Und wenn der alte Grabowski neben dem Saubermachen nicht auch noch sexuelle Dienstleistungen von der Putzfrau gefordert hat, woraufhin diese ihn angewidert mit dem Stövchen niederstreckte, bleibt nur der Großneffe übrig. Ich vermute, er ist der Erbe, konnte nicht warten, bis der alte Grabowski endlich den Löffel abgeben würde, und hat ein bisschen nachgeholfen. Das ist ja auch ein beliebtes Motiv in Kriminalgeschichten.«

Der Kellner servierte die Salate. Beaufort bestellte einen fränkischen Silvaner, Ertl hielt sich weiter ans Bier.

»Du hast so ziemlich ins Schwarze getroffen. Laut Testament, das Rudolf Grabowski vor drei Jahren bei seinem Rechtsanwalt hinterlegt hat, ist Carl Grabowski der Alleinerbe. Und ein konkretes Motiv, den Erblasser zu beseitigen, ist auch da. Die Kriminalpolizei hat ermittelt, dass den Großneffen nicht unbeträchtliche Spielschulden drücken und er dringend Geld braucht. Außerdem hatten die beiden Grabowskis etwa zwei Stunden vor der Tat einen Streit in einem Café. Es ist das Stammcafé des alten Grabowski in der Nähe vom Mögeldorfer Plärrer. Die Bedienung hat ausgesagt, dass Rudolf Grabowski kurz vor sechs dorthin kam und einen Weinbrand bestellte, was er sonst nie tat. Er war noch mürrischer als gewöhnlich und hat dauernd auf die Uhr geschaut. Dann ist der Großneffe hereingekommen, blieb etwa zehn Minuten am Tisch des Alten sitzen, der ihm anscheinend heftige Vorwürfe machte, und ist wieder abgerauscht, ohne etwas bestellt zu haben. Rudolf Grabowski hat daraufhin noch einen Weinbrand getrunken und ist gegen 18.15 Uhr nach Hause gegangen. Worum es bei dem Streit ging, konnte die Kellnerin nicht sagen.«

Der Justizsprecher, der seine Vorspeise noch nicht angerührt hatte, nahm das Besteck auf und schnitt die Salatblätter in mundgerechte Stücke. Beauforts Teller war schon halb leergegessen.

»Und ihr denkt jetzt, dass Grabowski seinen Großneffen enterben wollte, weshalb der Alte noch am selben Abend sterben musste, bevor er am nächsten Tag zum Notar gehen konnte. Wenn das Motiv so klar ist, ihr Carl Grabowski aber immer noch nicht festgenommen habt, muss er wohl ein gutes Alibi haben.«

»Kein felsenfestes, aber auch kein ganz schlechtes. Er ist erst gegen 19.30 Uhr nach Hause gekommen. Nach dem Streit mit seinem Großonkel ist er nicht direkt in seine Wohnung gefahren, das dauert mit dem Auto nur knapp fünf Minuten, sondern in eine Kneipe nach Zabo, um sich abzureagieren, wie er sagt. Wir haben das überprüft, das stimmt so weit, er war eine gute Stunde dort.«

»Kurze Zwischenfrage«, warf Beaufort ein. »Was sagt er denn, worüber die beiden gestritten haben?«

»Das ist etwas nebulös. Laut Carl Grabowski hatte der Großonkel ihn beschuldigt, er hätte es auf der letzten Auktion versäumt, irgendein wichtiges Manuskript für die Sammlung zu ersteigern. Da diese Versteigerung aber schon ein paar Wochen her war, klang das doch ziemlich an den Haaren herbeigezogen. Und als die Kripo ihn dann damit konfrontierte, dass sie über seine Spielschulden Bescheid weiß – es handelt sich um rund achtzigtausend Euro –, gab er zu, dass es bei dem Streit genau darum ging. Der Großonkel hatte ihm seine Spielsucht vorgeworfen und ihn zu mehr Sparsamkeit ermahnt. Da man so etwas ungern zugibt, hat er uns gegenüber zuerst etwas anderes behauptet, sagt er. Das klingt einigermaßen glaubhaft.«

Ertl schob sich eine Gabel Salat in den Mund und kaute.

»Geld allein macht nicht glücklich, es muss einem auch noch gehören«, scherzte Beaufort.

»Das musst du ja am besten wissen. Aber zurück zum Alibi. Unser Verdächtiger hat seinen Wagen um 19.30 Uhr in die Tiefgarage gefahren. Das wissen wir so genau, weil ein Nachbar es bestätigt. Grabowski behauptet, den Garagenschlüssel verlegt zu haben, weshalb er bei diesem Nachbarn klingeln musste, der ihm dann die Tiefgarage aufsperrte. Der Wagen ist an dem Abend nicht mehr rausgefahren worden, was andere Zeugen aus dem Haus bestätigen können. Um 20.15 Uhr hat Grabowski sich von seinem Festnetztelefon aus eine Pizza bestellt, wir haben das bei der Telekom überprüft. Gegen 20.45 Uhr wurde die Pizza geliefert. Und danach hat er den ganzen Abend telefoniert, mit seiner

Mutter, mit einem Kollegen und mit seiner Freundin. Das ging etwa bis Mitternacht. Wenn er der Täter ist, hat er den alten Grabowski nur in der Zeit zwischen 19.35 Uhr und 20.15 Uhr umbringen können. Ohne Auto hätte er dazu den Weg zum Haus des Großonkels zu Fuß gehen müssen. Das macht achtzehn Minuten einfach. Dann hätte er in die Wohnung eindringen, den Großonkel sofort töten, die Wohnung durchsuchen, die falsche Spur mit dem Einbruch legen müssen – wohlgemerkt: das alles in nur vier Minuten – und dann in achtzehn Minuten zu seiner Wohnung zurückgehen. Dazu ist Vorsicht geboten, um auf der ganzen Strecke von keinem Zeugen bemerkt zu werden. Das ist nur schwer zu schaffen in der kurzen Zeit. Selbst wenn er gerannt wäre oder sich irgendwo ein Fahrrad besorgt hätte, ist das Ganze knapp kalkuliert. Doch möglich wäre es immerhin.«

»Nur reicht eure Überzeugung von seiner Schuld für einen Haftbefehl nun mal nicht aus.«

»Ja«, bestätigte Ertl und schwieg, bis der Kellner die Vorspeisenteller abgeräumt hatte. »Deshalb kommt jetzt die Stelle, wo ich deinen Rat brauche. Der Tote hat nämlich ein letztes Wort von sich gegeben.«

Das erstaunte Beaufort. »Wer hat das denn gehört? Ich denke, er ist erst am nächsten Morgen entdeckt worden.«

»Es ist kein gesprochenes Wort, sondern ein geschriebenes. Laut Gerichtsmediziner hat Rudolf Grabowski den tödlichen Schlag auf den Kopf etwa zwischen 19 und 21 Uhr erhalten. Also genau in der Zeit, die auch für Carl Grabowski möglich gewesen wäre. Der alte Grabowski ist aber an dem Schlag nicht sofort gestorben. Er war bewusstlos und muss kurz vor seinem Tod noch einmal zu sich gekommen sein. Und in dieser Zeit hat er mit dem Finger und seinem eigenen Blut ein Wort auf das Parkett geschrieben. Und zwar das Wort *ROT*. Verstehst du, wenn es der Großneffe war, hätte er doch *CARL* schreiben können, aber er schreibt *ROT*. Vielleicht war er aber auch schon so benebelt, dass er nicht mehr wusste, was er tat.«

»Oder der Neffe hat einen Killer beauftragt.«

»Wir sind hier in Nürnberg und nicht in New York. Trotzdem haben wir auch daran gedacht. Es ist ziemlich unwahrscheinlich, dass Carl Grabowski in der kurzen Zeit vom Streit bis zur Tat einen Killer hat anheuern können, der auch noch sofort losgeht und den Auftrag umgehend ausführt. Außerdem brauchte der ja den Wohnungsschlüssel. Die Übergabe wäre vielleicht in der Kneipe möglich gewesen. Aber der Wirt hat ausgesagt, dass Carl allein am Tisch saß, Bier trank und mit niemandem gesprochen hat. Nein, wenn er es war, war er es selbst, und zwar zwischen 19.35 Uhr und 20.15 Uhr. Wahrscheinlich hat er sich den Plan in der Kneipe überlegt und den Mord gleich danach skrupellos begangen. Aber der alte Grabowski schreibt *ROT*. Jetzt frage ich dich: Was hat das zu bedeuten? Wir haben uns darüber die Köpfe zerbrochen. Alles, was in diesem mit Büchern vollgestopften Haus rot war, haben wir genauestens unter die Lupe genommen, inklusive sämtlicher roten Bücher. Aber gefunden haben wir nichts. Vielleicht ist *ROT* auch eine Abkürzung, doch es ist uns nichts Passendes eingefallen.«

Beaufort lehnte sich zurück, rückte seine Krawatte zurecht und sah Ekkehard Ertl in die Augen. »Möglicherweise hat es Grabowski aber auch nicht geschafft, das Wort zu Ende zu schreiben. Ich habe da eine Idee. Aber ich würde sie gern selbst überprüfen. Kann ich mir den Bungalow mal anschauen? Es ist gut möglich, dass der Schlüssel zur Lösung des Rätsels in der Bibliothek versteckt liegt.«

*

Am nächsten Morgen rief der Justizsprecher als Erstes den ermittelnden Kommissar Peter Miederer an und erzählte ihm von Beauforts Idee. Sie vereinbarten, sich um 11.30 Uhr am Eingang von Rudolf Grabowskis Haus zu treffen. Ertl holte seinen Freund, der aus Prinzip keinen Führerschein besaß, an seinem Penthaus in der Altstadt ab und fuhr mit ihm in Richtung Osten nach Mögeldorf. Beaufort war jahrelang nicht mehr in diesem Stadtteil gewesen. An der Ostendstraße hatte es einen richtigen Bauboom gegeben. Neben dem Großsupermarkt und dem Schnellrestaurant, an die er sich noch erinnern konnte, waren ein Baumarkt, ein Schuhdiscounter, ein Autoteilelager, ein riesiges Einrichtungshaus und ein Fitnesscenter aus dem Boden geschossen. Mögeldorf war durch diese Gebäude nicht gerade schöner geworden. Schließlich bog Ertl von der Hauptstraße ab, überquerte eine Brücke, unter der gerade ein Zug durchfuhr, und hielt kurz darauf in der Thäterstraße vor Grabowskis Bungalow. Beaufort machte seinen Freund auf die merkwürdige Koinzidenz aufmerksam, ausgerechnet in dieser Straße nach einem Täter zu suchen. Dann stiegen sie aus. Der Kommissar und einer seiner Mitarbeiter erwarteten sie schon. Nach einer kurzen Begrüßung holte Miederer den Schlüssel aus der Tasche, schloss die Tür auf und erbrach das amtliche Siegel. Innen war es kalt. Das eingeschlagene Fenster war zwar ebenfalls versiegelt, aber nur notdürftig repariert worden.

Beauforts Blick zog es magisch zu den Büchern. Ekkehard Ertl hatte nicht übertrieben. Das ganze Haus war voll davon. Es gab kaum eine Wand ohne Bücherregale bis unter die Decke. Eichenbretter, sorgfältig von einem Schreiner eingepasst, um keinen Zentimeter Platz zu verschwenden. Die Bände standen akkurat, Buchrücken an Buchrücken – perfekt geordnet. Auf dem Boden im Arbeitszimmer befand sich noch die Kreidemarkierung, die den Körperumriss des Toten darstellte. Es war das erste Mal, dass Beaufort in der Wirklichkeit sah, was er sonst nur aus Kriminalfilmen kannte. Die weiße Linie zusammen mit dem getrockneten, fast schwarzen Blutfleck wirkte surreal. Eine Empfindung, die durch die Schrift auf dem Parkett noch gesteigert wurde. Die drei Buchstaben waren ziemlich krakelig, sahen irgendwie unfertig aus.

»Genau, wie ich es mir gedacht habe«, sagte Beaufort. »Es scheint, als wollte uns der Tote mit dieser Blutschrift einen literarischen Hinweis geben. Grabowski hat es nur nicht mehr geschafft, das Wort zu vollenden. Wir sollen in seiner Bibliothek nachschlagen. Und ich bin mir ziemlich sicher, dass wir es bei einem der faszinierendsten Autoren des zwanzigsten Jahrhunderts tun sollten, einem, der 1939 im Pariser Exil gestorben ist: bei Joseph Roth.« Frank Beaufort hatte einen unverkennbaren Hang zum Dozieren, besonders wenn er über sein liebstes Thema, die Literatur, sprach. »Die schnellste Möglichkeit, die Bücher zu finden, ist über diesen Katalog hier.« Er setzte sich an den Schreibtisch und öffnete einen großen Karteikasten. »Von Computern hat der alte Grabowski offenbar nichts gehalten. Alle Bände seiner Bibliothek sind hier drin verzeichnet.«

Etwa drei Minuten lang blätterte Beaufort durch die Karteikarten, ging dann in ein anderes Zimmer, streifte mit geübtem Blick die Regale und fand den gesuchten Autor. Sämtliche Schriften Roths waren sowohl in den Erstausgaben als auch in allen jemals gedruckten Einzel- und

Werkausgaben vorhanden. Ergänzt durch mehrere Archivschachteln, in denen sich originale Handschriften Roths befanden. Der Autor füllte etwa vier Meter Regal. Keine leichte Aufgabe, dort eine Nachricht des Getöteten zu finden, von der man noch nicht einmal wusste, worin sie bestand. Beaufort zog eine graue Archivschachtel hervor, legte sie auf einen Tisch und öffnete den Deckel. Vorsichtig prüfte er den Inhalt, holte einen vergilbten Packen Papier heraus, strich mit einer beinahe zärtlichen Geste darüber und betrachtete ihn eingehend, ohne auf die anderen drei zu achten, die langsam ungeduldig wurden.

»Haben Sie etwas gefunden?«, fragte der Kommissar.

»Ich habe hier das Typoskript eines der großartigsten Bücher von Joseph Roth in Händen: *Die Legende vom heiligen Trinker*. Es muss sich um eine frühe Fassung handeln. In beinahe jeder Zeile sind Wörter gestrichen und vom Autor zahlreiche handschriftliche Veränderungen vorgenommen worden. Ein herrlicher Einblick in die Werkstatt eines Dichters«, sagte Beaufort begeistert.

Ertl wurde es langsam peinlich. »Wenn du mit Schwärmen fertig bist, könntest du dich vielleicht mal auf die Suche nach einer Nachricht von Grabowski machen, bitte.«

»Falls es sich um das handelt, was ich denke, nämlich ein neues Testament, dann würde ich es an Grabowskis Stelle nur in einem ganz bestimmten Roth-Buch verstecken. Hatte er auch nur ein bisschen Sinn für makabren Humor, dann befindet es sich in der *Kapuzinergruft*. Der Roman ist 1938 in Amsterdam erschienen und trägt einen schwarzen Schutzumschlag. Ich besitze auch ein Exemplar der Erstausgabe.«

Beaufort zog das Buch aus dem Regal, klappte es auf, holte triumphierend ein Kuvert heraus und reichte es dem

Kommissar. Der öffnete den Umschlag, entnahm ihm zwei handgeschriebene Blätter und las vor:

Testament

Vor vier Tagen bot mir ein Antiquar aus Hamburg eine sehr seltene Erstausgabe von Else Lasker-Schülers letztem Gedichtband »Mein blaues Klavier« an, der 1943 in einer Kleinstauflage von nur 350 Stück in Jerusalem erschien. Nur wenige Exemplare dieses unscheinbaren, aber bedeutenden Buches existieren heute noch. Dieses hier trug überdies eine eigenhändige Widmung der Autorin an ihren Freund Ernst Ginsberg. Das Buch, für das der Antiquar 8.000 Euro verlangte, war mein eigenes. Ich hatte es Anfang der Fünfzigerjahre in einem Kölner Trödelladen für ein paar Pfennige erworben.

Das lässt den für mich einzig möglichen Schluss zu, dass mein Großneffe Carl Grabowski mein ihm entgegengebrachtes Vertrauen übelst missbraucht hat. In den vergangenen drei Tagen habe ich meine gesamte Bibliothek systematisch durchsucht und weitere Lücken entdeckt. Insgesamt fehlen zwölf wertvolle Bücher, neunzehn Briefe und zwei Manuskripte, die ich beiliegend aufgelistet habe. Nachdem ich meinen Großneffen heute Abend mit der Wahrheit konfrontiert habe, gestand er mir den Diebstahl meiner Bücher und Handschriften. Er hatte zu seiner Entschuldigung nichts vorzubringen, was einen solchen Vertrauensbruch rechtfertigen könnte. Seine beiden Strafen, das Hausverbot und den Ausschluss von meinem Erbe, hat er unter Protest zur Kenntnis genommen.

Aus diesem Grund erkläre ich hiermit Carl Grabowski, geboren am 12. März 1958 in Herzogenaurach, für enterbt. Mein Nachlass soll in eine Stiftung überführt werden. Unter dem Namen »Exilbibliothek – Sammlung Rudolf Grabowski« sollen die Bücher nach meinem Tod allen Wissenschaftlern zu Forschungszwecken zur Verfügung gestellt werden. Finanziert wird die Stiftung aus Verkäufen von Teilen der Bibliothek, die nicht unmittelbar in den Bereich Exilliteratur gehören. Näheres dazu regle ich sobald als möglich mit meinem Rechtsanwalt.

Mit dieser letztwilligen Verfügung erkläre ich mein vorhergehendes Testament für ungültig.

Rudolf Erich Grabowski

Nürnberg, den 28. November ..., 19.30 Uhr

*

An einem Mittwochabend zwei Wochen später, es waren noch neun Tage bis Heiligabend, saß der Justizsprecher wieder in dem Restaurant am Neuen Museum und schaute auf den Platz hinaus. Seit Tagen war es mild und regnete, ein ganz und gar unadventliches Wetter. In der Zeitung hatte er gelesen, dass die Verkäufer auf dem Christkindlesmarkt deswegen schlechtere Umsätze machten. Wie üblich wartete Ekkehard Ertl auf Frank Beaufort, aber noch war er bei seinem ersten Bier. Kurz darauf sah er seinen Freund mit einem Schirm in der Hand und einer Tüte unter dem Arm über den Platz auf das Restaurant zukommen. Beaufort brachte einen Schwung feuchter Luft mit herein, orderte im Vorbeigehen beim Kellner seinen Aperitif und begrüßte Ekki. Nachdem er den nassen Schirm verstaut und seinen

Mantel abgelegt hatte, deutete der Justizsprecher auf die Plastiktüte und fragte: »Schon wieder neue Bücher?«

»Nein, heute nicht. In der Tüte ist etwas für dich, aber das gebe ich dir gleich. Erst einmal musst du mir erzählen, wie es inzwischen mit dem Bibliotheksmord steht. Hat Grabowski endlich gestanden?«

»Noch nicht, und ich glaube, er wird es auch nicht tun. Es läuft wohl alles auf einen Indizienprozess hinaus. Doch wie der ausgehen wird, steht in den Sternen. Er hatte ein Tatmotiv, nämlich seine drohende Enterbung zu verhindern, weshalb er schnell – im wahrsten Sinne des Wortes – zuschlagen musste, und er hatte die wenn auch knappe Zeit, es zu tun.«

»Aber wenigstens hat der alte Grabowski mit seinem blutigen Fingerzeig verhindert, dass der Großneffe die ganze Sammlung erbt. Carl hat sicher nicht damit gerechnet, dass sein Großonkel in der kurzen Zeitspanne zwischen dem Streit und dem Mord noch ein provisorisches Testament geschrieben hat.« Der Kellner servierte den Noilly Prat mit Eis, und die beiden Freunde prosteten sich zu.

»Das ist kein provisorisches Testament. Da es handschriftlich verfasst wurde und sowohl Datum als auch die volle Unterschrift trägt, ist es ein vollgültiger Letzter Wille. Unterschriften von Zeugen oder notarielle Beglaubigung sind dazu nicht unbedingt nötig. Im Nachhinein muss man aber sagen, dass Rudolf Grabowski mit seinem Blut besser *CARL* auf den Boden geschrieben hätte. Denn ein Mörder kann sowieso nicht das Erbe desjenigen antreten, den er umgebracht hat. Das ist gesetzlich verboten.«

»Wir hätten dadurch aber niemals den Grund für den Streit erfahren. Und wir hätten nicht gewusst, welche Bücher und Schriften Grabowski gestohlen hat.«

»Und was soll uns das nützen?«, entgegnete Ertl.

»Die Antwort auf deine Frage befindet sich in dieser Tüte. Hier habe ich den unzweifelhaften Beweis dafür, dass Carl Grabowski der Mörder ist.« Und mit großer Geste zog Beaufort eine dicke Broschüre im DIN-A5-Format hervor und überreichte sie seinem Freund.

Der schaute ihn verständnislos an: »Ein Auktionskatalog aus London. Was soll ich damit?«

»Also gut, pass auf. Alle von Carl Grabowski aus der Bibliothek gestohlenen Bücher und Manuskripte hat Rudolf Grabowski am Sonntag auf dem Zettel notiert, den wir bei seinem neuen Testament gefunden haben. Montag früh entdeckt die Putzfrau dann den Erschlagenen, ruft sofort die Polizei, und ab da kann niemand Unbefugtes mehr in das Haus. Tür und Fenster waren immer ordnungsgemäß versiegelt und sind es heute noch. Ich bin am Nachmittag mit dem Taxi hingefahren und habe mich persönlich davon überzeugt.«

»Und das bedeutet?« Der Justizsprecher fragte sich immer noch, worauf Beaufort hinauswollte.

»Das bedeutet: Wenn weitere Bücher oder Manuskripte aus der Sammlung Grabowski auftauchen, kann sie nur der Mörder in der Mordnacht aus der Bibliothek gestohlen haben. Und genau das hat Carl Grabowski in seiner Habgier oder unter dem Druck seiner Schulden getan. Er hat sich ausgerechnet, dass es bei einem Gewaltverbrechen eine Weile dauern dürfte, bis sein Erbe freigegeben wird. Und da hat er sich, als Vorschuss gewissermaßen, am Sonntagabend schon mal bedient. In diesem Auktionskatalog hier wird ein Manuskript zur Versteigerung angeboten, das eindeutig dem alten Grabowski gehört und nicht auf seiner Diebstahlsliste steht. Ich habe den Katalog heute als Kunde des Hauses mit der Post bekommen und ziemlich gestaunt, als ich es entdeckte. Es sollte ein Leichtes für die Polizei sein, dieses Manuskript zu Carl Grabowski als Besitzer zurückzuverfolgen.«

»Bist du dir ganz sicher, dass das Manuskript aus der Sammlung des Alten stammt?«, fragte Ekki aufgeregt.

»Hundertprozentig. Du erinnerst dich, dass ich, um das Buch mit dem Testament zu finden, den Katalog im Arbeitszimmer mit sämtlichen Werken von Joseph Roth genau durchgeblättert habe. Darunter war auch die erste Handschrift zu einem seiner Exilromane aufgeführt. Die zweite Fassung liegt im Literaturarchiv in Marbach. Es gibt nur diese beiden Originalmanuskripte auf der Welt.«

»Das ist wirklich interessant, aber es ist immer noch kein eindeutiger Beweis«, wandte Ertl ein. »Vielleicht hat Carl Grabowski das Manuskript schon vorher gestohlen, aber der Alte hat es beim Überprüfen nicht gemerkt. Das ist ja durchaus möglich bei der Masse an Büchern.«

»Ekki, du bist ein Spielverderber. Das ist spitzfindig und gemein! Du kannst doch nicht einfach meine schöne Entdeckung so kaputtreden.« Beaufort war wirklich enttäuscht.

»Dies ist kein Spiel, sondern mörderischer Ernst. Im richtigen Leben läuft es nun mal nicht so glatt wie bei Sherlock Holmes. Aber krieg dich mal wieder ein. Es war ja höchstwahrscheinlich so, wie du sagst. Deine Beobachtung ist zumindest ein weiteres Indiz, und zwar ein überaus starkes. Das müsste für eine Verurteilung reichen.«

»Na, das meine ich doch auch«, maulte Beaufort. Und dann kam ihm noch ein Argument in den Sinn. »Stand nicht im Testament, dass sich der alte Grabowski für die Recherche nach den gestohlenen Büchern drei Tage Zeit genommen und erst dann seinen Großneffen zur Rede gestellt hat? Dann kannst du davon ausgehen, dass ihm trotz des Umfangs seiner Bibliothek kein Diebstahl entgangen ist. Das sage ich dir als jemand, der noch mehr Bücher besitzt.«

Das überzeugte seinen Freund endgültig, und er gab zur Feier des Tages eine Flasche Champagner aus. Nachdem sie miteinander angestoßen hatten, fiel Ertl noch etwas ein.

»Sag mal, wenn du recht hast, bedeutet das doch, dass der junge Grabowski in der Mordnacht in den Manuskripten von Joseph Roth gewühlt hat. Man stelle sich vor, er hätte auch *Die Kapuzinergruft* mitgenommen. Ich bin auf seine Reaktion gespannt, wenn er erfährt, wie nah er dem neuen Testament war.«

Sie malten sich die Situation des Verhörs aus und hatten ihren Spaß daran, auch wenn sie unterschiedlicher Ansicht waren. Seine Erfahrung lehrte den Justizsprecher, dass der Verdächtige jede Aussage verweigern würde, aber Beaufort glaubte fest an ein Geständnis.

»Warum bist du so sicher, Frank, dass Grabowski alles zugeben wird?«

Behaglich lehnte sich Beaufort in seinem Stuhl zurück und süffelte von dem Champagner.

»Weil ich den Titel des gestohlenen Manuskripts kenne. Ehrlich gesagt hat Grabowski so unmittelbar nach dem Mord eine erstaunliche Wahl getroffen.«

»Und wie heißt der Titel?«

Beaufort zog die rechte Augenbraue hoch, was ihn einen Moment lang wie Mr. Spock aussehen ließ.

»*Beichte eines Mörders.*«

Gänsemord in Ochsenschenkel

»Hast du meinen Reisepass gesehen?«, dröhnte es durchs Penthaus.

»Liegt hier oben auf dem Schreibtisch!«, rief Beaufort, ohne von seiner Zeitung aufzuschauen.

Im unteren Stockwerk rumorte es. Er hörte Türengeklapper und Annes Schritte zwischen dem unteren Bad, der Küche und den vier Zimmern. Etwas fiel mit lautem Krachen zu Boden, und seine Freundin stieß einen Fluch aus, der eines Fernfahrers würdig gewesen wäre. Beaufort verzog schmerzlich das Gesicht, enthielt sich aber eines Kommentars. Wenn Anne packte, ließ man sie am besten in Ruhe. Er vertiefte sich wieder in den Artikel: Im Großraum Nürnberg war in letzter Zeit vermehrt Falschgeld aufgetaucht.

»Weißt du, wo mein dunkelblauer Blazer steckt?«, röhrte Anne zu ihm hoch.

»Wahrscheinlich immer noch dort, wo du ihn gestern Abend hingehängt hast: an der Garderobe!«

»Da ist er nicht!«

»Doch!«

Er hörte das Klackern der Metallbügel.

»Ja, wenn du auch deinen Mantel davor hängst!«, kam es anklagend.

Beaufort führte stoisch eine hauchdünne Porzellantasse zum Mund und trank einen Schluck Darjeeling. Es handelte sich um täuschend echte Fünfzigeuroscheine. Die einzige Möglichkeit, die Blüten von richtigen Geldscheinen zu unterscheiden, las er, war das Metallsiegel rechts unten. Sie hatten kein richtiges Hologramm, das je nach Lichteinfall eine 50 oder ein klassizistisches Tor aufleuchten ließ, sondern waren flach silbern. Falschgeld derselben Machart war schon seit Längerem in Spanien in Umlauf.

»O Gott, mein Ticket!«

Beaufort ließ die Zeitung endgültig sinken. »Es liegt bei deinem Pass. Wenn ich dich erinnern darf, hast du vorhin alle deine Reiseunterlagen hierher gelegt, damit du auch ja nichts vergisst!« Er verabscheute es, durch seine Wohnung schreien zu müssen, doch bei über dreihundert Quadratmetern verteilt auf zwei Etagen und einer momentan etwas gereizten, aber dennoch kommunikationsbedürftigen Gefährtin war es nicht zu vermeiden. Beaufort hielt sich den Gebäckteller unters Kinn und biss herzhaft in einen Elisenlebkuchen – er brauchte dringend Nervennahrung. Kauend streifte er mit dem Blick über die Regale seiner riesigen und sehr wertvollen Bibliothek, während Anne unten ein schweres Gepäckstück in die Lobby wuchtete.

Beaufort zog seine Taschenuhr aus der Weste und ließ den goldenen Deckel aufschnappen. »Ich will dich ja nicht drängen«, rief er hinunter, »aber in genau einer Stunde geht dein Flieger!«

»Bin schon fertig«, erwiderte sie, die große Wendeltreppe hinaufeilend; ihre Absätze klackerten auf den Holzstufen. Vom ersten Aufblitzen ihres Scheitels an dauerte es keine zwei Sekunden, bis Annes Gestalt vollständig auftauchte. Sie war groß und schlank, hatte lange schwarze Haare, trug einen dunkelblauen Hosenanzug und sah wunderschön aus, fand Beaufort. Anne marschierte geradewegs auf den Schreibtisch zu, schnappte sich Pass, Flugschein, ein kleines Bündel US-Dollars und stopfte alles in ihre Handtasche hinein. Mit einem gehetzten, halben Lächeln sah sie ihn an: »Ich kann diese blöde Packerei nicht ausstehen. Irgendwas vergisst man immer.«

»Du hättest weniger Mühe damit, wenn du es nicht immer auf den letzten Drücker tun würdest«, sagte er ruhig.

Anne zuckte mit den Schultern, trat zu Beaufort und mopste sich ein Stückchen Lebkuchen von seinem Teller. »Können wir?«, fragte sie mit vollem Mund.

Ihr Freund erhob sich aus dem Ohrensessel und trat an die Fensterfront. Doch betrachtete er nicht das Altstadtpanorama mit Kaiserburg und Sebalduskirche, sondern blickte auf den Weg hinunter. Dort wartete das Taxi.

»Carl ist schon da«, stellte er fest, »pünktlich wie immer.«

Beaufort besaß keinen Führerschein und benutzte daher häufig ein Taxi. Bei planbaren Fahrten bevorzugte er die Dienste von Carl Löblein. Da Beaufort ein Vermögen geerbt hatte und die Dienste des Chauffeurs seines Vertrauens großzügig entlohnte, war Carl fast immer zur Stelle, wenn der Privatgelehrte ihn brauchte. Auch für eine so verhältnismäßig kurze Fahrt wie zum Flughafen.

»Na, dann mal los«, sagte Anne, pustete das Teelicht im Stövchen aus und marschierte zur Treppe. »Du kommst doch noch mit zum Airport?«

Er schaute sich noch einmal suchend in der Bibliothek um, ging zum Schreibtisch hinüber und bückte sich nach einer schwarzen Tasche, die dort auf dem Boden stand. »Dein Aufnahmegerät solltest du besser mitnehmen«, meinte er trocken, »sonst wird das wohl nichts werden mit der Reportage über den Weihnachtsmarkt in Atlanta.«

Grinsend drehte die Journalistin sich um und umarmte ihren Freund. »Was täte ich nur ohne dich, Frank«, erklärte sie und schaute ihm verliebt in die Augen.

»Vom Radio zur Zeitung wechseln, schätze ich. Einen Stift wirst du wohl dabeihaben.«

Im Taxi hielten die beiden Händchen auf dem Rücksitz.

»Ich vermisse dich jetzt schon«, sagte Beaufort leise. »Willst du mich nicht doch mitnehmen?«

»Du weißt doch, dass ich das für keine gute Idee halte. Ich bin die ganze Zeit dem Nürnberger Christkind mit dem Mikrofon auf den Fersen. Du würdest mich nur ablenken bei meiner Arbeit.« Sie strich ihm zärtlich durch sein dunkelblondes Haar. »Und in fünf Tagen bin ich ja schon wieder da. Dann muss ich zwar noch das Hörfunkfeature schneiden, aber danach feiern wir das erste Mal gemeinsam Weihnachten, so richtig mit allem Drum und Dran.« Darauf freute sie sich wirklich.

»Ich werde umkommen vor Langeweile ohne dich«, sagte Beaufort trotzig.

»Gibt es denn keine Mordfälle für dich zu lösen?«

Beaufort hegte eine große Leidenschaft für die Aufklärung von Verbrechen. Er besaß nicht nur eine der umfangreichsten Sammlungen von Kriminalromanen in Erst- und Originalausgaben, dank seiner Recherchen war es auch gelungen, sowohl den Augustinerhof-Mörder als auch den Serienkiller vom Reichsparteitagsgelände zu überführen.

»Derzeit treiben nur Taschendiebe auf dem Christkindlesmarkt und Geldfälscher ihr Unwesen. Die kapitalen Verbrecher sind anscheinend alle besinnlich geworden und achten den vorweihnachtlichen Frieden.«

»Die nächste Leiche kommt bestimmt«, prophezeite Anne schmunzelnd. »Und da ich nicht an deinem Ableben durch Eintönigkeit schuld sein will, habe ich einen kleinen Auftrag für dich. Würdest du bitte unsere Weihnachtsgans abholen? Da kannst du gleich einen schönen Ausflug aufs Land machen, nach Ochsenschenkel.«

Frank schaute Anne ungläubig an. »Das ist jetzt nicht dein Ernst, oder?«

»Wieso, magst du keinen Gänsebraten? Ich reibe die Gans mit Beifuß und Majoran ein und fülle sie dann mit Äpfeln, Zwiebeln und Maronen. Aber der Clou ist das Dunkelbier, mit dem ich den Braten immer wieder übergieße – das gibt eine schöne Kruste und eine leckere Soße. Wirst sehen, es wird dir schmecken.«

Beaufort winkte ab. »Das meine ich doch gar nicht. Ich glaube dir ja, dass du eine Gans schmackhaft zubereiten kannst. Ich wundere mich nur über den weiten Weg. Warum bestellen wir nicht einfach eine beim Metzger?«

»Weil ich dann nicht weiß, woher sie kommt und wie sie gehalten wurde. Bauer Grabner zieht seine Vögel biologisch auf und züchtet ausschließlich Fränkische Landgänse – das sind die besten. Er hat nur eine kleine Schar von höchstens dreißig Gänsen, und es hat Jahre gedauert, bis ich von der Warteliste in den erlesenen Kreis seiner Kunden aufgestiegen bin. Diesen Platz will ich nicht leichtfertig wieder aufgeben, bloß weil ich eine Dienstreise nach Amerika mache. Also bitte, sei so gut und hol uns die Gans.«

Annes Stimme klang so kategorisch, dass Beaufort keine weiteren Einwände erhob. »Meinetwegen. Wenn dein Herz so sehr dran hängt, bringe ich dir eben den Vogel.« Er begann zu feixen. »Aber sag mal, wo liegt denn dieses Ochsenschenkel überhaupt? Wirklich ein kurioser Name! Der kann es ja spielend mit fränkischen Orten wie Feinschluck, Frischgrün und Mausgesees aufnehmen.«

»Oder mit Wichsenstein und Poppenreuth«, grinste Anne doppeldeutig. »Weißt du, Frank, ich habe einen Kollegen, der früher bei *Radio 8* in Ansbach gearbeitet hat. Den hat es immer förmlich am Mikrofon zerrissen, wenn er die lokalen Fußballergebnisse durchsagen musste. Das ging etwa so: Rohr gegen Sack 2:1, Feucht gegen Spalt 0:3.«

Selbst Carl hinterm Steuer, der sonst die Diskretion in Person war und immer weghörte, wenn seine Kundschaft sich unterhielt, konnte ein Lachen nicht unterdrücken.

»Aber wenn du es genau wissen willst«, japste Anne, als sie wieder etwas zu Atem gekommen war, »Ochsenschenkel ist der Nabel Frankens, denn genau dort befindet sich die geografische Mitte unserer Region. Es gehört zum Markt Vestenbergsgreuth und liegt am südlichen Rande des Steigerwaldes. So weit weg ist das also gar nicht.«

Sie fuhren durchs Knoblauchsland auf den Tower zu, vorbei an Reihen von Gewächshäusern mit Eisblumen an den Scheiben. Seit zwei Tagen hatten sie strengen Frost.

»Ob wir wohl eine weiße Weihnacht bekommen?«, fragte Beaufort, während er aus dem Fenster sah.

»Schön wäre es ja. Dann schmeckt der Gänsebraten gleich doppelt so gut.«

Als sie die ersten Parkhäuser des Flughafens erreichten, klappte die Journalistin ihren Schminkspiegel auf und zog sich die Lippen rot nach.

»Für wen machst du dich so schön?«

»Na, fürs Christkind natürlich«, antwortete Anne ironisch.

Das Taxi hielt vor dem Abflugterminal. Carl stieg aus und hievte Annes Gepäck aus dem Kofferraum.

»Nicht vielleicht doch für den Leiter des Amtes für Internationale Beziehungen? Der soll ja ein rechter Frauenheld sein, was man so hört.«

Anne lächelte Beaufort mit blitzenden Augen an. »Steht dir gut, so ein bisschen Eifersucht.« Und dann gab sie ihm einen so leidenschaftlichen Abschiedskuss, dass sie sich die Lippen gleich noch einmal schminken musste.

Zwei Tage später, es war wieder etwas milder geworden, steuerte Carl Löblein das Taxi über die Landstraße Richtung Vestenbergsgreuth. Beaufort saß im Fond, sah stumpfe Wiesen, umgepflügte Äcker und nahezu entlaubte Bäume vorbeigleiten – die Landschaft wirkte mehr spätherbstlich als vorweihnachtlich – und tauschte mit seinem Chauffeur bruchstückhaftes Wissen über ihr Ziel aus. Er verband mit Vestenbergsgreuth einen Kräutertee- und Heilpflanzenhersteller, dessen Produkte er durchaus schätzte, während Carl sich vor allem an den legendären 1:0-Sieg des TSV Vestenbergsgreuth gegen den FC Bayern München im DFB-Pokal 1994 erinnerte. Zwei Jahre später fusionierte der Fußballverein dann mit der Spielvereinigung Fürth, doch für die 1. Bundesliga hatte es bislang trotzdem nicht gereicht. Beaufort hörte zum ersten Mal davon, denn er machte sich nichts aus Fußball, und das war seit einer traumatischen Begegnung mit einem Mörder bei seinem bislang einzigen Besuch im Frankenstadion nicht gerade besser geworden.

Als sie die Marktgemeinde im Landkreis Erlangen-Höchstadt erreicht hatten, schlugen sie den schmalen kurvigen Weg nach Ochsenschenkel ein. Der kleine Weiler mit einer Handvoll Bauernhäuser, Fachwerkscheunen und einigen Neubauten am Dorfrand mochte kaum mehr als 50 Einwohner zählen. Langsam glitt das Taxi durch den Ort und hielt schließlich auf dem gepflasterten Grabnerschen Hof.

Ein braun-weißer Hund kündigte mit kurzem Gebell ihre Ankunft an und lief schwanzwedelnd auf Beaufort zu, als der aus dem Auto stieg. Er tätschelte das Tier, das ihn kurz beschnüffelte und wieder in Richtung Bauernhaus davontrabte. Da niemand sich zeigte, obwohl Beaufort sein

Kommen für heute früh zehn Uhr telefonisch angekündigt hatte, folgte er dem Hund. Landwirt Grabner, mit dem er persönlich gesprochen hatte, hatte ihm mitgeteilt, dass gestern und heute Schlachttage seien und er ihn und seine Familie zuverlässig im Anbau beim Gänserupfen antreffen werde. Beaufort klopfte dort, doch alles blieb still. Der Hund schaute erwartungsvoll zu ihm hoch. Frank drückte die Klinke und öffnete die Tür. Das Tier schlüpfte hinein, er ging ihm langsam nach. Der Raum sah aus, als sei er fluchtartig verlassen worden. Zwei halbgerupfte Gänse lagen auf einem Tisch, die langen Hälse baumelten nach unten. Auf einem Schemel lagen ein blutiges Messer und ein Kantholz, daneben stand ein Plastikeimer, der etwa zu einem Viertel mit einer dunkelroten Flüssigkeit gefüllt war. Auf dem Boden befanden sich Blutflecken. Einige zarte Gänsedaunen schwebten in der Luft. Kein Mensch war zu sehen.

Da spitzte der Hund die Ohren und trippelte hinaus. Auch Beaufort hatte etwas gehört und folgte ihm. Vor der Tür wäre er beinahe mit einer alten Frau in Kittelschürze und Kopftuch zusammengeprallt, die über den Hof hetzte und händeringend klagte.

»Allmächd! Allmächd!«, kam es aus ihrem fast zahnlosen Mund, »alle sind tot, alle!«

Beaufort war wie elektrisiert. Ein Unfall? Ein Verbrechen?

»Wer ist gestorben?«, rief er ihr nach, doch sie war schon im Nachbarhaus verschwunden. Irgendwie erinnerte ihn die Alte an Krösa-Maja auf Katthult aus Astrid Lindgrens *Michel aus Lönneberga*, denn sie schien bei allem Entsetzen durchaus Freude am Verbreiten ihrer kryptischen schlechten Nachricht zu haben.

Beaufort warf Carl, der aus dem Taxi ausgestiegen war, einen fragenden Blick zu, doch der zuckte nur ratlos mit den Schultern. In dem Moment fuhren ein alter, schlammbespritzter Mercedes und ein japanischer Pick-up auf den Hof, aus denen zwei Frauen und zwei Männer mittleren Alters ausstiegen und aufgeregt durcheinander redeten. Beaufort erkannte den tiefen Bass von Bauer Grabner wieder und ging auf den Mann zu, dessen braune Cordhosenbeine in schwarzen Gummistiefeln steckten. Er stellte sich vor, sagte, dass er die Weihnachtsgans für Anne Kamlin abholen wolle, und fragte, was denn für ein Unglück geschehen sei. Seine ausgestreckte, gepflegte Hand wurde von einer rauen, durch harte Arbeit gezeichneten Hand gedrückt und freundlich geschüttelt.

»Die Gänse sind tot«, kam die sachliche Feststellung des Landwirts.

»Äh, sollten sie das nicht auch sein? Ich hatte jedenfalls nicht erwartet, dass sie mir eine lebendige Gans mitgeben würden«, sagte Beaufort verwirrt.

Grabner sah ihn ernst aus wässerigblauen Augen an: »Ich kann ihnen weder eine tote noch eine lebendige Gans verkaufen. Alle meine Tiere auf der oberen Weide sind über Nacht verendet.«

Und dann erfuhr Beaufort, dass der Bauer zwei Gänseherden besaß. Die eine lebte auf einem Anger nahe am Hof und war gestern bis auf die Zuchtgänse geschlachtet worden – insgesamt 17 Gänsebraten hatten sie hergerichtet. Die andere wurde auf einer Wiese im neuen Gewerbegebiet am Rande von Vestenbergsgreuth gehalten. Grabner war vorhin zusammen mit seinem Bruder dorthin gefahren, um die Gänse einzufangen und zum Schlachten hierher zu bringen. Doch sämtliche 16 Gänse lagen tot auf der Wiese. Er hatte daraufhin seine Frau angerufen, die gerade mit ihrer Schwägerin beim Rupfen der letzten Gänse von gestern gewesen sei, und die beiden waren sofort zur Weide aufgebrochen. Wenn er den erwische, der dafür verantwortlich sei, der könne was erleben, schloss Grabner seine Rede mit einer vagen Drohung ab.

»Können die Gänse nicht an einer Seuche gestorben sein, an der Vogelgrippe vielleicht?«, wandte Beaufort ein.

Grabner lachte böse auf. »Es ist äußerst unwahrscheinlich, dass die Tiere alle auf einmal verenden. Gestern waren sie jedenfalls noch pumperlgsund.«

»Vielleicht sind sie erfroren?«

»Man merkt, dass Sie aus der Stadt kommen. Gänse erfrieren nicht so leicht, mal abgesehen davon, dass wir gar keinen Frost mehr haben. Die sind dafür geschaffen, im Freien zu leben, das tun die Wildgänse ja schließlich auch. Und natürlich gibt es auch einen kleinen Stall auf der Weide, in dem sie Unterschlupf finden können.«

»Vielleicht war es ein Streich von Jugendlichen?« Beaufort gab nicht auf. »Sie wissen schon, frei nach Max und Moritz: Und vom ganzen Gänseschmaus guckt nur noch ein Bein heraus.«

»Dann hätten die Burschen doch auch ein, zwei Braten mitgenommen, oder? Es sind aber alle noch da.«

»Und wie sind die Gänse Ihrer Meinung nach ums Leben gekommen?«

Der Bauer machte eine hilflose Geste mit den Armen, indem er sie halb in die Höhe hob und wieder fallen ließ. »Ich weiß nicht. Vielleicht vergiftet?«, sagte er zögernd.

Beaufort schaute seinem Gegenüber fest in die Augen. »Haben Sie Feinde, Herr Grabner?«

Der hielt dem Blick stand. »Gott, Feinde, das ist ein großes Wort.« Beaufort sah, wie er mit sich rang. »Na ja, der alte Schwandner ist nicht grad gut auf mich zu sprechen.«

»Warum?« Automatisch hatte Beaufort die Rolle des Ermittlers angenommen und füllte sie mit einer natürlichen Autorität, die anscheinend von allen akzeptiert wurde.

»Der Schwandners Erich ist ein unfähiger Miesepeter, der seinen Hof völlig heruntergewirtschaftet hat. Bis wir ihn übernommen und zu neuer Blüte befördert haben.« Er wies stolz auf das blitzsaubere Anwesen. »Aber er behauptet, ich hätte ihn damals über den Tisch gezogen und ihm Haus und Felder für einen Apfel und ein Ei abgeluchst.«

»Und ist das wahr?«

»Natürlich nicht!«, warf Grabners Frau empört ein. »Wenn wir ihm den Hof nicht abgekauft hätten, wäre alles zwangsversteigert worden, und dann hätte er gar nichts mehr dafür gekriegt. Wir haben den Hof mit unseren eigenen Händen wieder hochgebracht. Schwandner kann nur nicht ertragen, dass mein Mann fleißiger ist und geschäftstüchtiger als er – der alte Neidhammel.« Der Bauer legte seiner Frau beruhigend die Hand auf die Schulter, doch sie riss sich wieder los. »Ist doch wahr«, murmelte die Bäuerin.

»Und wo finde ich diesen Schwandner?«, wollte Beaufort wissen.

»Direkt neben unserer Weide halt. Er ist Nachtwächter beim Chemikalienhändler und wohnt dort in einer kleinen Einliegerwohnung in dem Firmengebäude«, platzte es aus ihr heraus.

Beaufort nickte nachdenklich mit dem Kopf. »Das ist allerdings ein merkwürdiger Zufall. Kann ich mir Ihre Weide mal ansehen?«

Der Bauer zögerte einen Moment, als würde er sich erst jetzt bewusst, dass er einen wildfremden Kunden vor sich hatte. »Sie haben doch mit der Frau Kamlin die Morde im Augustinerhof aufgeklärt«, stellte er fest.

»Sie wissen davon?« Beaufort fühlte sich geschmeichelt.

»Na, das kam doch alles im Radio. Wissen Sie, bei uns läuft den ganzen Tag Bayern 1. Meine Frau und ich sind richtige Fans von der Frau Kamlin. Warum ist sie denn nicht selbst gekommen?«

»Anne ist gerade in Atlanta, der Partnerstadt von Nürnberg, und macht einen Bericht darüber, wie unser Christkind dort den Weihnachtsmarkt eröffnet. Das wird eine längere Sendung für Bayern 2. Aber ein kürzerer Beitrag läuft bestimmt auch auf Bayern 1.« Beaufort war immer ein wenig stolz, wenn er von Radiohörern auf Anne angesprochen wurde. »Also, was ist nun mit der Wiese?«

»Wenn Sie meinen, dass Sie etwas herausbringen, können Sie sich die Weide gern mal anschauen. Ich muss sowieso noch mal hinfahren, um die Kadaver einzusammeln.«

»Versprechen kann ich Ihnen freilich nichts.«

*

Nach knapp zwei Kilometern Fahrt bogen der Pick-up und das Taxi in das neue Gewerbegebiet ein. Sie fuhren langsam an einer Dachdeckerei, einem Großbäcker, einer Dreherei und jeder Menge freier Grundstücke zu beiden Seiten des Weges vorbei, bis Grabner seinen Wagen vor einer umzäunten Wiese zum Stehen brachte. Das Taxi hielt direkt dahinter, und Beaufort und sein Chauffeur stiegen aus dem Fahrzeug. Rechts neben der Wiese stand eine moderne Halle aus Fertigbauteilen, die nur zur Straße hin zwei Fenster hatte. Beaufort bemerkte, wie sich dort die Gardinen bewegten. Links befand sich ein altes Backsteinhaus in einem ungepflegten Garten, der von wuchernden Sträuchern und einem Jägerzaun umgeben war. Das musste noch bis vor

Kurzem ein Einödhaus gewesen sein, ehe hier das Gewerbegebiet ausgewiesen worden war. Ein Mann mit einer Glatze sah dort neugierig aus dem Fenster und nickte ihnen grüßend zu. In beiden Gebäuden hatte man also ihre Ankunft bemerkt.

Vor ihnen breitete sich die Wiese aus, gleich vorn befand sich ein kleiner Holzstall. Davor, aber auch überall auf dem Grün verteilt, lagen die Vogelkadaver. Der Bauer öffnete das Gatter und ließ Beaufort den Vortritt.

»Passen Sie auf, wo Sie hintreten, sonst ruinieren Sie sich noch Ihre schönen Schuhe«, warnte er. Beaufort trug ausschließlich Maßschuhe, die er sich in London anfertigen ließ. Während der Landwirt zielstrebig auf die erste tote Gans zuging und mit den Sohlen seiner Gummistiefel das eine oder andere Häuflein Kot zerquetschte, schlug Beaufort wie ein Slalomfahrer Haken auf dem Grün. Die Gans lag auf dem Bauch, hatte einen Flügel ausgebreitet und ihren Bürzel in die Luft gestreckt. Der Wind strich leise durch das beinahe hellblaue Gefieder.

»Was für eine ungewöhnliche Farbe. Könnte das eine chemische Reaktion auf ein Gift sein?«

Der Bauer lachte bitter auf. »Nicht alle Mastgänserassen sind strahlend weiß. Dies ist, oder besser war, eine Fränkische Landgans. Die zartblauen Daunen sind typisch für diese Rasse. Sie sind etwas kleiner als die weißen Pommerngänse, aber ihr Fleisch ist wirklich von hervorragender Qualität. Die hier kann man natürlich nicht mehr essen.« Grabner drehte die Gans mit seiner Stiefelspitze auf den Rücken. »Der Bauch ist ganz aufgebläht.«

»Und was bedeutet das?«

»Ich würde sagen: Die haben was gefressen, was ihnen nicht bekommen ist.«

»Was könnte das gewesen sein?«

Der Bauer zuckte mit den Schultern. »Frankengänse sind robust und genügsam. Wenn die wie hier eine große Weide haben, brauchen sie kaum Kraftfutter dazu.«

Von hinten näherte sich der Nachbar aus dem Einsiedlerhaus. »Hallo, Schorsch«, begrüßte er Grabner und nickte Beaufort zu.

»Grüß dich, Walter.«

»Das ist ja eine schöne Bescherung. Doch etwa keine Seuche?«

Der hagere Mann mit der Schiebermütze sah besorgt aus.

»Da mach dir mal keine Sorgen. Das halte ich für unwahrscheinlich.«

»Vielleicht war es ja ein Fuchs? Oder ein Marder? Das kommt doch vor, dass die im Blutrausch alle Hühner in einem Stall totbeißen.«

»Aber Gänse sind nicht so wehrlos wie Hühner. Außerdem hat keiner der Vögel äußere Verletzungen. Hier ist nicht ein Tropfen Blut geflossen. Nein, nein, ich habe da eine ganz andere Theorie.«

»Und was für eine?«, fragte der Nachbar erschreckt.

»Jemand hat meine Viecher vergiftet. Und ich habe auch schon so eine Ahnung, wer.« Grabner ballte die Fäuste in den Taschen seiner Arbeitshose.

Auf den von grauen Bartstoppeln umrahmten Lippen des Nachbarn erschien ein wissendes Grinsen. Vielsagend sah er zum Chemiehandel hinüber. »Schwandner konnte deine Gänse ja noch nie leiden.«

»Wohl wahr«, stimmte ihm der Landwirt mit unterdrückter Wut zu.

»Und warum mochte er Ihre Gänse nicht?«, schaltete sich Beaufort in das Gespräch ein.

»Die können einen ziemlichen Lärm veranstalten. Besonders die Ganter, wenn sie ihre Rangordnung ausfechten. Das ist ja auch der Grund, warum ich die meisten männlichen Tiere nicht im Dorf halte, sondern vor drei Monaten die Wiese hier draußen gepachtet habe.«

»Schwandner denkt, Sie hätten das absichtlich getan, um ihn zu ärgern?«

»Das schließe ich nicht aus – wir reden seit Jahren kein Wort mehr miteinander.«

»Stört Sie der Lärm denn nicht?«, wandte sich Beaufort an den Nachbarn.

»Mir macht das nichts aus«, beeilte der sich zu versichern, »ich hör das gar nicht mehr.« Er wandte sich an den Bauern: »Was machst du jetzt mit den toten Tieren, Schorsch?«

»Ich sammle sie ein, und verscharre sie am besten oben am Waldrand.« Er wies mit dem Kinn in die Ferne, wo eine rot-weiße fränkische Fahne über den Wipfeln der Fichten im Wind flatterte.

»Wäre es nicht besser, die Tiere dem Landesamt für Gesundheit und Lebensmittelsicherheit in Erlangen zu übergeben, um herauszufinden, woran sie genau gestorben sind?«, gab Beaufort zu bedenken.

»Was soll denn das bringen außer Kosten?«, warf der Nachbar ein, »Schorsch weiß doch auch so, wer es war.« Er wandte sich direkt an ihn. »Also das Geld kannst du dir wirklich sparen.«

»Ich kann mir nicht vorstellen, dass die Untersuchung etwas kostet, wenn Verdacht auf eine Epidemie besteht.«

Beide sahen Grabner erwartungsvoll an, der grübelnd auf den Kadaver zu seinen Füßen starrte. »Das hat doch alles keinen Sinn«, sagte er schließlich, »die Gänse werden verbuddelt, und dann ist Schluss.«

»Ich helfe dir«, bot der Nachbar an, »ich geh mir nur schnell Handschuhe holen.« Mit diesen Worten eilte er durchs Gatter zu seinem Haus zurück. Auch Grabner und Beaufort verließen die Wiese. Während der Bauer ein Paar Arbeitshandschuhe aus seinem Wagen holte, sie überstreifte und begann, die toten Gänse einzusammeln, fragte Beaufort Carl nach einer Plastiktüte. Der Fahrer fand tatsächlich eine im Kofferraum beim Reserverad und reichte sie Beaufort, der sie in seine Manteltasche stopfte. Dann ließ er sich aus der Fahrertür des Taxis Carls halbvolle Flasche Mineralwasser geben, goss sie aus und kehrte damit auf die Weide zurück. Beaufort inspizierte den Stall. Auch dort lagen zwei tote Gänse auf dem Boden. Er stieg über sie hinweg, kniete sich vor dem Futter- und dem Wassertrog nieder und begutachtete beide aufmerksam. Dann zog er die Plastiktüte hervor, warf eine Handvoll Körner hinein und verknotete sie sorgfältig. Schließlich schraubte er die leere Plastikflasche auf, hielt sie waagerecht in den anderen Trog, bis es blubberte, und entnahm ihm eine Wasserprobe. Als Beaufort seine Beute zum Taxi trug, bemerkte er den Nachbarn, der wieder zurückgekommen war und nun mithalf, die Kadaver einzusammeln. Über eine Gans gebeugt schaute er zu ihm herüber. Ihre Blicke trafen sich kurz.

Beaufort übergab dem Chauffeur Flasche und Tüte und steuerte auf das neue Firmengebäude zu. *Sailer Incorp.*, stand auf dem Schild am verschlossenen Eingangstor, und darunter *Chemiegroßhandel*. Beaufort klingelte und wartete. Er spürte, dass er aus einem der Fenster beobachtet wurde, doch nichts rührte sich. Nachdem er erneut geschellt hatte, ohne dass etwas passiert war, drückte er den Klingelknopf noch einmal, diesmal, ohne ihn loszulassen.

»Hören Sie mit dem Sturmgeklingel auf!«, dröhnte eine scheppernde Stimme aus der Gegensprechanlage. »Was wollen Sie überhaupt?«

»Wieso? Ist das hier kein Chemikalienhandel?«, entgegnete Beaufort.

»Sie können hier nicht einfach herkommen und etwas kaufen. Das ist ein Großhandel. Bestellungen werden nur übers Internet bearbeitet und dann ausgeliefert«, maßregelte ihn die Stimme.

»Vielleicht will ich ja gar nichts bestellen, sondern habe nur eine Frage an Sie.«

»Scheren Sie sich davon!« Es knackte in der Leitung.

Wieder drückte Beaufort die Klingel, ohne sie loszulassen.

»Herrgott, hören Sie endlich mit dem Lärm auf!«

»Herr Schwandner?«

Keine Antwort.

»Herr Schwandner, haben Sie eine Erklärung dafür, warum die Gänse heute Nacht umgekommen sind?«

»Ich rede nicht mit Grabners Freunden«, tönte es wütend.

»Wer sagt Ihnen denn, dass ich ein Freund von Grabner bin?«

»Wenn Sie nicht endlich abhauen, rufe ich die Polizei und verklage Sie wegen Hausfriedensbruch.«

Beaufort trollte sich. Der Mann war entweder ein schlimmer Misanthrop, oder er hatte etwas zu verbergen.

Am Wiesenrand legte Grabner eben die letzten beiden Gänse auf die Ladefläche des Pick-ups.

»Na, haben Sie gerade Bekanntschaft mit Schwandner gemacht?«, fragte er.

»Bekanntschaft wäre zuviel gesagt«, grinste Beaufort, »ich habe ihn noch nicht mal zu Gesicht bekommen. Ist der immer so aggressiv?«

Der Bauer und der Nachbar nickten sich grimmig zu. »Wir kennen ihn nicht anders. Und seitdem er seinen Hof verloren hat, ist es noch schlimmer geworden.«

Grabner schloss geräuschvoll die Heckklappe. »Und? Können Sie sich einen Reim auf die ganze Sache hier machen?«, fragte er Beaufort resigniert.

»Es würde mir leichter fallen, wenn Sie mir eine der Gänse überlassen würden.«

»Das macht die Tiere auch nicht wieder lebendig«, schaltete sich der Nachbar ein.

»Walter hat recht«, sagte der Bauer nachdenklich. »Am besten ich versuche, das alles hier zu vergessen.« Er reichte Beaufort die Hand zum Abschied. »Sagen Sie Frau Kamlin, dass es mir leidtut, ihr heuer nicht mit einem Festtagsbraten dienen zu können.« Dann stiegen die beiden in den Wagen und fuhren davon.

Beaufort warf noch einen schnellen Blick auf den Briefkasten am Backsteinhaus und notierte den Namen Walter Kubiak in sein Notizbuch. Ins Taxi einsteigend bat er Carl, dem Pick-up heimlich in weitem Abstand zu folgen. »Sie haben nicht zufällig einen Klappspaten im Kofferraum?«, fragte er.

*

Einen Tag später – Beaufort knabberte gerade Zimtsterne und las in einem Fachbuch über Geflügelzucht, das er sich gestern in der Erlanger Universitätsbibliothek ausgeliehen hatte – klingelte das Telefon in seiner Wohnung. Er sah eine Nummer aus Erlangen im Display und hob ab.

»Dr. Wilkens hier vom Landesamt für Gesundheit und Lebensmittelsicherheit. Spreche ich mit Herrn Dr. Beaufort?«

»Am Apparat. Haben Sie die Todesursache schon herausgefunden? Sie sagten doch, das könne sich Tage hinziehen.«

»Die feingeweblichen Untersuchungen dauern auch noch an. Aber ein paar Ergebnisse kann ich Ihnen schon mitteilen. Ihre Gans ist mit ziemlicher Sicherheit nicht an einer Seuche oder einer anderen Geflügelerkrankung verendet, sondern sie starb an einer Intoxikation.«

»Sie meinen, sie wurde tatsächlich vergiftet?«

»Exakt. Sind Sie Kollege, weil Sie sich in der Terminologie auskennen?«

»Ich bin kein Naturwissenschaftler, wenn Sie das meinen, aber alles, was mit Mord zusammenhängt, ist meine Passion«, antwortete Beaufort mit einem gewissen Pathos.

»Ich weiß ja nicht, ob man bei Gänsen von Mord sprechen kann, denn soweit ich informiert bin, sind sie juristisch als Sachen einzustufen. Aber unter moralischen Aspekten betrachtet wurde diese Gans tatsächlich ermordet, und zwar heimtückisch. Der Giftstoff befand sich in der Wasserprobe, die Sie uns mitgeliefert haben.«

»Und was ist das für ein Gift?« Beaufort war aufgeregt.

»Die Substanz heißt Gamma-Butyrolacton, kurz GBL. Es handelt sich dabei um ein geruch- und geschmackloses Lösungsmittel, das in Klebstoffen und Putzmitteln vorkommt, aber auch in Druckereien zur Farbaufhellung verwendet wird. Sie werden gewiss schon davon gehört haben.«

»Äh, nicht wirklich«, gab der Hobbydetektiv zu.

»Oh doch, bestimmt. Sie kennen die Substanz wahrscheinlich unter dem Namen K.-o.-Tropfen. Vergewaltiger setzen sie ein. In der richtigen Dosierung macht es die Opfer willenlos und raubt ihnen sogar die Erinnerung an den Vorfall. In Party-Kreisen wird GBL auch gern als »flüssiges

Ecstasy« konsumiert. Der Rausch birgt allerdings hohe gesundheitliche Risiken. Eine Überdosis – und hier geht es nur um Milliliter – kann leicht zum Tode führen. Für Ihre Gans war diese Mischung jedenfalls absolut tödlich.«

»Das sind ja hochinteressante Neuigkeiten. Und wie kommt man an diese Party-Droge heran?«

»Ich hoffe, Sie fragen nicht als potenzieller Konsument, sonst müsste ich unser Gespräch jetzt nämlich beenden«, lachte der Chemiker.

»Keine Sorge«, stimmte Beaufort mit ein, »ich halte mich nur an legale Drogen wie Mouton-Rothschild.«

»Eine ausgezeichnete Wahl. Soweit ich informiert bin, fällt GBL wegen der industriellen Nutzung nicht wirklich unters Betäubungsmittelgesetz. Der Erwerb dürfte legal sein, wenn man den Zweck nachweisen kann. Aber die Vorratshaltung und der Verkauf sind strafbar. Für diesen Gänsemord dürfte sich also auch die Polizei interessieren.«

»Vielen Dank, Herr Dr. Wilkens, Sie haben mir sehr weitergeholfen.«

Beaufort machte sich eine Notiz, dem Wissenschaftler zwei Flaschen seines besten Rotweins zukommen zu lassen. Dann fuhr er den Computer hoch und googelte zuerst GBL, dann die *Sailer Incorporated* und etliche weitere Begriffe. Als er nach etwa einer Stunde mit seinen Recherchen fertig war und mit Carl für den nächsten Tag eine erneute Tour nach Ochsenschenkel vereinbart hatte, beschloss er, einen langen Spaziergang entlang der Pegnitz zu machen. Er musste all diese Informationen über Gänsehaltung, Geldfälscher und Gamma-Butyrolacton noch einmal an der kalten Dezemberluft gründlich durchdenken. Und auf dem Rückweg könnte er auch gleich bei seinem besten Freund Ekki Ertl im Gericht vorbeischauen. Wenn er dem Justizsprecher seine Indizien vorlegte, würde der sicher nicht ablehnen, *Sailer Incorp.*, Erich Schwandner und Walter Kubiak durch den Fahndungscomputer laufen zu lassen. Es müsste doch mit dem Teufel zugehen, wenn sich dort nichts fand, was seine Thesen bestätigte.

In der Ankunftshalle des Nürnberger Flughafens herrschte reger Vorweihnachtsbetrieb. Die Flugzeuge landeten im Zehnminutentakt und spien einen steten Fluss Reisender, die meisten schwerbepackt mit Weihnachtsgeschenken, aus der automatischen Tür der Gepäckausgabe. Beaufort liebte diese Atmosphäre fröhlicher Begrüßungen, wenn Familienmitglieder, Freunde und Liebespaare sich stürmisch umarmten und innig herzten. Nur die ständige Berieselung mit Weihnachtsliedern ging ihm gewaltig auf die Nerven. Er hörte gerade zum dritten Mal eine James-Last-Version von *Rudolph, the red-nosed Reindeer*, als Anne endlich aus der Schiebetür trat, sich suchend im Gewimmel umsah, ihn jedoch nicht entdeckte und hinter der Absperrung dem linken Ausgang zustrebte. Sie trug ihren modisch kurzen Mantel offen, hielt eine große Tüte in der einen Hand und zog mit der anderen ihren Koffer hinter sich her. Als Anne den aus dem Pulk der Wartenden hervortretenden Beaufort endlich wahrnahm, ließ sie ihr Gepäck stehen und sprintete die letzten Meter in seine geöffneten Arme. Dort standen sie, Körper an Körper gepresst, eine ganze Weile still im Getümmel und genossen die Wiedersehens- und -fühlensfreude. Schließlich nahm Beaufort Annes Koffer, sie ergriff ihre amerikanische Einkaufstüte, und Hand in Hand gingen sie zu den Klängen von *Winter Wonderland* aus der Halle. Passenderweise bedeckte draußen tatsächlich eine dicke Schneedecke das Flughafengelände. Seit dem Morgen schneite es in ganz

Deutschland, was für Verzögerungen im Luft-, Schienen- und Straßenverkehr sorgte. Aber der treue Carl war natürlich trotzdem zur Stelle und hatte Beaufort hergefahren. Er verstaute Annes Reisegepäck im Kofferraum und ließ das Paar hinten ins Taxi einsteigen.

»Wie war Atlanta?«, wollte Frank wissen. »Aufregend?«

Anne musterte Beaufort lange mit einem schiefen, belustigten Lächeln, ehe sie antwortete: »Bestimmt nicht so aufregend, wie eine internationale Geldfälscherbande zu überführen.« Sie kramte eine aktuelle Nürnberger Zeitung aus ihrer großen Handtasche – »die habe ich in Frankfurt im Flieger bekommen« – und deutete auf einen Artikel mit der fetten Überschrift: *Geldfälscher-Ring in Ochsenschenkel zerschlagen.* Darunter war das Foto eines hageren, glatzköpfigen Mannes zu sehen, der von der Polizei in Handschellen abgeführt wurde. »Ich wette meine Weihnachtsgans darauf, dass du etwas damit zu tun hast.«

Frank zog amüsiert eine Augenbraue hoch und deutete in Richtung Chauffeur. »Oh, ich war es nicht allein. Carl war mit von der Partie.«

»Wenn man euch schon mal aufs Land schickt. Na los, erzählt! Aber der Reihe nach. Dem Artikel konnte ich nur entnehmen, dass in einem Einfamilienhaus im Gewerbegebiet bei Vestenbergsgreuth eine Geldfälscherwerkstatt versteckt war. Und dass eine Schar vergifteter Weihnachtsgänse und Hinweise aus der Bevölkerung die ganze Sache haben auffliegen lassen.«

Während das Taxi sich langsam durch das Schneegestöber kämpfte, begann Beaufort im warmen Wageninneren ausführlich zu schildern, wie er vor drei Tagen zusammen mit Carl nach Ochsenschenkel aufgebrochen war, um Annes Weihnachtsgans zu holen, aber stattdessen Zeuge eines tierischen Massenmordes geworden war. Als er an der Stelle anlangte, wo Bauer Grabner und Nachbar Kubiak mit den 16 toten Gänsen davonfuhren, übergab er das Wort an den Chauffeur. Der berichtete, wie er dem Pick-up unauffällig bis an den Waldrand gefolgt war. Ganz in der Nähe des Fahnenmastes, der die geografische Mitte Frankens markiert, hätten die beiden die Gänse im Boden verscharrt. Als sie endlich weg waren, habe er eine von ihnen wieder ausgegraben – mit dem Wagenheber. Und dann seien sie nach Erlangen zum Landesamt gefahren, um den Kadaver und die Futterproben dort untersuchen zu lassen. Die Ergebnisse des Telefonats mit dem Lebensmittelchemiker und seiner Internetrecherchen gab wiederum Beaufort zum Besten und erklärte nicht ohne Stolz: »Ab da war ja klar, dass Kubiak die Gänse vergiftet haben musste.«

»Warum war das klar?«, unterbrach ihn Anne und legte die Hand auf sein Knie. »Deuten illegale chemische Drogen nicht eher auf diesen groben Schwandner hin? Es würde mich nicht wundern, wenn hinter den Mauern dieses Chemikalienhandels heimlich mit GBL gedealt würde.«

»Du magst doch die Gedichte von Mascha Kaléko genauso gern wie ich. Erinnerst du dich noch an die Zeile: ›Was du nicht willst, dass man dir tu, das schieb dem Nächsten in die Schuh?‹ Genau das hat Kubiak hier versucht, für den Fall, dass überhaupt jemand chemische Nachforschungen anstellen würde. Letztendlich hat er sich damit aber ein Eigentor geschossen.«

»Wieso Eigentor? Ich versteh nur Bahnhof.«

Vorne stellte Carl die Scheibenwischer wegen des Schneetreibens auf höchste Geschwindigkeit.

»Ich habe natürlich überprüft, ob die *Sailer Incorporated* mit GBL handelt. Die dürften das für Großkunden ja legal tun. Aber die Firma verzichtet ganz bewusst auf dieses Geschäft und hat dafür sogar einen Branchenpreis für fairen Handel bekommen.« Frank streichelte Annes Hand auf seinem Knie. »Diese Recherchen hätte Kubiak vor seinem Anschlag besser auch mal getätigt, anstatt das verräterische GBL zu nehmen.«

»Ich komme nicht mehr mit, Frank. Warum ist GBL für diesen Kubiak verräterisch? Ist er als Vergewaltiger aktenkundig, oder was?«

Vor der *Schöller Lebkuchenfabrik* staute sich der Verkehr an der Kreuzung.

»Nein, als Geldfälscher natürlich. Er saß acht Jahre hinter Gittern, weil er noch zu D-Mark-Zeiten falsche Hunderter hergestellt hat, sagt Ekki. Es sollen ganz exzellente Blüten gewesen sein. Der Mann ist ein Topgrafiker, ein Profi auf seinem Gebiet. Aber mit so etwas in dieser Art hatte ich gerechnet. Schließlich wird Gamma-Butyrolacton im Druckgewerbe benutzt. Und nachdem in den letzten Wochen in Franken vermehrt Falschgeld aufgetaucht ist, musste ich nur noch eins und eins zusammenzählen.«

Beaufort lehnte sich zufrieden in seinen Sitz zurück. Anne gähnte hinter vorgehaltener Hand und bemerkte Franks leicht verstimmte Miene. »Entschuldige, das hat nichts mit deiner Geschichte zu tun. Es ist der Jetlag. Die Zeitverschiebung macht mir zu schaffen. Deshalb stehe ich wohl auch etwas auf dem Schlauch. Kannst du es mir noch einmal erklären?« Sie schmiegte sich zärtlich an seine Schulter.

»Es ist alles eine Frage des Ausgangspunktes«, erläuterte Beaufort und legte den Arm um sie. »Wir haben 16 tote Gänse auf einer Weide im Gewerbegebiet zwischen Ochsenschenkel und Vestenbergsgreuth, und irgendjemand hat sie vergiftet. Warum hat er das getan?«

»Weil Gänse so aufmerksam wie Wachhunde sind, und der Täter nicht wollte, dass sie Lärm schlagen. Und da es an der Wiese weit und breit nur zwei Anwohner gibt, kommen auch nur die in Betracht.«

Beaufort sah seine Freundin perplex an. »Wie hast du denn das herausgefunden?«

»Na, kennt die nicht jeder, die Geschichte von den heiligen Gänsen auf dem Kapitol, die mit ihrem Geschnatter die Römer vor einem Überfall der Kelten gewarnt haben?«, gähnte Anne erneut. »Außerdem bin ich im Gegensatz zu dir Stadtkind auf dem Land aufgewachsen, da weiß man, wie neugierig Gänse sind und was die für einen Radau machen können.«

Er gab ihr einen Kuss auf den Scheitel und atmete den Duft ihres Haars ein. »Du verblüffst mich immer wieder. Hast du auch eine Erklärung dafür, wie das GBL in die Tränke im Stall gekommen ist? Die Tiere müssen doch wie wild geschnattert haben, als der Mörder die Wiese betrat.«

»Also die Gänse in meiner Kindheit haben uns direkte Nachbarn erkannt und vom Rest der Menschheit unterschieden. Die schnatterten nicht bei jedem los.«

»Erstaunlich. Ich hätte dich und dein Wissen wirklich gut gebrauchen können. Um das herauszubekommen, musste ich ein Buch über Geflügelaufzucht lesen. Und du kannst dir gar nicht vorstellen, wie ermüdend die Lektüre von Texten ist, in denen andauernd von Ausmast, Aufzuchtphase und Grünfuttergewinnung die Rede ist.«

»Vielleicht kaufst du dir ja mal ein Schloss in der Fränkischen Schweiz und machst auf Landedelmann mit Pferde- und Geflügelzucht«, kicherte Anne. »Dann waren deine Bemühungen jedenfalls nicht ganz umsonst.«

»Sehr witzig«, entgegnete Beaufort trocken. »Also halten

wir fest: Sowohl Schwandner als auch Kubiak hätten theoretisch die Möglichkeit, unbemerkt das Gift in die Tränke zu tun, weil die Gänse sie erkennen und nicht Laut geben würden.«

»Nur warum sollten die beiden das tun?«

Das Taxi bog am Hallertor in die Stadtmauer ein und rollte langsam über die geschlossene Schneedecke der nicht geräumten Maxbrücke.

»Um die Ankunft eines Gastes vor ihrem Nachbarn unbedingt geheim zu halten.«

»Und da kam dir Kubiak verdächtiger vor als Schwandner?«

»Ja, wegen der Verdachtsmomente, die schon vor Ekkis Bestätigung für Geldfälschung gesprochen haben. Außerdem hat Kubiak laufend versucht, Bauer Grabner zu beeinflussen, die Gänse nicht untersuchen zu lassen.«

»Und wer soll dieser rätselhafte Besuch in der Nacht gewesen sein, wegen dem der Gänsemord verübt wurde? Hast du darauf auch eine Antwort gefunden?«

Das Taxi hielt vor Beauforts Haus am Kaspar-Hauser-Platz. Carl wandte sich zu ihnen um und Beaufort nickte ihm zu, woraufhin er die Antwort gab: »Ich habe Herrn Beaufort noch einmal ins Gewerbegebiet gefahren. Wir haben dort alle Anlieger befragt, ob ihnen in der Nacht etwas Besonderes aufgefallen ist.«

»Und die Frau des Dachdeckermeisters hat einen spanischen Lastwagen die Straße runterkommen sehen, von dem sie dachte, er habe sich verfahren«, ergänzte Frank. »Wie die Hausdurchsuchung bei Kubiak dann ergab, hatte der LKW echtes Euro-Geldpapier geladen, das aus einer staatlichen spanischen Münzerei gestohlen worden war. Es war in Kubiaks Keller gelagert, gleich neben der Druckerpresse, mit der er das Falschgeld herstellte. Der muss sich mächtig geärgert haben, als rund um sein verstecktes Einsiedlerhaus neues Bauland für den Gewerbepark ausgewiesen wurde. Und erst recht, als dann auch noch Grabners wachsame Gänse dazukamen.«

Carl stieg aus dem Wagen, holte Annes Gepäck aus dem Kofferraum und schaffte es in den Hauseingang, wo Beauforts Haushälterin Rita Seidl schon ungeduldig wartete.

»Mein Held«, sagte Anne halb ironisch, halb bewundernd und ließ ihre Hand seinen Oberschenkel hochgleiten, »was bist du doch für ein gescheites Kerlchen.« Sie küsste ihn leidenschaftlich. Ein vielversprechender Auftakt für eine erregende Wiedersehensfeier, fand Beaufort, sah sich aber jäh um die Früchte seiner Arbeit gebracht, als Anne mit einer plötzlichen Eingebung ihre Zunge zurückzog.

»Hast du in dem ganzen Chaos an unsere Weihnachtsgans gedacht?«

»Grabner hatte nach dem Massaker natürlich keine mehr zu verkaufen«, druckste Beaufort. »Und nachdem du neulich so ein Gezeter um die einzig wahre Biogans als Weihnachtsbraten gemacht hast, habe ich mich ehrlich gesagt nicht getraut, eine andere zu besorgen.«

»Und wo sollen wir jetzt noch eine herbekommen?«, fragte Anne mit schmalen Lippen, »es ist Samstag und in zwei Tagen ist Heiligabend. Ich hatte mich so auf unser erstes gemeinsames Weihnachten gefreut. Aber ohne Gans wird es nicht perfekt.«

Sie stiegen aus dem Taxi und eilten wortlos nebeneinanderher durchs Schneegestöber dem Eingang zu. Wenn Annes Pläne platzten, wurde ihr Gemütszustand heikel. Im Hausflur begrüßte sie die Haushälterin aufgeräumt, während Carl sich diskret verabschiedete. Doch als Beaufort

Anne vorsichtig von der Seite ansah, wusste er, ihre Wiedersehenseuphorie war verflogen. Die beiden standen schon im Aufzug, als Frau Seidl sie noch einmal zurückhielt und aus ihrer Wohnung ein großes, schweres Paket herbeischaffte.

»Das hat vorhin ein Mann in Cordhose und Gummistiefeln für Sie abgegeben.«

Beaufort öffnete den Briefumschlag, der auf dem Paket befestigt war, und überflog die handbeschriebene Weihnachtskarte. »*Danke, dass Sie den wahren Schuldigen gefunden und mich vor einer großen Dummheit gegenüber Schwandner bewahrt haben*«, stand dort geschrieben, »*Ihnen und Frau Kamlin ein gesegnetes und frohes Weihnachtsfest.*«

Und das wurde es dann auch. Mit allem Drum und Dran. Inklusive fränkischer Weihnachtsgans.

Das Verdi-Komplott

1. Satz: Scherzo. Allegro agitato e appassionato

Hitzige Wortgefechte und handgreifliche Auseinandersetzungen zwischen den Anhängern Richard Wagners und Giuseppe Verdis tobten in diesen Frühlingstagen allerorten im vereinten Deutschland. Seit dem berüchtigten Buffonistenstreit Mitte des achtzehnten Jahrhunderts in Paris zwischen Parteigängern der italienischen und der französischen Oper hatte es keine solch leidenschaftlichen und aufsehenerregenden Konfrontationen um das Musiktheater mehr gegeben. Und am heftigsten tobte dieser Streit in der Stadt, in der er vor drei Monaten erstmals ausgebrochen war und der Richard Wagner eines seiner großartigsten Werke gewidmet hatte: in Nürnberg.

Angefangen hatte alles im Opernhaus der Frankenmetropole, das vor einigen Jahren von der Bayerischen Staatsregierung zum Staatstheater erhoben worden war. Der Intendant, ein neutraler Schweizer, wollte die beiden bedeutendsten Musikdramatiker des neunzehnten Jahrhunderts anlässlich ihres gemeinsamen runden Geburtstages gleichermaßen ehren, indem er an zwei Tagen hintereinander zuerst eine Oper des Deutschen und dann eine des Italieners neu inszenieren ließ. Obwohl Wagners zweihundertstes Wiegenfest erst am 23. Mai und Verdis zweihundertster Geburtstag gar erst am 9. Oktober stattfinden würden, ließ Nürnbergs Opernchef die Premieren schon am ersten Januarwochenende über die Bühne gehen. Im Jahr dieses legendären Doppeljubiläums konnte man nicht früh genug damit beginnen, sich die Aufmerksamkeit von Kritik und Publikum zu sichern. Dass die mediale Berichterstattung dann ein solches Ausmaß annehmen würde – selbst TV-Sender in den USA und Japan berichteten darüber – konnte der Intendant nicht ahnen.

Die Samstags-Premiere der *Meistersinger von Nürnberg* verlief recht erfolgreich. Eine moderat moderne Inszenierung, die zwar keine Butzenscheibenromantik aufkommen ließ, aber auch niemandem wehtat, wurde höflich beklatscht, während Chor, Orchester und Solisten frenetisch gefeiert wurden – allen voran der fulminante Sänger des Hans Sachs in einer der mörderisch anstrengendsten Bass-Bariton-Partien der Operngeschichte. Die Sonntagspremiere der *Aida* dagegen geriet zum Fiasko. Statt Elefanten gab es Panzer, Aida war eine kotbespritzte Klofrau, Oberpriester Ramphis ein Taliban, Amneris eine KZ-Aufseherin, und es flossen literweise Blut und Jauche über die Bühne. Dazu kam, dass die Sopranistin indisponiert war, der Bariton eine Fehlbesetzung, das Gesangstalent des Tenors schlicht nicht vorhanden war und das Orchester die verkorkste Inszenierung nur lustlos begleitete. Immer wieder wurden die ersten beiden Akte von Buhs und »Aufhören«-Rufen aus dem Publikum gestört. Doch zum Eklat und zum Abbruch der Premiere kam es in der Pause. Wütende Verdi-Anhänger vermuteten eine Verschwörung und gerieten daraufhin mit schadenfrohen Wagnerianern in Streit. Ein Wort gab das andere, zornig ausgeschüttete Sektgläser trafen Unbeteiligte, Kanapees flogen, die Menge im überfüllten Gluck-Saal wogte hin und her, und schließlich artete die ganze Angelegenheit in eine veritable Massenprügelei aus, bei der nicht nur teure Abendkleider und aufwendige Frisuren ruiniert wurden, sondern auch echtes Blut floss. Dreiundvierzig Verletzte und Sachschaden in Höhe von rund achtzigtausend Euro waren die Bilanz dieser Saalschlacht, die in den Medien als »Verdi-Komplott« bezeichnet wurde. Doch auch als die Schäden bereits beseitigt und die Blessuren geheilt waren, tobte der Streit zwischen Verdi- und Wagner-Anhängern weiter. Bei Konzerten, im Theater, in der Kneipe, ja selbst auf der Straße konnten die verfeindeten Fans aneinandergeraten. Es gab kaum jemanden in der Stadt, der dazu keine Meinung hatte. Sogar Menschen, die noch niemals in der Oper gewesen waren, schlugen sich lautstark auf die eine oder die andere Seite. Schon bald griff dieser Konflikt auch auf andere Städte im Land über, selbst auf solche, die gar kein Opernhaus besaßen. Und er löste sogar diplomatische Verwicklungen aus. Der frisch wiedergewählte italienische Ministerpräsident Berlusconi statuierte ein Exempel und zog seinen Botschafter unter Protest aus Berlin ab, weil italienische Wagner-Liebhaber aus Mailand beim Besuch einer *Tannhäuser*-Vorstellung in der Münchener Staatsoper als vermeintliche Verdi-Aktivisten von rabiaten Wagnerianern aus dem Theater gejagt worden waren. Dass die Bundeskanzlerin bekanntermaßen eine Wagner-Verehrerin war und jedes Jahr zur Festspielzeit einen Teil ihres Urlaubs auf dem Grünen Hügel in Bayreuth verbrachte, trug nicht eben zur Deeskalation der aufgeladenen Situation bei.

*

2. Satz: Andante misterioso

»Was ist denn hier los?«, fragte Anne Kamlin und löste sich aus Frank Beauforts Arm. Der Gelegenheitsdetektiv und die Journalistin waren eben am Dokumentationszentrum um die Ecke der monumentalen Kongresshalle gebogen und spazierten auf den Neuen Musiksaal der Nürnberger Symphoniker zu, als sie mehrere Streifenwagen unter den parkenden Autos bemerkten. Auch ein Mannschaftsbus der Bereitschaftspolizei stand dort, aus dem gerade mehrere Beamte in Stiefeln, Schutzkleidung und Schlagstöcken ausstiegen.

»Vielleicht eine Demonstration?«, mutmaßte Beaufort. »Oder ein Fußballspiel?«

Seine Freundin schüttelte den Kopf. »Heute ist Donnerstag. Der Club spielt erst übermorgen im Frankenstadion. Und drüben in der Arena kann auch nichts los sein. Die Ice-Tigers haben ein Auswärtsspiel in Köln.«

»Glaubst du, die sind wegen des Konzerts da? Das wären ja reichlich übertriebene Sicherheitsvorkehrungen. Schließlich singt weder die Netrebko noch spielt Lang Lang. Das ist ein ganz normaler Kammermusikabend.«

»Aber immerhin ist es ein italienisches Streichquartett. Und es spielt Verdi. Du weißt doch, was zurzeit los ist. Ich kann mir gut vorstellen, dass die Stadt lieber auf Nummer sicher geht, wenn irgendwo Verdi oder Wagner draufsteht.« Anne fixierte die Streifenwagen. Da hellte ihr Gesicht sich auf. »Den Einsatzleiter kenne ich aus dem Stadion. Ich versuche mal, ihn ein bisschen auszuquetschen. Wir sehen uns gleich im Foyer, okay?«

Noch ehe Beaufort etwas dazu sagen konnte, stöckelte Anne davon. Als Radioreporterin, die hauptsächlich für Sport und aktuelle Berichterstattung zuständig war, bevorzugte sie eher sportive Outfits, doch heute trug sie ein elegantes Abendkleid aus dunkelblauer Seide und dazu passende High Heels. Er beobachtete aus der Ferne, wie sie sich mit einem durchtrainierten Beamten in Uniform unterhielt, ab und zu ihre lange dunkle Mähne schüttelte und immer wieder in kurzes Lachen ausbrach. Beaufort seufzte. Flirten, das wusste er aus eigener Detektiverfahrung, war ein probates Mittel, um an Informationen heranzukommen, aber er musste ja nicht auch noch dabei zuschauen. Also trollte er sich langsam Richtung Musiksaal und hielt die Augen offen. Tatsächlich standen am Künstlereingang, am Hinterausgang, am Tor zum Serenadenhof und oben am Haupteingang je zwei Polizisten Wache. Gemächlich stieg er zusammen mit anderen Konzertbesuchern die moderne breite Stahltreppe hinauf und betrat durch große Glastüren und meterdicke Mauern das Foyer, das mit seinen unverputzten Backsteinwänden und den Aluminiumrohren an der Decke mehr wie eine Fertigungshalle aussah. Er schob sich Richtung Garderobe, verstaute seinen Mantel in einem Spind, richtete kurz seine Krawatte und stellte sich an der Bar an. Gerade als er einen Zehn-Euro-Schein für die beiden Prosecco über die Theke schob, berührte Anne ihn sanft an der Schulter.

Frank reichte ihr ein Glas. »Mission erfüllt?«, fragte er.

Sie lächelte schief: »Nicht so ganz. Aber ein bisschen was habe ich doch herausgebracht. Ein Routinefall ist das hier jedenfalls nicht. Der Einsatzleiter hat mir gesteckt, dass sie aus einem besonderen Grund hier sind.«

»Hat er dir auch gesagt aus welchem?«

Anne schüttelte den Kopf. »Ich habe ihn gefragt, ob sie eine Demonstration von Wagnerianern erwarten. Schließlich steht heute Abend neben Brahms auch Verdi auf dem Programm, aber kein Wagner. Doch er hat nur vielsagend gelächelt und sich aufs Berufsgeheimnis herausgeredet.«

»Na, dann Prost.« Sie nippten an ihren Gläsern. »Im Übrigen kann das Manzoni-Quartett überhaupt nichts von

Wagner spielen«, erklärte Beaufort. »Außer ein paar kleineren, unbedeutenden Klavier- und Orchesterstücken hat der gute Richard ausschließlich Opern komponiert.«

»Das dachte ich von Verdi auch immer. Bis heute hatte ich keine Ahnung, dass es von ihm ein Streichquartett gibt.«

»Das ist tatsächlich erstaunlich. In der deutschesten aller Gattungen versucht sich nach den Großmeistern Haydn, Mozart und Beethoven ausgerechnet ein Italiener und macht seine Sache auch noch richtig gut. Du wirst es ja gleich hören. Ich kann mir vorstellen, dass Verdi das auch komponiert hat, um Wagner ein wenig zu ärgern.«

»Wieso das?« Anne mochte seine Begeisterung für die Kultur. Er spielte hervorragend Klavier, sammelte exquisite Kunst, lebte in einer riesigen Bibliothek und las seine Bücher auch.

»Die beiden waren ja die genialsten Opernkomponisten ihrer Zeit und als solche die größten Konkurrenten. Obwohl sie sich niemals persönlich begegnet sind, beobachteten sie sich gegenseitig ganz genau. Dabei sprach Wagner noch nicht mal Verdis Namen aus. Er redete immer nur herablassend von Donizetti und Co., wenn er eigentlich ihn meinte. Verdi dagegen achtete Wagners Werk, wurde aber immer mal wieder kritisiert, dass er sich zu sehr an dessen Musikdramen orientieren würde. Das muss Verdi wirklich gewurmt haben, denn schließlich ist die Oper in Italien erfunden worden und genießt dort oberste Priorität. Ich vermute, dass Verdi daraufhin beschloss, Wagner auf einem urdeutschen Gebiet zu zeigen, was eine italienische Harke ist. Er hat sich das Quartett 1873 während der Proben zu seiner *Aida* in Neapel regelrecht aus dem Ärmel geschüttelt. Was für ein Wurf. Und was für eine Genugtuung.«

»Na, dann hätten die Wagnerianer doch tatsächlich einen Grund, heute Abend gegen Verdi zu demonstrieren«, bemerkte Anne lächelnd.

»Das kann ich mir nicht vorstellen. Meine These wird von der Musikwissenschaft nicht vertreten, soviel ich weiß.«

»Schade. Ich hätte zu gern gewusst, wonach die Polizei hier sucht. Ich musste am Eingang sogar meine Handtasche öffnen. Und ich war nicht die Einzige.«

Nachdem sie erst ihre Gläser und dann ihre Blasen geleert hatten, betraten Anne und Frank den Neuen Musiksaal, der linkerhand einen schönen Ausblick auf den Dutzendteich bot, aber nur etwa zur Hälfte gefüllt war. Ob es daran lag, dass komplexe Streichquartettmusik nicht gerade zur populärsten Klassik zählte, oder daran, dass etliche Konzertbesucher sich von den Verdi-Wagner-Unruhen abschrecken ließen, war nicht zu klären. Während das Paar die Stufen Richtung Bühne hinabschritt, um seine Plätze in einer der vorderen Reihen zu erreichen, hielt Beaufort automatisch nach Bekannten Ausschau, die er nickend grüßte. Er wollte sich eben neben Anne niederlassen, als er am Rande der ersten Reihe einen kleineren drahtigen Mann mit kurzen blonden Haaren stehen sah, der eindringlich die Bühne musterte. Sofort machte Frank sich auf den Weg zu ihm. »Ekki? Was tust du denn hier?«, fragte er ungläubig.

Der Angesprochene drehte sich ob dieser Störung unwirsch um, doch als er Beaufort erkannte, grinste er. Es war Justizsprecher Eckehard Ertl, Franks bester Freund.

»Na, Musik hören natürlich«, antwortete Ekki lapidar. Die beiden schüttelten sich herzlich die Hände.

»Das soll ich dir glauben?«, rief Beaufort aufgeräumt. »Du warst doch dein Lebtag noch in keinem Klassikkonzert. Du kannst diese Musik nicht ausstehen.«

Ertl zog Beaufort beiseite und zischte leise: »Musst du das so rausposaunen. Ich will hier kein Aufsehen erregen.«

»Entschuldige.« Frank dämpfte seine Stimme. »Du bist nur der Letzte, den ich hier erwartet hätte.« Er schaute sich suchend um. »Da steckt doch bestimmt eine Frau dahinter, der du imponieren willst.«

Der Justizsprecher verdrehte die Augen. »Ich bin dienstlich hier.«

»Hat das etwas mit dem Polizeiauftrieb hier zu tun?«, flüsterte sein Freund aufgeregt. »Befürchtet deine Behörde Ausschreitungen wie Anfang Januar in der Oper?«

Ekki sah Frank schweigend in die Augen und überlegte, ob er ihm die Wahrheit sagen sollte. Er kannte Beauforts Neugierde und Penetranz, aber auch dessen Verschwiegenheit und detektivisches Gespür.

»Viel schlimmer«, entgegnete Ertl ernst. »Die Musiker haben Morddrohungen erhalten.«

*

3. Satz: Allegro doloroso più morendo

Frank Beaufort saß neben seiner ausnehmend schönen und herausgeputzten Geliebten, sah einem hervorragenden Ensemble von internationalem Ruf bei der künstlerischen Arbeit zu, hörte mit dem *Streichquartett in c-Moll* von Johannes Brahms eines seiner Lieblingsstücke des Komponisten und bewunderte den Einfall, mit Werken von Brahms und Verdi zwei Quartette gegenüberzustellen, die beide im selben Jahr entstanden waren. Doch richtig genießen konnte der Amateurdetektiv das Konzert nicht mehr. Seine Gedanken kreisten um das, was er eben von Ekki erfahren hatte. Und seine Sinne waren damit beschäftigt, auch die kleinsten Details im Musiksaal aufzunehmen.

Die Morddrohungen an die Mitglieder des ManzoniQuartetts waren heute Morgen zeitgleich per SMS auf den Handys der Musiker eingegangen, als diese gerade am Nürnberger Flughafen von ihrem Konzertagenten empfangen wurden. Die Kurzmitteilungen lauteten identisch: *Schert euch aus der Stadt oder einer von euch wird heute Abend sterben. Vivat Wagner!* Der Impresario war darüber so beunruhigt, dass er umgehend die Polizei einschaltete und Strafanzeige stellte. Die sofort eingeleiteten Ermittlungen, zu denen auch der Justizsprecher hinzugezogen wurde, ergaben nach der gerichtlich genehmigten Telefonortung, dass die Morddrohungen von einem unbekannten Prepaid-Handy abgesendet worden waren, und zwar direkt vom Airport aus. Da der potenzielle Attentäter seine zukünftigen Opfer also bereits im Fadenkreuz visiert haben musste, nahm die Polizei den Vorfall sehr ernst. Die Musiker wurden gebeten, das Konzert am Abend abzusagen. Doch sie wollten auftreten, allen voran der Chef des Quartetts, der erste Geiger Alessandro Manzoni. So erhielten die Gäste für die Dauer ihres Aufenthalts Personenschutz, und das Konzert durfte unter erhöhten Sicherheitsvorkehrungen stattfinden. Sogar ein Sprengstoffspürhund war vor der Vorstellung durch den Saal und die Garderoben geführt worden, hatte Ekki erklärt.

Beaufort beäugte skeptisch die Konzertbesucher in seiner Nähe. Trug der hingebungsvoll lauschende Mann neben ihm etwa eine Pistole unter seinem Jackett? Hatte die Frau in dem blutroten Abendkleid vor ihm in ihrer dazu farblich passenden flachen Handtasche womöglich ein scharfes Küchenmesser versteckt? Und war der grimmig dreinblickende Kerl mit dem Stiernacken und dem weiß-blauen Schlips dort vorne nicht ein militanter Wagnerianer? Frank tastete nach Annes Hand, die seinen Druck zärtlich erwiderte. Er sah Gespenster. Wenigstens wusste seine Freundin noch nichts von der Angelegenheit, sodass sie das Konzert unbeschwert genießen konnte. Es war keine Zeit mehr gewesen, sie einzuweihen. Wie bedauerlich, dass er so weit vorne saß. Weiter hinten hätte er einen besseren Überblick übers Publikum. Er konnte sich ja schlecht dauernd umdrehen, um nach möglichen Meuchelmördern Ausschau zu halten. Andererseits würde er dort hinten wohl noch mehr Hirngespinste produzieren. Ziemlich sicher war er sich allerdings, dass die beiden jungen Männer in der ersten Reihe, die in ihre Anzüge wie hineingesteckt wirkten, Zivilbeamte waren. Um die Zuschauer nicht zu beunruhigen, befanden sich keine Uniformierten im Saal. Aber sie bewachten sämtliche Ausgänge. Er hatte sogar eine Polizeikluft durchblitzen sehen, als die Musiker die Bühne betraten.

Im abschließenden Allegro gaben die vier Streicher noch einmal alles. Manzoni, ein Gigolo mit dunklen Locken und einem kunstvoll ausrasierten schmalen Bärtchen, feuerte seine Kollegen zu Höchstleistungen an. Die zweite Geigerin und der Cellist wirbelten mit ihren Bögen über die Saiten. Nur der Bratschist schien nicht vollständig bei der Sache zu sein und das Tempo etwas zu verschleifen, was der erste Geiger mit strengen Blicken quittierte. Doch am Schluss waren alle wieder hundertprozentig zusammen. Erstaunlich, dass sich die vier Musiker angesichts dieser Bedrohung überhaupt konzentrieren konnten. Es gab einen kurzen, intensiven Applaus. Dann war Pause.

»Wow«, sagte Anne, »starkes Finale. Und ein beeindruckender Geiger. Der kann aus seinen schwarzen Augen ja richtige Blitze schießen.«

»Für meinen Geschmack ist er ein wenig zu dominant. Goethe hat ja mal gesagt, dass sich in einem Streichquartett vier kluge Leute musikalisch miteinander unterhalten. Aber so ganz auf Augenhöhe führen die da ihr Gespräch nicht. Gleichberechtigung ist etwas anderes.«

»Worüber hast du denn vorhin so lange mit Ekki geredet?«

Frank öffnete einen der Notausgänge zum Serenadenhof. »Komm hier mit raus, da kann ich es dir ungestört erzählen. Außerdem brauche ich ein bisschen Frischluft.«

Sie gingen an einem Bereitschaftspolizisten vorbei die schmale Treppe hinunter in den Innenhof, wo im Sommer Freiluftkonzerte stattfanden. In der Dunkelheit spazierten sie umher, während Beaufort seine Freundin über die Morddrohungen informierte. Die Journalistin hätte am liebsten sofort ihre Redaktion benachrichtigt, aber Frank hielt sie davon ab. Ekki hatte ihm die Informationen nur unter dem Siegel der Verschwiegenheit mitgeteilt. Als sie wieder zurückgingen, weil es Anne kalt wurde, und in der Nähe der Künstlergarderoben vorbeikamen, wurden sie Zeugen eines heftigen italienischen Wortwechsels. Der Quartettchef machte seinem rauchenden Bratschisten lautstark und gestenreich irgendwelche Vorwürfe, die dieser stoisch über sich ergehen ließ. Als Manzoni, immer noch händeringend, wieder abrauschte, warf der Bratschist wütend seine halb aufgerauchte Zigarette auf den Boden, zertrat sie, murmelte das Wort »Wichser« und folgte dem Geiger langsam.

»Immer auf die Bratschisten«, murmelte Beaufort mitleidig. »Dabei müssen die schon genug Spott ertragen.«

»Wieso das?«

»Sie spielen ja nun nicht gerade das virtuoseste Instrument und werden von ihren Kollegen gern als langsam, faul, untalentiert und dumm aufgezogen. Es gibt Hunderte von Bratschistenwitzen.«

»Echt? Ich habe noch nie einen gehört.«

»Woran erkennt man einen Bratschisten im Spielsalon?«

Anne zuckte mit den Schultern.

»Er weiß nie, wann er seinen Einsatz machen muss.«

»Der ist aber mau«, winkte sie ab.

»Was steht in den Noten der Geiger, wenn sie schnell spielen sollen?«

Anne zögerte: »Vivace?«

»Genau«, sagte Frank anerkennend. »Und was steht drin, wenn sie langsam spielen sollen?«

»Lento?«

»Nein – wie Bratsche.«

Jetzt musste Anne doch lachen.

»Und was ist der Unterschied zwischen einem Bratschisten und einem Terroristen?«

»Keine Ahnung.«

»Terroristen haben wenigstens Sympathisanten.«

Zehn Bratschistenwitze später waren sie angesichts der Bedrohung unangemessen gut gelaunt wieder im Musiksaal angekommen. Nach einem kurzen Gespräch mit Ekki erfuhren sie, dass es keine weiteren Vorkommnisse gegeben hatte und dank der Sicherheitsvorkehrungen alles ruhig geblieben war.

»Hoffen wir, dass es so bleibt«, erklärte Beaufort und begab sich mit Anne zu ihren Plätzen zurück.

Der erste Satz von Verdis *Streichquartett in e-Moll* begann zupackend. Die beiden Themen mit ihren unterschiedlichen Tempi kamen präzise. Auch die Dynamik war außerordentlich. Nach einem Seitenthema im Pianissimo steigerten sich die vier Stimmen eine nach der anderen in eine wilde Motorik. Die Notenblätter wirbelten nur so beim Umschlagen. Doch auf einmal waren merkwürdige Töne zu hören. Das Kratzen und Quietschen kam nicht vom Bratschisten, sondern vom ersten Geiger, der kreidebleich aussah. Mit seinem Ärmel wischte sich der Musiker den Schweiß von der Stirn und versuchte weiterzuspielen. Doch dann ließ er den Bogen sinken, sodass auch seine Kollegen ihr Spiel unterbrachen. Er sackte ein wenig in sich zusammen, bäumte sich plötzlich wie unter großen Schmerzen auf und fiel krachend vom Stuhl. Einige Damen im Publikum stießen entsetzte Schreie aus. Manzonis Körper zuckte wie bei einem epileptischen Anfall. Zwischen seinen Lippen quoll blutiger Schaum hervor. Dann erschlaffte er. Totenstille breitete sich aus.

*

4. Satz: Finale. Adagio brillante

Ein Mann in einem weißen Einwegoverall ging mit gesenktem Blick über die Bühne, stoppte, bückte sich, nahm mit einer Pinzette etwas vom Boden auf, ließ es in eine kleine Plastiktüte gleiten und reichte sie seiner identisch gekleideten Kollegin, die die Tüte beschriftete. Beaufort saß allein in einer der mittleren Reihen und sah der Spurensicherung dort unten bei ihrer Arbeit zu. Die Kriminalpolizei hatte die Ermittlungen übernommen. Er verdankte es nur Ekkis Protektion, dass er nicht wie alle anderen den Saal verlassen musste.

Der bewusstlose Alessandro Manzoni war unmittelbar nach seinem Zusammenbruch von zwei Polizisten hinter die Bühne getragen und reanimiert worden. Trotz der Wiederbelebungsversuche konnte der Notarzt wenig später nur noch den Tod des Künstlers feststellen. Das Publikum musste den Musiksaal nacheinander und einzeln verlassen. Von jedem Besucher wurden im Foyer die Personalien und eine Aussage über verdächtige Beobachtungen aufgenommen. Es dauerte fast anderthalb Stunden, bis der letzte Konzertbesucher draußen war. Anne, die als Vollblutjournalistin immer ihr Aufnahmegerät dabeihatte, machte Interviews mit bestürzten Zuschauern, dem Einsatzleiter der Polizei sowie dem Justizsprecher. Danach fuhr sie in ihre Redaktion, um eine Meldung für die *BR*-Nachrichten zu schreiben, die Onlineredaktion mit Handyfotos zu versorgen und Hörfunkbeiträge für die Frühsendungen zu schneiden. Beaufort betrachtete die Realityshow auf der Bühne, wartete auf Ekkis Rückkehr, der vor über einer halben Stunde im Künstler- und Direktionstrakt verschwunden war, und dachte nach.

Endlich tauchte der Justizsprecher auf der Bühne auf und erhielt postwendend einen Anraunzer von einem Spurensicherer, dass er mal schleunigst seinen verfluchten DNA-Pool aus der Untersuchungszone schieben solle. Da er ja nicht unmittelbar an den Ermittlungen beteiligt sei, wäre es überhaupt das Beste, zusammen mit seinem neugierigen Kollegen dort oben aus dem Saal abzuhauen und sie hier in Ruhe ihre Arbeit machen zu lassen. Ertl überlegte kurz, ob diese Beschimpfung justiziabel war, verbuchte sie dann aber unter erhöhter Arbeitsbelastung, ging zu seinem Freund hoch und verließ mit ihm gemeinsam den Ort des Verbrechens. Der Vorraum war menschenleer und das Licht heruntergedimmt.

»Wie sieht es hinter der Bühne aus?«, fragte Frank.

»Ich brauche erst mal was zu trinken.« Mit diesen Worten trat Ekki hinter die Bar, machte die Kühlschranktür auf, holte zwei Bierflaschen heraus und öffnete sie. Wortlos reichte er eine davon Beaufort, setzte die andere an seine Lippen und nahm einen tiefen Zug aus seiner Flasche.

»Das war jetzt genau das Richtige«, erklärte er zufrieden.

»Für einen Mitarbeiter der Justiz hast du aber ein merkwürdiges Verhältnis zu fremdem Eigentum.«

Ekki blickte zur Tafel hoch, legte sechs Euro in den Kühlschrank und kam wieder hinter dem Tresen hervor. »Manzonis Leiche ist gerade abtransportiert worden.«

»Weiß man schon etwas über die Todesursache?«

»Der Arzt meint, dass es Gift war. Konkreter wissen wir das erst nach der Obduktion. Fragt sich nur, wie das Gift in seinen Körper gelangt ist. Denn seine drei Kollegen haben per Dolmetscher übereinstimmend ausgesagt, dass Manzoni Stunden vor einem Auftritt nichts aß und trank, weil er eine übertriebene Sorge davor hatte, während der Vorstellung aufs Klo zu müssen.«

»Vielleicht war es ein Kontaktgift, das man über die Haut oder die Schleimhäute aufnimmt?«

»Das müsste aber ein ziemlich wirksames Gift sein«, wandte Ertl ein.

»Es gibt hochtoxische Substanzen, die sogar farb- und geruchlos sind. Denk nur an den Giftanschlag in der Tokioter U-Bahn. Da gab es ein Dutzend Tote, die alle Sarin eingeatmet hatten.«

»Wenn der Täter das benutzt hätte, wären die anderen Musiker doch auch gestorben.«

»Genau. Deshalb vermute ich ja, dass das Gift speziell für den Geiger präpariert worden ist. Ich hätte auch schon eine Idee, wie.«

»Dann spuck's mal aus, du Meisterdetektiv.« Ekki nahm noch einen Schluck aus der Bierflasche.

»Du sagst das so despektierlich. Darf ich dich daran erinnern, dass ich dir schon so manches Mal geholfen habe, einen Täter zu überführen.«

»Jetzt sei nicht so zimperlich. Du bist ja fast so empfindlich wie der Typ von der Spurensicherung eben.«

Beaufort zog eine Augenbraue hoch. »Ist dir aufgefallen, wie Manzoni auf der Bühne seine Noten umgeblättert hat?«

»Nein. War daran etwas besonders?«

»Er hatte diese schreckliche Angewohnheit, immer erst kurz seinen Finger abzulecken, ehe er umblätterte. Da stellen sich mir als Bibliophilem die Nackenhaare auf, weil er damit auf Dauer das Papier zerstört. Ich habe schon wertvolle Bücher in einem Zustand gesehen, das kannst du dir …«

»Du meinst, die Noten könnten vergiftet gewesen sein?«, unterbrach ihn Ekki aufgeregt.

»Und das Gift gelangte von dort über seinen Finger in den Mund. Genau. Umberto Eco: *Der Name der Rose*. Vielleicht war aber auch der Bogen vergiftet. Das wäre für den Tod eines Streichers natürlich noch stilvoller.«

Ertl rief sofort den leitenden Kommissar an, der die Untersuchung des Instruments und der Noten im Labor umgehend veranlasste.

»Habt ihr denn schon eine heiße Spur oder wenigstens eine Vermutung, wer den Geiger vergiftet haben könnte?«, wollte Beaufort wissen. »Ich nehme an, die kampfbereiten Wagnerianer der Stadt müssen sich auf harte nächtliche Verhöre gefasst machen.«

»Diese Leute sind, wenn es sie überhaupt gibt, doch gar nicht aktenkundig. Außerdem hatten die kaum eine Chance, an die Musiker ranzukommen. So wie die heute von der Polizei abgeschirmt wurden, kann es eigentlich nur jemand aus dem engsten Umfeld sein, oder einer hier aus dem Haus.«

»Habt ihr schon mal an die Musiker selbst gedacht?«

»Aber die sind doch alle bedroht worden.«

»Ich habe den Eindruck, dass Manzoni gefährlicher lebte. Er war ein ziemlicher Arroganzling.« Frank erzählte von dem Streit, den er und Anne in der Pause beobachtet hatten. »Und nicht nur der Bratschist dürfte einen Hass auf ihn gehabt haben. Bestimmt hat jeder der drei ein Motiv. Nimm nur die Geigerin. In vielen Quartetten ist es üblich, dass sich die erste und die zweite Geige in ihrer Führungsrolle abwechseln. So nach dem Motto: Wenn ich den Brahms führe, darfst du den Verdi machen. Aber Manzoni hat seine Kollegin nie an die erste Stelle gelassen, auch auf keiner der CD-Einspielungen, die ich von dem Quartett besitze.«

»Und Gift ist auch eher eine weibliche Mordwaffe«, ergänzte Ekki. »Aber trotzdem hast du nicht recht. Schließlich war jemand am Flughafen, der die Morddrohungen gesimst hat.« Er ließ die leere Flasche auf die Theke sausen.

»Es sei denn, diese fünfte Person gibt es überhaupt nicht. Willst du noch ein Bier?« Beaufort erhob sich vom Barhocker und machte sich auf den Weg zum Kühlschrank.

»Wie soll das denn gehen?«

»Indem ich dir eins rüberreiche«, grinste er.

»Jetzt mach keine Witzchen mit mir, sondern erzähl von deinem Verdacht.«

Beaufort kramte im Eisschrank. »Ich glaube, dass dieser Mord von einem der Musiker schon länger geplant war und dass er die Konflikte hier um Verdi und Wagner nutzen wollte, um die Polizei auf eine falsche Fährte zu locken. Wenn der Täter den dominanten Manzoni loswerden, aber weiterhin in der Formation unter dessen weltberühmtem Namen auftreten wollte, musste der Geiger sterben. Denn hätten die drei ihren Chef verlassen, hätte der ja einfach ein neues Quartett mit seinem Namen gründen können. Hinter diesem Giftmord stecken vermutlich auch knallharte Geschäftsinteressen.«

Ekki nahm die Bierflasche, die Beaufort ihm reichte. »Und was ist mit der fünften Person?«

»Die gibt es nicht, weil einer der drei Musiker die Morddrohungen unmittelbar nach der Landung in Nürnberg selbst per SMS abgesetzt hat. Mit einem eigens dafür gekauften Mobiltelefon, das er dann hat verschwinden lassen. Ist doch auch merkwürdig, wie ein hiesiger Verdi-Verächter alle vier Privatnummern der Musiker herausbekommen haben soll.« Beaufort stellte eine fast volle Flasche auf den Tresen. »Ich glaube, mir ist nach einem Schlückchen Prosecco zumute.« Er goss sich ein Glas voll und trank genüsslich. »Sind die drei Italiener und der Dolmetscher noch hinten? Du musst sie nur getrennt voneinander fragen, wer sich nach der Landung mal kurz von der Gruppe abgesondert hat, und du hast vermutlich den Täter.«

»Genial«, rief Ekki, tätschelte Frank über die Bar hinweg anerkennend die Schulter, wobei er ein wenig Prosecco verschüttete, und spurtete unter Protest der Spurensicherung quer über die Bühne Richtung Künstlergarderobe.

Beaufort hatte sein Glas bereits mehrfach nachgefüllt, als Ertl mit der freudigen Nachricht hereinstürmte: »Es war der Bratschist! Er hat gerade gestanden, dass er die Noten vergiftet hat.«

»Das, mein lieber Freund, war mir aus zwei Gründen von Anfang an klar.« Beaufort reichte Ertl mit leicht motorischer Unsicherheit das Konzertprogramm, auf dem er um das Foto des Bratschisten einen Kreis gezogen und das Wort Mörder notiert hatte. »Erstens ist Ettore Schmitz Südtiroler und als Einziger des Quartetts der deutschen Sprache mächtig. Wer, wenn nicht er, soll die SMS sonst geschrieben haben? Wohlsein.« Er leerte das Glas in einem Zug.

»Und zweitens?«

»Zweitens«, fügte er leicht verschwommen hinzu, »gilt unter Musikern eine unumstößliche Regel: Der Mörder ist immer der Bratschist.«

Der Fall des Faktotums

Der maskierte Mann schob sich langsam in den blendenden Lichtkegel und kam ganz dicht an Beaufort heran. Drohend näherte sich die Hand, in der ein spitzer Gegenstand aus Metall aufblitzte, seinem Gesicht. Sein Kopf war so fixiert, dass er ihn kaum zur Seite drehen konnte, sein ganzer Körper ruhte bleischwer. Nur noch ein paar Sekunden, dann würde der Schmerz in ihn fahren.

»Bitte den Mund ganz weit öffnen«, sagte Dr. Thieß hinter seinem Mundschutz, »dann wollen wir uns den Übeltäter doch mal anschauen.«

Schicksalsergeben sperrte Frank Beaufort, der in seinem weißen Behandlungsstuhl mehr lag als saß, die Kiefer auseinander.

»Ist es dieser hier?« Der Zahnarzt stocherte mit dem spitzen Haken an seinem Backenzahn im Oberkiefer herum und klopfte mehrmals kurz dagegen. Beaufort zuckte zusammen. »Der 1.6er hat ja noch eine alte Amalgamfüllung, ziemlich undicht an den Rändern. Da wird Karies drunter sein. Seit wann haben Sie die drin?«

Beaufort versuchte zu antworten, doch das war unmöglich, denn Dr. Thieß hatte seine Mundhöhle weiter in Beschlag genommen und machte mit Spiegel und Sonde eine Erkundungsreise zu seinen übrigen Zähnen. Er diktierte seiner Assistentin kryptische Zahlenkombinationen mit lateinischen Zusätzen, die diese sogleich in den Computer tippte. Dann legte er seine Instrumente auf dem kleinen Tischchen ab, das über Beauforts Bauch schwebte.

»Die Füllung ist bald zwanzig Jahre alt, sie stammt noch aus meiner Studentenzeit«, konnte er endlich antworten.

Beaufort war Geisteswissenschaftler geworden, sehr zum Leidwesen seines Vaters, der es lieber gesehen hätte, wenn sein einziger Sohn BWL studiert hätte, um seinen Nürnberger Spielwarenkonzern zu übernehmen.

»Na, dann hat sie ihren Dienst ja mehr als erfüllt. Ansonsten sieht es gut aus, nur ein bisschen Zahnstein. Ihre drei Inlays da sind tadellose Arbeit. Welcher Kollege hat sie gemacht?«

Beaufort nannte den Namen seines früheren Zahnarztes, der sich vor einem Jahr in den Ruhestand verabschiedet hatte. Hier in der Mauthalle war er zum ersten Mal. Sein bester Freund, Justizsprecher Ekkehard Ertl, hatte ihm diese schicke Gemeinschaftspraxis empfohlen. Sie war eigentlich auf Zahnimplantate spezialisiert, ein eigenes Labor und ein internationales Fortbildungszentrum für Implantologen gehörten ebenfalls dazu. Seit einiger Zeit hatte Beaufort ein leichtes Ziehen in seinem Backenzahn gespürt – jetzt wusste er, warum.

»Am besten wir machen die Füllung gleich raus und fühlen Ihnen mal auf den Zahn.« Der braungebrannte Dr. Thieß lächelte hinter seinem zartgrünen Mundschutz, was Beaufort daran erkannte, dass sich seine Augen zu freundlichen Schlitzen verengten und kleine Lachfältchen zeigten. Die attraktive Assistentin reichte dem Arzt eine ungut aussehende Spritze. »So, noch einmal den Mund auf, bitte.«

»Muss die denn wirklich sein?«, hakte Beaufort nach. »Ich halte lieber ein bisschen Schmerz aus, als drei Stunden mit einer dicken Lippe herumzulaufen. Außerdem habe ich gleich noch eine Verabredung zum Mittagessen.«

»In diesem Fall rate ich Ihnen doch sehr zu einer Lokalanästhesie. So wie Sie reagieren, wenn ich ihren Zahn auch nur ein wenig antippe, geht die Karies bis ziemlich nah an

den Nerv heran. Das halten Sie ohne Spritze kaum aus.«
Dr. Thieß ließ schon mal den Bohrer aufheulen wie ein Porschefahrer seinen Wagen an der Ampel, kurz bevor es grün wird. »Verschieben Sie Ihr Mittagessen doch einfach.«

Beaufort seufzte und fügte sich in sein Patientenschicksal. Er hasste es, vom handelnden Subjekt zum duldenden Objekt degradiert zu werden. Der Arzt setzte die Betäubungsspritze und verließ mit seiner Assistentin das Zimmer. Beaufort schaute ihnen nach und sah einen wohlgeformten Po in hautenger weißer Hose entschwinden. Die Zahnarzthelferin trug einen Tangaslip. Dann schloss sich die Milchglastür, durch die er in Spiegelschrift »OP 2« lesen konnte. Durch das gekippte Fenster nahm er die Geräusche der belebten Fußgängerzone zwei Stockwerke unter sich wahr: Stimmfetzen, die Klappe eines Lieferwagens und vom Einkaufszentrum her das stündliche Glockenspiel mit einer Melodie aus Mozarts *Zauberflöte*. Über seine ein lockeres V bildenden Füße hinweg, die in handgefertigten britischen Lederschuhen steckten, konnte er hinaussehen. Rechts der Kaufhof, links der City-Point, dazwischen ein Streifen blauer Himmel.

Während die Oberlippe langsam ertaubte, blickte er sich in dem weiß gekachelten Raum um, in dem er lag. Er war durchdesignt bis ins Detail. Alles hier war weiß oder aus silbrigem Metall, vom sattelförmigen Zahnarzthocker mit Rollen bis zum Mundspülbecken auf einer Edelstahlsäule. Glamouröser Kontrapunkt war ein knallrotes Ledersofa mit goldenen Füßen. Gerade als eine angenehme Vorstellung begann, ihn abzulenken – verführerisch räkelte sich die Assistentin darauf –, kehrte Dr. Thieß mit Schwung ins Zimmer zurück. Das fiese hochfrequente Geräusch des Bohrers, der asthmatisch röchelnde Sauger in seinem Mundwinkel und der ständig gutgelaunt plappernde Zahnarzt beendeten diesen Anflug eines erotischen Tagtraums aufs Gründlichste.

Dreißig Minuten später war die Behandlung beendet, ein Abdruck war genommen und der Backenzahn mit einem Provisorium wieder verschlossen worden. Die Karies hatte sich als so großflächig erwiesen, dass ein weiteres Inlay fällig wurde. Dafür brauchte er einen neuen Termin. An der Anmeldung, die ein antik wirkender Pferdekopf aus Bronze schmückte, musste Beaufort noch ein wenig warten. Er betrachtete die lichte, zwei Stockwerke hohe Halle mit den edlen Marmorfußböden. Sie wurde von einer großzügigen Holztreppe dominiert, die zu den oberen Praxisräumen führte. Mehrere geschmackvolle Sofas für die wenigen wartenden Patienten, große Grünpflanzen und ein weißer Flügel ließen mehr an eine Hotellobby als an eine Zahnarztpraxis denken. Die Klientel hier bestand sicherlich nicht nur aus Kassenpatienten. Auch Beaufort war keiner – er war Millionär und laut Forbes-Magazin einer der begehrtesten 100 Junggesellen Deutschlands. Nachdem seine Eltern vor Jahren bei einem Verkehrsunfall ums Leben gekommen waren, hatte er das weitverzweigte Spielwarenimperium geerbt.

»Sie brauchen noch einen Termin?« Die Frau mit den Sommersprossen lächelte ihn an. Gutes Aussehen war anscheinend eine der Grundvoraussetzungen, um hier eingestellt zu werden.

»Der Doktor sagte, in zehn Tagen soll das Inlay eingepasst werden«, antwortete Beaufort und strich sich über sein exzellent geschnittenes Haar.

»Das wäre dann am übernächsten Donnerstag.« Sie schaute in ihren Computer. »Da ist der Doktor gerade auf einem Kongress in Dubai, aber ich kann Ihnen für den Montag darauf etwas anbieten. Passt es wieder um elf Uhr?«

Vormittagstermine waren für ihn kein Problem, er hatte massenhaft Zeit. Denn er hatte den Konzern wieder verkauft und sich als Privatgelehrter in seine riesige Bibliothek über den Dächern der Altstadt zurückgezogen. Neben Bibliophilie und Musik hatte er eine Schwäche für Verbrechen und betätigte sich manchmal als Gentleman-Detektiv. Beaufort blätterte in seinem Filofax, als ein Mann in blauem Kittel die Praxis betrat und sie unterbrach.

»Ich wollt' Ihnen nur schnell sagen, dass ich die Handwerker fei auf den Mittwoch umbestellt hab'. Um drei Uhr wird des Wasser auf dem Stockwerk abgestellt. Ist Ihnen des etzertla recht so?«

»Und wie lange brauchen die Leute für die Reparatur, Herr Huber? Unser Putzteam kommt abends um sechs.«

»Bis dahin sind die fei schon lang fertig«, sagte der Mann eifrig, »des dauert ein, zwei Stunden, maximal.« Und mit einem »Adela« auf den Lippen wuselte er eilfertig davon.

»Sie müssen entschuldigen, das war unser Hausmeister. Der wollte mir doch tatsächlich übermorgen mitten in der Sprechstunde das Wasser abdrehen. Aber jetzt klappt es ja am freien Nachmittag. Wie sieht es bei Ihnen am Montag in zwei Wochen aus?«

Beaufort trug sich den Termin ein.

»Sagen Sie, dieser Flügel da ist ja beeindruckend. Wer spielt denn darauf?« Er hatte nicht übel Lust, ihn einmal auszuprobieren.

»Von uns leider niemand. Unsere Doctores haben ihn vom Vorgänger übernommen. Aber zum Abschluss von Fortbildungen und Kursen oder bei Patientenveranstaltungen engagieren wir manchmal einen Pianisten. Und der Sohn einer Kollegin übt regelmäßig darauf. Können Sie Klavier spielen?«

Beaufort schaute vom Flügel zu ihr zurück und nickte. Die Helferin taxierte seine manikürten Hände.

»Wenn Sie mehr rausbringen als den Flohwalzer, dürfen Sie ihn gern mal ausprobieren.« Sie lachte und Beaufort stimmte mit ein. Dann ging er hinüber, öffnete sein maßgeschneidertes Sakko, setzte sich auf den Klavierhocker und machte sich mit dem Instrument vertraut. Er spielte ein paar Läufe und improvisierte ein wenig, deutete kurz die *Ballade pour Adeline* an, weil ihn der weiße Flügel an den unsäglichen Richard Clayderman erinnerte, und stimmte dann den Gershwin-Klassiker *Someone to watch over me* an. Das Instrument war etwas verstimmt, besonders das zweigestrichene Es, und mit seinem Steinway nicht zu vergleichen, doch der Anschlag war gut, und irgendwie war dieser Seiler-Flügel so kitschig, dass er fast schon wieder etwas hatte. Das musste noch jemand aus dieser Praxis so empfunden haben, denn auf dem glänzend weißen Schleiflack thronte als ironischer Akzent ein goldener Dürerhase aus Plastik, eines der gartenzwergähnlichen seriellen Kunstwerke des Nürnberger Akademieprofessors Ottmar Hörl.

Dr. Thieß trat aus einem der Behandlungszimmer, zeigte ihm aufmunternd den erhobenen Daumen und verschwand in seinem Büro neben der Garderobe.

Als das Stück zu Ende war, klatschten die beiden Patienten auf dem Ledersofa Beifall und die Sommersprossen-Frau kam von der Anmeldung zu ihm herüber.

»Sie spielen wirklich sehr gut. Gefällt Ihnen der Flügel?«

»Danke schön. Ja, ein schönes Instrument, sehr angenehm zu spielen. Es müsste nur mal wieder gestimmt werden.«

»Danke für den Hinweis, ich werde mich darum kümmern. Aber Sie wollen doch nicht schon gehen? Bitte, spielen Sie doch noch etwas. Können Sie vielleicht *Fly me to the moon*? Das ist mein Lieblingsstück von Frank Sinatra.«

Beaufort spielte es für sie, und noch einige ruhige Jazz-Standards. Schubert oder Schostakowitsch, das fühlte er, waren hier fehl am Platz, und so mimte er noch eine Weile den Bar-Pianisten. Von seinem Piano aus konnte er die Praxis gut überblicken: Linkerhand gingen die Behandlungsräume ab, rechterhand lagen der Wartebereich und die Anmeldung, an der gerade ein Patient eine offenbar größere Rechnung bar bezahlte. Beaufort sah, wie die Helferin ein Bündel gelber Banknoten quittierte, den Mann mit der Goldrandbrille herzlich verabschiedete und dann den Schrank hinter sich öffnete. Was sich jenseits der Holztür tat, konnte er von seinem Platz aus nicht erkennen, aber vermutlich packte sie das Geld in einen Safe. Er konzentrierte sich wieder auf sein Spiel, und als er das nächste Mal hinüberblickte, sah er eine ziemlich blasse Helferin, die die Schranktüren schloss. Mit zusammengekniffenen Lippen eilte sie ins Büro des Doktors. Beaufort beendete sein Spiel und fuhr mit der Zunge an seiner betäubten Lippe entlang. Wenn er Ekki gleich im *Klara* traf, würde er nur etwas trinken können, ansonsten liefe er Gefahr, sich blutig zu beißen. Er klappte den Deckel des Flügels zu und ging an die Garderobe. Durch die angelehnte Bürotür hörte er die Stimme der Frau mit den Sommersprossen.

»Es ist schon das dritte Mal in den letzten Wochen, dass Geld aus dem Safe fehlt.«

»Wie viel ist es denn diesmal?«, fragte Dr. Thieß.

»Zweihundert Euro. Sollen wir nicht die Polizei rufen?«

»Auf gar keinen Fall. Ich will nicht, dass Unfrieden ins Team kommt und hier jeder jeden verdächtigt. Zählen Sie doch noch mal nach, vielleicht haben Sie sich ja geirrt.«

»Ganz bestimmt nicht. Und was, wenn wir die Geheimzahl ändern?«

Beaufort hatte seine Jacke schon längst angezogen, und es wäre mehr als unhöflich gewesen, noch länger dort stehen zu bleiben und zu lauschen. Firmendiebstähle kamen schließlich häufiger vor, und diese Angelegenheit hier ging ihn nichts an. Damit verließ er die Praxis im stolzen Bewusstsein seiner Integrität. Obwohl, neugierig machte ihn das schon, gestand er sich ein, als er langsam die Marmortreppe hinabstieg.

*

»Allmächd!« Beaufort spuckte aus, und mit einem »Plong!« landete seine Füllung auf dem halbvollen Salatteller. Anstatt den Blick auf Burg und Sebalduskirche von seinem Esstisch aus zu genießen, betrachtete er das unregelmäßige Stück Kunststoff vor sich. Er saß in seinem Penthouse bei einem Mittagsimbiss, aber die Kruste des Vollkornbrötchens, in das er gerade gebissen hatte, war wohl etwas zu resch gewesen. Mit seiner Zunge tastete er in den hohlen Krater seines Backenzahnes und zuckte vor Schmerz zusammen. Vielleicht sollte der Doktor weniger reden und sich mehr auf seine Arbeit konzentrieren, grummelte Beaufort und wählte die Nummer der Praxis.

»Da haben Sie aber Glück, dass Sie mich noch erreichen, Herr Beaufort«, sagte Sommersprosses freundliche Stimme, »ich wollte gerade den Anrufbeantworter einschalten.«

»Kann ich nach der Mittagspause zu Ihnen in die Praxis kommen? Mir ist gerade die Plombe rausgefallen.«

»Oh, das tut mir leid. Aber es ist Mittwochnachmittag, da ist unsere Praxis geschlossen.«

Das hatte er völlig vergessen. »Und wenn ich jetzt gleich komme? Ich kann in zehn Minuten bei Ihnen sein.«

»Die Ärzte sind leider schon gegangen«, sagte sie entschuldigend, »und ich bin auch gerade auf dem Sprung.«

»Und was soll ich jetzt machen?«, fragte Beaufort halb verzweifelt, halb fordernd.

»Es gäbe da noch den Zahnärztlichen Notdienst.« Sie zögerte. »Aber ich versuche mal, für Sie etwas anderes zu organisieren. In ein paar Minuten rufe ich Sie zurück.«

Beaufort stocherte in seinem Teller und ließ die Gabel wieder sinken – ihm war der Appetit vergangen. Außerdem tat es zu sehr weh, selbst wenn er nur links kaute. Wütend warf er die Serviette hin und wartete. Schon nach dem ersten Klingeln hob er ab.

»Und, haben Sie etwas erreichen können?«

»Dr. Thieß ist gerade auf einem privaten Termin, aber er kommt extra für Sie um siebzehn Uhr in die Praxis zurück«, sagte sie freudestrahlend.

»Vielen Dank, das ist sehr nett von Ihnen.« Beaufort wollte das Entgegenkommen nicht überstrapazieren, fragte dann aber doch zögerlich: »Eher ginge es wohl nicht?«

»Ehrlich gesagt, dem Doktor wäre es zwei Stunden früher auch lieber gewesen, aber am Nachmittag haben wir Handwerker in der Mauthalle. Dabei muss das Wasser abgestellt werden, und ohne kann der Doktor nicht richtig arbeiten.«

Beaufort bedankte sich noch mal für ihren Einsatz und wurde gebeten, an der Praxistür kräftig zu klopfen, damit der Arzt ihn auch hören konnte.

*

Groß und prächtig erhob sich die fünfhundert Jahre alte Mauthalle über dem Hallplatz. Die hellbraunen Sandsteinquader des mehr als achtzig Meter langen Gebäudes leuchteten in der strahlenden Frühlingssonne. Auf dem dreistöckigen Bau ruhte ein riesiges Spitzdach mit noch einmal fünf Geschossen. Dass die Mauthalle früher das reichsstädtische Kornhaus gewesen war, konnte der geübte Betrachter immer noch an den rund 120 Dachgauben erkennen, die das eingelagerte Getreide einst belüftet hatten. Den Namen ›Mauthalle‹ hatte das große Gebäude erst im 19. Jahrhundert erhalten, als hier das Hauptzollamt untergebracht war. Wie so viele Bauten in der Altstadt wurde es gegen Ende des Zweiten Weltkriegs durch Feuer und Bomben zerstört und in den 50er Jahren wiederaufgebaut. Das alles wusste Beaufort zwar, doch verschwendete er im Moment keinen Gedanken daran. Er warf auch keinen Blick auf die Aushänge der *Nürnberger Nachrichten* und kehrte nicht auf einen Espresso ins Café ein, als er an dem Gebäude entlangging. Nicht einmal der wärmende Sonnenschein konnte ihn heiter stimmen, denn er litt unter Zahnschmerzen. Immer heftiger waren sie in den letzten Stunden geworden. Jeder Schritt verursachte ein dumpfes Pochen in seinem Oberkiefer, so dass er nach dem Betreten der Mauthalle ganz gegen seine Gewohnheit den Fahrstuhl nahm, aus dem gerade ein Handwerker im Blaumann mit einem Werkzeugkasten in der Hand ausstieg.

Der 2. Stock lag da wie ausgestorben. Die Frauenarztpraxis links war geschlossen, ebenfalls das Busreiseunternehmen auf der rechten Seite. Davor warb ein einsamer Aufsteller für den Besuch des Musicals *Der König der Löwen*. Nur geradeaus, hinter der Tür der Zahnarztpraxis, regte sich etwas. Dort übte ein Mensch Klavier. Beaufort drückte die Klinke, doch es war abgeschlossen. Er klopfte, die Musik verstummte, und im selben Moment hörte er, wie sich der Schlüssel im Schloss drehte. Der unverwüstlich gut gelaunte Dr. Thieß öffnete und hielt ihm die Hand entgegen. Sein ziviles Outfit unterschied sich bis auf die weiße Farbe kaum von seiner Praxis-Kleidung: Er trug Designer-Jeans und ein Poloshirt mit Krokodil auf der Brust.

»Danke, dass Sie sich Zeit für mich nehmen. Habe ich Sie beim Üben gestört?«

»Ich und Klavier? Wo ich schon meine Blockflötenlehrerin zur Verzweiflung getrieben habe!« Der Zahnarzt lachte schallend. »Nein, das war Maximilian.«

Vor dem weißen Flügel, an den ein praller Rucksack gelehnt war, saß ein hübscher, etwa fünfzehnjähriger Junge und grüßte schüchtern mit einem linkischen Winken. Er trug sein blondes Haar länger und war bestimmt der Schwarm seiner Mitschülerinnen.

»Maximilian ist der Sohn meiner Buchhalterin und ziemlich begabt. Aber zuhause hat er nur ein E-Piano. Deshalb darf er hier an den drei Nachmittagen üben, an denen Frau Müller oben im Büro die Abrechnungen macht – natürlich nur außerhalb der Sprechzeiten.«

Dr. Thieß führte ihn wieder in den OP 2 und richtete die Instrumente.

»Wie Sie sehen, habe ich keine Helferin da. Es kann also sein, dass Sie den Sauger mal selber halten müssen.« Wieder lachte er.

Beaufort war alles recht, wenn nur der Schmerz bald verschwände. Er legte seine Jacke auf dem roten Sofa ab und nahm auf dem Behandlungsstuhl Platz. Per Knopfdruck wurde er in eine fast liegende Stellung gebracht. Das Klavierspiel setzte wieder ein.

»Dann schauen wir doch mal, wo Sie der Zahn drückt.«

Der Doktor stocherte in seinem Backenzahnkrater herum, und als er auch noch ein kaltes Spray hineinsprühte, hätte Beaufort an die Decke gehen können.

»Oh, oh ... das sieht nicht gut aus. Scheint so, als ob Ihr Nerv entzündet ist. Auch wenn das Provisorium nicht rausgefallen wäre, hätten Sie damit Probleme bekommen. Die Karies war einfach zu nah dran.«

»Können Sie den Zahn erhalten?«

»Den Zahn schon, aber den Nerv nicht. Ich muss leider eine Wurzelbehandlung durchführen. Spritze?«

»Ja bitte, unbedingt.«

»Na, dann mal Mund auf und Zähne zusammenbeißen«, witzelte Dr. Thieß und band sich den Mundschutz vor.

Die nächste halbe Stunde war eine Plage für Beaufort. Nicht weil es wehtat – der nagende Schmerz hatte sich mit der Betäubungsspritze zügig verflüchtigt –, sondern weil ihm die Auslassungen des Zahnarztes auf die Nerven gingen. Dem Mann standen sämtliche Metaphern und Sprüche zur Verfügung, die mit Zähnen und dem Mund zu tun hatten, und er benutzte sie *ALLE*. Aber Beaufort teilte nicht nur seinen Humor nicht, sondern er konnte es auch nicht leiden, mit Golfgeschichten und fragwürdigen Thesen zur Bankenkrise zugetextet zu werden, ohne darauf antworten zu können – schließlich hatte er die meiste Zeit etwas im Mund, was ihn am Sprechen hinderte. So ausgeliefert hatte er sich zuletzt in der Fahrschule gefühlt. Während er sich damals, noch sehr unsicher, voll auf das Autofahren konzentrieren musste, hatte sein Fahrlehrer dauernd von »diesen Wackersdorf-Randalierern« gequatscht, die man seiner Meinung nach alle »nach drüben in die DDR« abschieben sollte, und ähnlichem Zeugs. Er war dann irgendwann mal rechts rangefahren, hatte dem Mann seine Meinung gesagt und den Fahrunterricht abgebrochen. Danach hatte er nie mehr das Bedürfnis verspürt, den Führerschein zu machen. Auch das Geklimper störte Beaufort. Musste Maximilian ausgerechnet die Chopin-Etüde üben, in der der verstimmteste Ton des ganzen Klaviers dauernd angeschlagen wurde? Ein Zitat aus Friedrich Hebbels Tagebüchern kam ihm in den Sinn: »Unter allen entsetzlichen Dingen das entsetzlichste ist die Musik, wenn sie erst erlernet wird.« Stillschweigend schloss er, da das mit den Ohren ja leider nicht möglich war, die Augen und ließ die doppelte akustische Belästigung über sich ergehen.

Gerade als Dr. Thieß seine Arbeit beendet hatte und Beaufort sich den Mund ausspülte, hörten sie die Sirene eines Polizeiautos, das direkt unter ihrem Fenster anhielt. Er konnte den pulsierenden Schein des Blaulichts auf den dunkel verspiegelten Fenstern des gegenüberliegenden Kaufhauses von seinem Stuhl aus deutlich erkennen. Neugierig öffnete der Zahnarzt das Fenster, und auch Beaufort stand auf und sah mit hinunter. Eben stoppte ein Notarztfahrzeug neben dem Streifenwagen. Arzt und Sanitäter stiegen aus und schoben sich durch eine kleine Menschenmenge. Erst als Thieß und Beaufort sich noch weiter aus dem ziemlich niedrigen Fenster hinausbeugten, wobei sie sich an der schmiedeeisernen Querstange in Oberschenkelhöhe festhalten mussten, um nicht hinauszufallen, entdeckten sie eine Gestalt auf dem Boden. Sie lag ein paar Meter weiter rechts, quer zum Fußweg, mit den Füßen zur Mauthalle. Sie lag auf dem Rücken, den leeren Blick in den Himmel gerichtet und trug einen blauen Kittel.

»Aber das ist doch ...«

»... der Hausmeister«, ergänzte Beaufort.

Der Notarzt kniete bei dem Mann, tastete nach dem Puls der Halsschlagader, leuchtete mit einem kleinen Lämpchen in seine Augen, hörte mit einem Stethoskop die Brust ab, schüttelte schließlich den Kopf und erhob sich. Zwei Polizisten kamen hinzu und besprachen sich leise mit dem Arzt. Dann blickten die drei hoch und bemerkten sie am offenen Fenster. Durch ein Zeichen gab ihnen einer der Polizisten zu verstehen, dass er gleich heraufkommen würde.

Beaufort und Thieß schauten sich fragend an – das Klavierspiel verstummte. Als die beiden Männer in die Lobby traten, klappte der Junge gerade den Klavierdeckel zu.

»Hast du gar nichts mitbekommen, Maximilian?«

»Was denn?« Er sah sie mit großen Augen an.

»Da drunten liegt der Hausmeister.« Dr. Thieß zeigte in Richtung Anmeldung. »Er ist tot. Moment, wo willst du denn hin?« Maximilian hatte sich bereits zum Fenster hinter der Anmeldung aufgemacht. »Ich möchte nicht, dass du dir das ohne Erlaubnis deiner Mutter anschaust. Sei so gut und hol sie bitte runter.«

Maximilian stoppte und lief dann die Treppe hoch, kurz darauf fiel oben eine Tür ins Schloss. Für seine Fürsorglichkeit dem Jungen gegenüber sammelte der Arzt gerade wieder Pluspunkte bei Beaufort. Außer dass er beim Behandeln eindeutig zu viel redete, war Dr. Thieß eigentlich ein souveräner und sympathischer Mann, und seine zahnmedizinische Kompetenz war unbestritten. Ein Provisorium konnte immer mal herausfallen. Maximilian kehrte mit seiner Mutter zurück, sie hatte das gleiche dicke blonde Haar wie ihr Sohn und ebenso schöne Lippen. Der Arzt erklärte ihr alles in Kürze, dann gingen sie zu viert hinter die Anmeldung, öffneten das Fenster und schauten hinaus. Der Tote lag direkt unter ihnen, doch hatte man ihn mittlerweile mit einer goldenen Folie aus einem Erste-Hilfe-Kasten abgedeckt. Es klopfte und zwei Polizeibeamte in Uniform traten ein.

»Kennen Sie den Toten?«, fragte einer der beiden den Arzt.

»Ja, das ist Herr Huber, unser Faktotum.«

Der Polizist sah ihn verständnissuchend an.

»Unser Hausmeister«, ergänzte Dr. Thieß.

»Wohnt er hier in der Mauthalle?«

»Er hat eine Wohnung ganz oben im 7. Stock. Aber was ist denn passiert?«

»Ich schlage vor, zuerst stellen wir Ihnen unsere Fragen und danach erklären wir es Ihnen genauer.« Der Anflug eines Lächelns zeigte sich auf dem Gesicht des Beamten. »Kann ich mal an das Fenster da, bitte?« Er ging hin und blickte hinaus. »Als wir vor fünf Minuten hochgeschaut haben, war das Fenster zu. War es die ganze Zeit geschlossen?«

Er schaute fragend in die Runde, aber niemand konnte sich daran erinnern. Mit seinem Sprechfunkgerät orderte er einen Kollegen von der Spurensicherung.

»Und aus welchem Fenster haben Sie beide eben geschaut?«, fragte er Beaufort und den Arzt. Der führte sie in das Behandlungszimmer und zeigte dann auch die oberen Praxisräume.

Danach mussten alle vier ihre Personalien angeben und eine Zeugenaussage machen. Maximilians Mutter hatte von all dem nichts mitbekommen. Ihr Büro im 3. Stock ging auf die Vorderseite hinaus zum Hallplatz. Auch ihr Sohn hatte nichts bemerkt, er war in seine Klavierübungen vertieft gewesen, was Beaufort und Dr. Thieß bestätigen konnten. Und auch die beiden Männer waren auf den Vorfall erst aufmerksam geworden, als die Polizei eingetroffen war. Sie hatten auch vorher keine ungewöhnlichen oder verdächtigen Geräusche gehört.

»Was ist denn nun geschehen?«, fragte Beaufort schließlich.

»So ganz genau wissen wir das auch noch nicht. Der Arzt sagt, der Hausmeister ist wahrscheinlich durch einen Sturz aus größerer Höhe ums Leben gekommen, Todesursache: Schädelbruch. Aber das muss die Obduktion erst noch bestätigen.«

»Dann war es bestimmt ein Unfall?«, warf Dr. Thieß ein.

»Das könnte man meinen«, antwortete der Polizist zögerlich, »das Problem ist nur: Alle Fenster, aus denen er gefallen sein könnte, sind geschlossen.«

»Sie meinen, es ist Mord?«, flüsterte der Zahnarzt.

»Wir ermitteln in alle Richtungen.«

*

Nachdem die Polizisten gegangen waren, verabschiedeten sich auch die Buchhalterin und ihr Sohn. Die beiden wirkten etwas verstört, als sie die Praxis verließen. Beaufort bekam noch ein paar schmerzstillende und entzündungshemmende Tabletten in die Hand gedrückt. Er sollte am Freitagmittag wiederkommen, bei Schmerzen natürlich schon eher, denn der Arzt hatte den Zahn offen gelassen und eine Medikamenteneinlage hineingetan, die übermorgen gewechselt werden sollte. Als die beiden Putzfrauen hereinkamen und Dr. Thieß wegen des Auflaufs hinter dem Haus ausfragten, ging auch Beaufort. Von Handwerkern oder der Polizei bemerkte er nichts im Treppenhaus. Dafür sah er aber gerade noch Sommersprosse ein Fahrrad durch den Haupteingang schieben, ehe die schwere Tür krachend zufiel. Als Beaufort ihn erreicht hatte und hindurch war, konnte er die Assistentin nur noch jenseits des Hallplatzes wegfahren sehen, rechts und links baumelten große Taschen und Tüten am Lenker.

Diesmal nahm Beaufort sich mehr Zeit, um die Mauthalle zu betrachten. Er ging langsam um das Gebäude herum, vorbei an den Auslagen eines Juweliers, eines Antiquitätenhändlers und eines Sportbekleidungsgeschäfts. Auf der Rückseite parkte immer noch der Streifenwagen, doch daneben stand jetzt ein dunkelgrauer Leichenwagen. Er stellte sich zu den Schaulustigen und sah zu, wie die Leiche in eine Art Plastik-Sarg gelegt wurde. Nur ein verhältnismäßig kleiner Blutfleck blieb auf dem Pflaster zurück. Der Hausmeister war direkt vor das Schaufenster eines Geschenkartikelladens mit allerlei Nippes gefallen. Nur aus welchem Fenster? Eine Etage weiter oben klebten blaue Buchstaben an den Scheiben, der Raum gehörte offensichtlich zu dem Sportbekleidungsgeschäft. Im 2. Stockwerk lag die Anmeldung der Zahnarztpraxis, Beaufort erkannte die Vorhänge wieder. Und darüber begann schon das dunkle Ziegeldach, er zählte fünf Gauben übereinander. Aber die Fenster waren so klein und lagen so hoch, dass man nicht einfach herausfallen konnte. Er hatte den Praxisraum im 3. Stock bei dem Rundgang mit den Polizisten selbst gesehen, es war der Aufenthaltsraum der Mitarbeiter. Man musste sich schon auf einen Stuhl stellen und durch das Fenster zwängen. Und dann fiel man auch nicht gleich senkrecht hinunter, sondern rutschte erst noch die Dachschräge entlang mit mehreren Möglichkeiten zum Festhalten, bis hin zur recht stabil aussehenden Regenrinne. Wenn der Hausmeister keinen Selbstmord begangen hatte, sondern es ein Unfall war, konnte er nur aus dem Fenster im

1. Stock gefallen sein. Und da das gut vier Meter über dem Pflaster lag, erschien es Beaufort immerhin möglich.

Er betrat das Sportbekleidungsgeschäft, das, wie er jetzt feststellte, gar keines war, sondern ein Laden für Hip-Hop-Outfit, in dem natürlich auch die passenden Turnschuhe verkauft wurden. Dass er nicht gerade der typische Käufer von Baseballcaps und Rapperjeans war, deren Hosenboden irgendwo in Höhe der Kniekehlen baumelte, bemerkte auch der gepiercte Verkäufer mit einem Blick. »Ihre Kollegen sind noch oben«, sagte er kaugummikauend, »die Treppe hoch und dann links.«

»Glück muss der Mensch haben«, dachte Beaufort und stieg hinauf. Auch das obere Stockwerk war ein großer Verkaufsraum. Hinten links stand eine Tür offen, Beaufort hörte Stimmen aus dem angrenzenden Raum. Er ging langsam näher und tat so, als interessiere er sich brennend für die dicken Strass-Ketten, die Totenkopf-Gürtelschnallen und den anderen Modeschmuck für Rapper. Dabei bemerkte er, dass es sich um einen Lagerraum handelte, der Zugang zum Fenster war mit mehreren Kartonstapeln blockiert. Zwei Zivilbeamte befragten gerade einen weiteren Verkäufer in Hip-Hop-Uniform. Als einer von ihnen Beaufort bemerkte, schloss er unwirsch die Tür. Aber er hatte genug gesehen. Auch aus diesem Fenster fiel man nicht einfach so, da mussten erst Kartons beiseitegeräumt werden, um es überhaupt öffnen zu können. Und was hätte der Hausmeister in dem Laden zu suchen gehabt? Ein merkwürdiger Fenstersturz.

*

Mit einem Knopfdruck ließ die hübsche Assistentin Wasser in den Plastikbecher neben ihm einlaufen, während

Dr. Thieß wie immer schwungvoll und gutgelaunt das Behandlungszimmer betrat.

»Und was machen die Schmerzen? Es müsste eigentlich besser sein.«

»Wie weggeblasen«, strahlte Beaufort.

»Na, das lässt sich hören.« Er ließ sich auf seinem Drehhocker nieder. »Dann zeigen Sie doch mal her das Beißerchen.«

Schmerzfrei ließen sich die Plattitüden des Arztes zwar wesentlich besser ertragen, aber bevor er wieder über steigende Goldpreise lamentierte oder über die richtige Wahl des Eisens am 7er-Loch referierte, gedachte Beaufort seinen Redeschwall wenigstens in die Richtung zu kanalisieren, die ihn am meisten interessierte. Und tatsächlich brauchte er nur das Stichwort ›Hausmeister‹ zu nennen und schon plätscherte aus Dr. Thieß' Mund ein munteres Bächlein an Informationen zu den Ermittlungen, während er seinen Zahn behandelte. Die Beamten seien gestern erneut in der Praxis gewesen und hätten Fotos rund ums Fenster an der Anmeldung und im Aufenthaltsraum geschossen. Sogar auf dem Dach sei einer von ihnen herumgekrochen, natürlich angeseilt, denn das fehlte ja noch, dass da schon wieder jemand herunterstürze. Und die Wohnung des Hausmeisters sei auch eingehend unter die Lupe genommen worden. Einen Abschiedsbrief oder Ähnliches habe man dabei zwar nicht gefunden, stattdessen aber eine ganze Sammlung Erotika, man munkle sogar Kinderpornographie. Er habe von mehreren Mauthallenbewohnern glaubhafte Gerüchte vernommen, dass Huber besonders auf Jungen gestanden haben solle. Er sei ja schon auch ein merkwürdiger Typ gewesen, der Hausmeister, mit dieser sanften Stimme und dem lauernden Blick. Und wie der immer plötzlich dagestanden sei, wie aus dem Nichts, so leise war der im und ums Haus unterwegs gewesen. Immer auf der Pirsch nach Müll wegschmeißenden Jugendlichen oder Graffiti-Sprayern. Aber aus welchem Fenster Huber nun gefallen sei und ob überhaupt, das wisse er auch nicht. Es gäbe wohl auch keine Zeugen für den Sturz. Vielleicht sei es ja doch ein tragischer Unfall gewesen und der Wind habe dann das Fenster zugeweht – irgendwie. Was er denn von der Sache halte? Er habe doch schließlich bei der Aufklärung der Augustinerhofmorde mitgeholfen.

Aber Beaufort wollte nicht ins Blaue hinein spekulieren. Er musste aus dem Gerede des Zahnarztes erst mal die wichtigen Informationen herausfiltern und das Ganze in Ruhe überdenken. Außerdem beschloss er, seinen Freund Ekki anzurufen, vielleicht hatte der Justizsprecher Hintergrundinformationen zu dem Fall. So antwortete er recht einsilbig. Dem Arzt fiel das nicht weiter auf.

»Ich habe Ihnen den Zahn gespült und noch einmal eine Medikamenteneinlage hineingetan. Wir sehen uns am Montag wieder.« Dr. Thieß drückte ihm die Hand zum Abschied. »Wenn er bis dahin ruhig bleibt, mache ich ihnen ein neues Provisorium drauf. Mit dem Inlay warten wir aber sicherheitshalber noch ein paar Wochen.«

Sommersprosse schaute hoch und lächelte ihn an. »Wann möchten Sie denn wiederkommen?«

Beaufort bekam einen Termin für Montagabend.

»Kann es sein, dass ich Sie vorgestern Abend über den Hallplatz habe radeln sehen?«

»Sie können mich da an jedem Werktag radeln sehen«, sagte sie freundlich. »Aber Sie meinen den Nachmittag, als unser Hausmeister aus dem Fenster gestürzt ist. Schreckliche Geschichte, nicht wahr? Ich habe davon überhaupt nichts mitbekommen, obwohl ich hier so gegen sechs mein Fahrrad abgeholt habe. Ich stelle es immer in die Mauthalle, damit es mir draußen keiner stiehlt.«

»Dann hat es Sie wohl noch nicht gleich heimgezogen an Ihrem freien Nachmittag?« Beaufort sagte das so beiläufig, dass Sommersprosse seine Neugier nicht auffiel oder sie es sich zumindest nicht anmerken ließ.

»Ich war mit einer Freundin shoppen. Ich gehe doch nicht am Samstag in die Stadt, wenn es proppenvoll ist! Aber wollen Sie heute gar nichts für uns spielen? Ich habe den Flügel extra stimmen lassen.«

»Na, dann kann ich wohl nicht nein sagen« erwiderte Beaufort geschmeichelt. »Aber nur ein, zwei Stücke.« Er setzte sich an das Instrument und spielte Arpeggien über alle sieben Oktaven der Klaviatur. »Klingt super. Wo haben Sie denn so schnell einen Klavierstimmer aufgetrieben?«

»Tja, man hat da so seine Verbindungen. Ich habe gleich angerufen, als Sie es mir gesagt haben, und schon am nächsten Tag war er da.«

Beaufort spielte *Fly me to the moon* für die Assistentin, doch er war unkonzentriert, mit den Gedanken woanders. Beim nächsten Stück brach er mittendrin ab und schloss den Deckel.

»Oh, schon vorbei? Wie schade.«

»Ja, ich muss los, leider«, murmelte er nachdenklich. »Wann, sagten Sie, war der Klavierstimmer da?«

»Am Dienstag.«

»Na, das wird den Maximilian freuen. Wann übt er denn wieder hier?«

»Heute Nachmittag. Es ist ja Freitag, da machen wir früher Schluss.«

Beaufort unterdrückte den Impuls, seine Jacke von der

Garderobe zu nehmen, und wünschte Sommersprosse ein schönes Wochenende.

*

Wieder lag der 2. Stock wie ausgestorben. Wieder waren sowohl die Gynäkologie-Praxis als auch das Busreiseunternehmen geschlossen. Und wieder drang aus den Räumen des Zahnarztes Musik. Er lauschte. Dieselbe Chopin-Etüde wie vor zwei Tagen: Opus 25, Nummer 1, diejenige, in der so häufig das zweigestrichene Es angeschlagen wird. Und wieder war dieser Ton verstimmt. Leise drückte Beaufort die Klinke hinunter, doch die Tür war verschlossen. Er klopfte.

Keine Reaktion.

Er klopfte noch einmal, lauter, dringlicher.

Dann hörte er schnelle Schritte, und danach brach die Musik ab. Jetzt näherte sich jemand langsam der Tür.

»Wer ist da?« Es war Maximilians Stimme.

»Frank Beaufort. Sie erinnern sich an mich? Ich war am Mittwoch in der Praxis, als der Hausmeister starb.«

»Was wollen Sie?« Die Stimme klang leicht panisch.

»Ich habe vorhin in der Sprechstunde meine Jacke vergessen. Und ich brauche sie unbedingt.«

»Ich darf keinen hereinlassen.«

»Dann holen Sie eben Ihre Mutter herunter«, erwiderte Beaufort bestimmt.

»Nein, nein, ich bringe sie Ihnen gleich. Nur einen Moment.«

Es dauerte ziemlich lange. Er hörte verschiedene Geräusche, die er nicht identifizieren konnte. Einmal meinte er das Zuklappen einer Schranktür wahrgenommen zu haben. Schließlich drehte sich der Schlüssel im Schloss und die Tür wurde einen Spalt breit geöffnet, durch den der Junge die Jacke reichte. Beaufort schob ihn resolut zur Seite, drang in die Praxis ein und sah sich dort um.

»Sie dürfen hier nicht rein! Was wollen Sie hier?« Maximilian lief ihm verzweifelt hinterher.

»Mit dir ein Hühnchen rupfen, junger Mann.« Beaufort blieb am weißen Flügel stehen.

»Ich rufe meine Mutter!«

»Tu das«, sagte Beaufort ruhig, »dann kannst du aber auch gleich die Polizei rufen.« Er schaute ihm direkt in die Augen. »Denn ich weiß, dass du den Hausmeister aus dem Fenster da gestoßen hast.« Er deutete zur Anmeldung, ohne den Jungen aus dem Blick zu lassen. Der wurde kreideweiß. Er stand da wie das Kaninchen vor der Schlange, atmete schnell und heftig. Auf seiner Stirn bildete sich Schweiß. Beaufort ging hinüber, zog mehrere Schubladen auf und kehrte mit einer Plastiktüte zurück. Er reichte sie dem jungen Burschen, der kurz davor war zu kollabieren.

»Hier, atme da hinein, sonst fällst du mir noch in Ohnmacht. Du hyperventilierst.« Er hielt ihm die Tüte an den Mund und drückte ihn auf die Couch. »Jetzt beruhige dich erst mal. Ich glaube ja nicht, dass du ihn töten wolltest.« Beaufort brachte ihm ein Glas Wasser. Maximilian hatte sich wieder etwas gefangen.

»Und nun erzähl«, forderte er ihn auf.

»Ich war es nicht! Das ist ein Irrtum! Lassen Sie mich in Ruhe!«

»Na, das haben wir gleich«, sagte Beaufort streng und zog den großen Rucksack zu sich, der hinter dem Klavier an der Wand lehnte. »Was ist denn das da?« Er zog einen großen CD-Spieler aus dem Rucksack, einen richtigen Gettoblaster mit recht starken Boxen. »Ich dachte, ihr habt heute alle einen MP3-Player oder einen iPod. Genierst du dich gar nicht, mit so einem Fossil durch die Gegend zu ziehen?« Er stellte das Gerät auf den Flügel. »Dann hören wir uns deine Lieblings-CD doch mal an.« Beaufort drückte die Play-Taste und der satte Klang der Chopin-Etüde schallte durch die Lobby.

»Ich habe mich selbst aufgenommen, weil ich wissen wollte, ob ich Fortschritte mache. Das ist ja wohl kein Verbrechen.«

»Du hast dich selbst aufgenommen, um hier in Ruhe herumstöbern zu können, ohne dass deine Mutter es oben merkt. Du hast das Ding laufen lassen, wenn du mal wieder Geld aus dem Tresor stehlen wolltest.«

Maximilian ließ beschämt den Kopf hängen, sein blondes Haar fiel nach vorn.

»Und jetzt sagst du mir zu deinem eigenen Besten endlich die Wahrheit. Falls es dir aufgefallen ist: Ich bin nicht von der Polizei. Vielleicht kann ich dir helfen. Hast du mich verstanden?«

Maximilian hob den Kopf und nickte. Er sah aus, als würde er gleich losheulen.

»Zeig mir den Safe.«

Der Junge ging an die Anmeldung, dicht gefolgt von Beaufort, und öffnete einen der hellbraunen Schränke. In Augenhöhe war ein kleiner grauer Safe eingebaut.

»Öffne ihn.«

Maximilian drehte ein paar Mal an dem Nummernschloss und die Tür sprang auf. Beaufort blickte hinein und sah einige Papiere, ein Kuvert mit Banknoten und eine Schatulle.

»Was hast du heute gestohlen?«

»Hundert Euro«, kam es kleinlaut.

»Leg das Geld zurück.«

Maximilian klaubte einen grünen Hunderteuroschein aus seinen Jeans und steckte ihn in das Kuvert. Danach befahl ihm Beaufort, den Safe wieder zu schließen.

»Wie viel hast du sonst immer genommen?«

»Immer nur ein bisschen, mal hundert, mal zweihundert Euro. Ich dachte nicht, dass es auffällt. Ich wünsche mir doch so sehr ein Klavier.«

»Woher hast du die Kombination?« Beauforts Stimme klang schon ein wenig milder.

Maximilian öffnete eine der vielen Schubladen an der Anmeldung und deutete auf den an der Seite festgeklebten Zettel mit sechs Ziffern darauf. Typisch – auch die Geheimnummern von EC- und Kreditkarten fanden sich bei vielen Menschen ganz in ihrer Nähe, obwohl einen jeder Bankangestellte auf diese Gefahr hinwies.

»Ganz schön clever«, sagte Beaufort nicht ohne Anerkennung. »Und was war mit dem Hausmeister? Er hat dich erpresst, oder?«

»Der wollte mir an die Wäsche. Ich hab' mich geekelt vor dem Typ. Der hat mir immer aufgelauert, im Flur, im Treppenhaus. Einmal hat er mir sogar über das Haar gestreichelt, als ob ich ein kleiner Junge wäre, und mich gefragt, ob ich nicht mal zu ihm hochkomme. Voll krass.«

»Und was ist vorgestern passiert?«

»Er stand plötzlich in der Tür, ausgerechnet, als ich gerade Geld aus dem Safe genommen habe. Der Doktor hatte die Tür nicht wieder abgeschlossen, nachdem er Sie reingelassen hatte.«

»Und was wollte er?« Beaufort drehte unbewusst am Knopf seines Jacketts.

»Sagen, dass das Wasser wieder läuft.« Maximilian stockte, als er die Erinnerung durchlebte. »Er hat gleich geschnallt, was ich da mache, und kam immer näher. Ich wusste nicht, wie ich mich verhalten sollte. Er nannte mich ein leckeres Früchtchen und sagte mir, dass er nichts erzählen würde, wenn ich ein wenig nett zu ihm wäre. Er hat mich in die Ecke da gedrängt.« Er blickte zum Fenster.

»War es offen?«

»Ja, aber das wusste ich nicht. Die Gardinen waren zugezogen. Er kam immer näher und drückte sein Becken an mich, ich konnte seinen Steifen fühlen.« Der Ekel stand ihm im Gesicht geschrieben. »Und dann wollte er mich küssen. Ich hatte Angst. Ich hab' ihn von mir weggestoßen und er taumelte nach hinten. Und dann ist er einfach rückwärts aus dem Fenster gefallen, durch den Schlitz in den Gardinen. Er schaute selbst ganz verblüfft. Warum sind diese Scheißfenster auch so niedrig?« Maximilian machte mit seinem Arm eine hilflose Geste und wandte sich ab.

»Und was hast du dann gemacht?«, sagte Beaufort leise.

»Ich weiß auch nicht, ich habe es einfach zugemacht. Und dann habe ich den Safe wieder geschlossen, und als ich gerade meinen CD-Spieler einpackte, kam auch schon der Polizeiwagen mit dem Martinshorn. Muss ich jetzt ins Gefängnis?«

»Nein, das glaube ich nicht.« Beaufort legte ihm die Hand auf die Schulter. »Für mich klingt das nach Notwehr. Außerdem gilt für dich noch das Jugendstrafrecht. Hast du schon mal mit der Polizei zu tun gehabt?« Maximilian schüttelte den Kopf.

»Das ist gut. Aber du musst hingehen und alles sagen. Wegen der Diebstähle musst du dich natürlich verantworten. Ich habe einen Freund, der bei der Justiz ist, der hilft dir weiter.« Beaufort schrieb Ekkis Namen und Telefonnummer auf einen Block, riss den Zettel ab und reichte ihn dem Jungen. »Ich sage ihm Bescheid, dass du heute noch anrufen wirst. Aber zuerst solltest du zu deiner Mutter hochgehen und ihr alles gestehen.«

»Danke.« Er zog schniefend die Nase hoch. »Es tut mir leid, ehrlich.«

Beaufort glaubte dem Jungen.

»Und Sie? Kommen Sie nicht mit?«

»Nein, ich gehe jetzt wieder. Von mir erfährt niemand etwas. Es macht einen besseren Eindruck, wenn du von dir aus zur Polizei gehst. Und vergiss nicht, deine Reue auch zu zeigen.« Beaufort lächelte aufmunternd, nahm seine Jacke über den Arm und wandte sich zur Tür.

»Herr Beaufort!«

»Ja.« Er drehte sich um. Maximilian stand schon auf der untersten Treppenstufe.

»Wie sind Sie darauf gekommen?«

»Ich spiele auch Klavier. Das zweigestrichene Es hat dich verraten. Vorgestern war der Flügel schon gestimmt, aber auf deiner CD ist immer noch der falsche Ton zu hören.«

*

»Sauger, bitte!«

Die Helferin beugte sich von links über Beaufort und saugte mit einem gurgelnden Geräusch seinen Speichel ab. Ihr hübsches Gesicht hatte sie hinter einem Mundschutz versteckt, aber durch ihr offenherziges Dekolleté wurde er dafür mehr als entschädigt. Während Dr. Thieß sich mit der Füllung beschäftigte, lehnte sich Beaufort entspannt zurück. Auch ohne Spritze spürte er davon kaum etwas, wie sollte sein Zahn ohne Nerv auch wehtun? Zunehmend amüsiert lauschte er dem ununterbrochenen Parlando seines Zahnarztes, der ihm stolz und eifrig die neuesten Neuigkeiten aus der Mauthalle über den Fall des Faktotums präsentierte. Es war das erste Mal, dass es Beaufort nichts ausmachte, nicht antworten zu können. Er genoss den Zustand sogar, und das nicht nur, weil er ab und zu einen scheelen Blick nach links werfen konnte.

»Und stellen Sie sich vor, da hat der Hausmeister den Halt verloren und ist zum Fenster rausgefallen. Und das alles fast direkt neben uns, in dieser Praxis, während wir beide hier drinnen gerade mit Ihrer Wurzel beschäftigt waren. Das hätten Sie bestimmt nicht gedacht! So, jetzt noch einmal polieren, und dann haben wir es gleich geschafft. Also ich will ja nichts sagen, aber irgendwie ist das eine gerechte Strafe für den Huber. Bitte, das ist meine Meinung! Aber dieser Mann war doch abartig veranlagt! Unser Rechtssystem ist in solchen Fällen eh viel zu lasch. Aber lassen wir das. Oh, habe ich Ihnen die Lippe eingeklemmt? Der Maximilian war ja heute Morgen mit seiner Mutter hier und hat mir alles gestanden. Das ist schon ein ganz schön durchtriebenes Bürschchen – in dem Alter! Auf die Idee mit dem CD-Spieler muss man ja auch erstmal kommen. Oder haben Sie das bemerkt? Bitte mal ausspülen. Das gestohlene Geld hat er mir heute gleich zurückgegeben. Ich habe natürlich keine Anzeige erstattet. Man will so einem jungen Kerl für die Zukunft ja keine Steine in den Weg legen. So, fertig! Spüren Sie noch irgendwo eine raue Stelle? Aber Strafe muss sein, da bin ich hart! Maximilian, hab ich gesagt, Maximilian, das mit dem Klavierspielen hier in der Praxis kannst du dir in Zukunft natürlich abschminken. Das hast du dir selbst zuzuschreiben.«

Dr. Thieß schob das Licht beiseite, stellte den Behandlungsstuhl aufrecht und ließ seinen Patienten aufstehen. Beaufort reichte ihm die Hand zum Abschied.

»Das wird er verschmerzen. Ich habe Maximilian heute mein altes Klavier liefern lassen. Seitdem ich meinen Steinway-Flügel habe, spiele ich sowieso nicht mehr darauf«, sagte er freundlich.

Dem Zahnarzt fiel vor Verblüffung die Kinnlade herunter. Beaufort sah in seinem offenen Mund zwei Goldinlays aufblitzen und fand, dass er sie besser durch welche aus Keramik ersetzen sollte.

Short Cuts II

Der Sniper

Feuchte Birkenzweige klatschten gegen die Windschutzscheibe. Der Mann parkte den Allradwagen am Ende des Feldwegs und stieg aus. Er zog sich den Lodenmantel über, setzte den Filzhut mit Gamsbart auf, schulterte das Gewehr und marschierte los. Wenn man mit einer so großen Waffe, die sich kaum verstecken ließ, durch den Wald zog, war eine Tarnung als Jäger am besten. Es war seine Lieblingsbüchse – natürlich war sie nicht registriert. Doch da er bei seinen ersten drei Streifzügen niemandem begegnet war, hoffte er auch die beiden letzten Male Glück zu haben. Er hatte immer regnerische Tage gewählt und die Wochenenden gemieden. Nachdem er eine Viertelstunde lang Richtung Süden gewandert war, hörte er den Verkehrslärm der Bundesstraße. Er verlangsamte seine Schritte und blieb schließlich am Waldrand stehen. Geschützt durch einen Buchenstamm und das Unterholz beobachtete er die Fahrbahn. Fünfzig Meter vor ihm machte sie eine scharfe Kurve, weshalb die Autos ihr Tempo drosseln mussten. Ein idealer Ort, um sein Ziel ins Visier zu nehmen. Er hatte alle fünf Stellen schon vor Monaten ausgekundschaftet. Und zu den Anschlägen fuhr er jedes Mal mit einem anderen Mietfahrzeug. Auch deshalb hatte die Polizei noch immer keine heiße Spur. Er war der Sniper. Der Heckenschütze, der auf Luxuslimousinen schoss. Es gab Stimmen im Internet, die ihn einen modernen Robin Hood nannten. Diese Sympathiebekundungen nahmen sogar noch zu, seit er bei seinem letzten Anschlag einen reichen Banker schwer verletzt hatte.

Er hielt das Gewehr im Anschlag und schaute durch das Zielfernrohr. Jeden Moment musste sie kommen. Er war kein Sniper. Alle führte er an der Nase herum. Er beging nichts anderes als den perfekten Mord. An seiner Angetrauten. Um sie zu beerben. Vor einem halben Jahr hatte er sie geheiratet: Almut Ulmen, 54 Jahre, die reichste Junggesellin im Land. Er hatte seinen ganzen Charme aufgeboten, damit sie ihn erhörte. Sie war exaltiert, verwöhnt, ordinär und lüstern, und jeder Tag mit ihr brachte ihn an die Grenzen seines Durchhaltevermögens. Er war zum Experten im Vortäuschen des männlichen Orgasmus geworden. Zum Glück gab es da noch die blutjunge Charlene. Diese Rendezvous waren mehr nach seinem Geschmack, aber er musste sie mit größter Heimlichkeit arrangieren, denn Almut war höllisch eifersüchtig. Jeden Moment musste sie mit ihrem Ferrari hier vorbeifahren. Die Unternehmerin würde das nächste Opfer des Snipers werden, der einen Hass auf die Reichen hatte. Danach würde er zum Schein noch ein letztes Mal zuschlagen und für immer verschwinden. Er hörte das dunkle Röhren ihres Sportwagens, bevor er ihn sah. Sekunden später hatte er Almut im Visier, zielte auf ihr Herz und drückte ab.

Der Schuss ging nach hinten los, die Kugel durchschlug das dünn präparierte Metall der Kammer und drang tief in seinen Schädel ein. Almut fuhr an ihrem sterbenden Mann vorbei, ohne es zu ahnen. Sie hatte seinen Tod erst für den gemeinsamen Jagdausflug am Wochenende geplant und vorsorglich schon einmal den Lauf manipuliert. Es ist eben gefährlich, erotische Kurzmitteilungen der Geliebten im Handy zu speichern, wo neugierige Ehefrauen sie finden können.

Last Exit

Geräuschvoll wurde die Abteiltür aufgerissen. Elena schreckte aus ihren Gedanken. Ein schnaufender Geschäftsmann ließ sich ihr schräg gegenüber in den Sitz fallen. »Wird ein heißer Tag heute.« Lockerte die Krawatte. Warf einen begehrlichen Blick auf ihre nackten Beine. Sie strich den Rock glatt. Drehte ihr Gesicht weg zum Fenster. Der ICE war nur zu einem Drittel besetzt. Warum musste dieser schwitzende Glotzer ausgerechnet in ihr Abteil kommen? Sie wollte allein sein. Musste nachdenken. Eine Entscheidung fällen. Das grelle Licht schnitt ihr in die Augen. Elena angelte eine Sonnenbrille aus der Handtasche, die farblich auf ihr Kostüm abgestimmt war. Sie war aufgestiegen. Verdiente das Dreifache jetzt. Hatte Quelle gegen Otto und das brave Fürth gegen das mondäne Hamburg eingetauscht. Aber glücklich machte es sie nicht. Sie und Hendrik wurden sich immer fremder. Und als die beiden Mädchen ihr heute Morgen zum Abschied winkten, hätte es ihr fast das Herz gebrochen. Sie schluckte. Schmeckte das Salz ihrer stillen Tränen. Spürte, wie der Typ sie neugierig musterte. Gut, dass sie die Brille aufhatte. Über scheppernde Lautsprecher pries der Zugführer das Bordrestaurant an. Ihr Mitreisender verließ das Abteil. Erleichtert, wieder allein zu sein, atmete Elena tief durch. So ging das nicht weiter. Es zerriss sie. Sie musste sich entscheiden. Sollte sie in Hannover aussteigen und den nächsten Zug zurück nehmen?

Es war der 3. Juni 1998 – noch 50 Minuten bis Eschede.

Smoking

»Pfeife aus!« Eine strenge Stimme reißt ihn aus seiner Lektüre. Der Kellner stellt vorwurfsvoll ein Glas Prosecco vor ihn auf den Tisch. Wortlos faltet Dr. Blum die *ZEIT* zusammen, steht auf und verlässt grußlos das Lokal. »Unerhört, dieser Ton«, denkt er und stapft durch die Stadt, »als Raucher wird man immer mehr zum Geächteten, zum Gesetzlosen.« Zornig saugt er an seiner Pfeife und stößt den aromatischen Rauch in die kalte Abendluft. Dann betritt er das Foyer eines Programmkinos, er will sich den neuen Godard-Film anschauen. »Sie können rein, aber Ihre qualmende Pfeife bleibt draußen«, sagt die Frau am Schalter. Ein paar Leute lachen. Wütend macht Blum kehrt und knallt die Kinotür hinter sich zu. Unverstanden streift er durch die Straßen, bis er auf einer Brücke anhält und in das gurgelnde Wasser hinabschaut. »Können Sie nicht mit dieser stinkenden Pfeife da weggehen?«, ruft eine junge Frau, die auf dem Geländer sitzt und telefoniert. Blum tritt zu ihr, lächelt sie an und stößt sie von der Brücke. Während die Frau im eiskalten Wasser versinkt, fragt er sich, ob man im Gefängnis rauchen darf. Und da Blum sich nicht sicher ist, macht er sich lieber davon.

Stalking

Ihre Stimme, dieser hohe, fast sirrende Ton, ließ ihn aufhorchen. Er legte seinen Federhalter auf den Bistrotisch, schaute sich um und suchte in der Dämmerung, bis er sie entdeckte. Kein Zweifel, dort war sie. Er beobachtete sie, mit starrem Blick, völlig gefesselt, sein ganzes Denken war nur noch auf sie gerichtet. Summend bewegte sie sich fort. Sie hatte ihn anscheinend nicht bemerkt, aber er wusste, dass sie seine Feindin war. Er musste sie auslöschen. Langsam erhob er sich und folgte ihr. Vorsichtig blieb er hinter ihr. Sie nahm ihn nicht wahr. Er bückte sich nach einem Gegenstand, mit dem er sie töten könnte. Sie waren allein, es war fast dunkel. Da stoppte sie plötzlich. Leise pirschte er sich ganz nah an sie heran und holte mit einem Arm aus. Sie ahnte noch immer nichts. Blitzschnell schlug er zu. Das Blut spritzte. Sie war tot. Erwischt, dachte er, schaute triumphierend auf die zerquetschte Mücke an der Wand und setzte sich wieder an sein Manuskript.

Non-Beaufort-Stories

Das kalte Herz

Dein Geist, mein Geist. Dein Wort, mein Wort. Deine Frage, meine Frage ...

Lautlos trat er aus dem Dunkel des Hausflurs und zog die Tür vorsichtig hinter sich ins Schloss. Auf dem Tritt blieb er stehen und lauschte. Kein Geräusch war von drinnen zu hören. Prüfend blickte er in den Himmel, an dem die schmale Sichel des zunehmenden Mondes stand. Die Novembernacht war sternenklar, und es war kalt. Mit dem Neumond war das Wetter umgeschlagen und hatte den ersten Frost gebracht – endlich. Auf diese Witterung hatte er seit Wochen verzweifelt gewartet.

So geräuschlos wie möglich ging er durch den Vorgarten. Das Tor quietschte leise, als er es öffnete, dennoch schloss er es sorgfältig wieder hinter sich. Die kleine Vorortsiedlung lag still da, in den Häusern der Nachbarschaft war alles dunkel. Die orangefarbenen Blinklichter des BMW am Straßenrand leuchteten kurz auf, als er den Autoschlüssel in seiner Hosentasche drückte. Bevor er einstieg, schaute er noch einmal zum Haus zurück. Niemand schien seinen Aufbruch bemerkt zu haben. Er setzte sich hinter das Steuer und schloss behutsam die Tür. Dann drehte er das Abblendlicht an und bediente den Anlasser – der Motor schnurrte. Langsam glitt das Fahrzeug den Haselnussweg entlang. Er blickte auf die Digitalanzeige: Es war 03:35 Uhr, die Außentemperatur betrug 0° Celsius.

*

Dein Leib, mein Leib. Dein Blick, mein Blick. Deine Kraft, meine Kraft ...

Am Businesstower, der für diese Stadt zwei Nummern zu hoch war und das Nichts um sich herum beleuchtete, bog er in die Ostendstraße Richtung Zentrum ein. Bahnhofsplatz, Frauentorgraben, Plärrer – die verkehrsreichsten Orte der Innenstadt wirkten wie ausgestorben zu dieser Stunde. Nur vereinzelt begegnete er anderen Autos, Taxis meistens, die wegen der freien Fahrt fast immer zu schnell unterwegs waren. Er fuhr mit Tempo 50. Das Risiko, von einer Polizeistreife kontrolliert zu werden, wollte er nicht eingehen. Kurz nachdem er in der Fürther Straße seinen früheren Arbeitgeber, die DATEV, passiert hatte, bog er links nach Gostenhof ab.

In der Nähe des Nachbarschaftshauses fand er einen Parkplatz. Als er ausstieg, nahm er das Rattern eines Güterzuges auf den nahe gelegenen Gleisen wahr. Ansonsten lag die Straße mit den hohen Häusern ruhig da. Seine Schritte machten kaum Geräusche auf dem Bürgersteig – er trug Turnschuhe. Nach wenigen Metern verschwand er im Tordurchgang eines mehrstöckigen Wohn- und Geschäftshauses. Mit seinem Schlüssel öffnete er die Eingangstür, drückte den Lichtschalter und ging durch das hell erleuchtete Treppenhaus hinauf in den 2. Stock. Vor der Tür mit der Aufschrift *Munk & Partner – Software-Lösungen* blieb er stehen. Von den ursprünglich drei Partnern war nur noch einer übrig geblieben, und der würde sicherlich auch bald abspringen. Warum war er wohl sonst so versessen darauf gewesen, zur IT-Messe zu fahren? Bestimmt nutzte er die nächsten drei Tage nicht, um Aufträge zu akquirieren, sondern um potenzielle Arbeitgeber für sich zu finden. Er konnte es ihm nicht mal verdenken. Seitdem das mit Elisabeth passiert war und er wie ein Hund litt, hatte sich auch das Klima hier verändert. Von der Fröhlichkeit und der Aufbruchstimmung in dem Start-up-Unternehmen war nichts mehr übrig geblieben. Ständig unausgeschlafen und sorgenvergrämt, war er wortkarg, mürrisch und aufbrausend geworden. Er konnte sich selbst nicht leiden, aber er konnte es auch nicht ändern.

*

Deine Freude, meine Freude. Deine Trauer, meine Trauer. Dein Schweigen, mein Schweigen ...
Das Büro müffelte nach abgestandener Heizungsluft und den Ausdünstungen warmen Kunststoffs. Er machte seine Computer niemals aus, auch wenn er fortging. Der Stromverbrauch und der Verschleiß waren ihm egal. Wenn er sich mit neuen Ideen an den Schreibtisch setzte, musste er sofort loslegen können. Die Zeit, die das System brauchte, um hochzufahren, machte ihn krank. Warten war noch nie seine Stärke gewesen, auch wenn er es in dem vergangenen Jahr notgedrungen hatte lernen müssen. Bittere Lektionen waren das gewesen. Doch jetzt konnte er nicht mehr länger warten. Er musste handeln.

Er schaltete das Licht ein und trat ans Fenster. Im Wohnhaus gegenüber regte sich nichts. Alles war dunkel, die meisten Vorhänge waren zugezogen. Die Lamellen seiner Jalousie drehte er so, dass man von außen nicht hineinsehen, aber trotzdem den Lichtschein erkennen konnte. Er gähnte, obwohl er sich noch niemals so entschlossen und konzentriert gefühlt hatte. In der kleinen Küche stapelte sich benutztes Geschirr: Tassen und Gläser mit Kaffee- und Saftrückständen. Auf einem Teller trocknete seit Tagen der Rest einer Pizza Diavolo.

Er schaltete den Kaffeeautomaten ein. Da alle Espressotassen schmutzig waren, fischte er einen letzten sauberen Henkelbecher aus dem Hängeschrank und ließ den Kaffee dort hineinlaufen. Auf dem Becher war ein Jugendlicher mit runder Brille und gezackter Narbe auf der Stirn abgebildet. Er hatte keine Ahnung, wie der hierher gekommen war. Die Harry-Potter-Manie seiner Tochter war schon länger vorbei, jetzt schwärmte sie für Vampirromane. Seine Lippen bebten leicht und er biss die Kiefer fest aufeinander. Dann atmete er geräuschvoll ein und wieder aus, schnappte sich den Becher und setzte sich an seinen Computer.

*

Deine Herkunft, meine Herkunft. Dein Anfang, mein Anfang. Dein Weg, mein Weg ...

Er kramte einen USB-Stick aus seiner Hosentasche, steckte ihn an den Rechner und aktivierte das von ihm geschriebene Programm. Wie von Zauberhand notiert, erschienen auf dem Bildschirm Buchstaben, die sich zu Wörtern formten. Textzeile für Textzeile entstand dort aus dem Nichts. Manchmal stockte die Niederschrift ein wenig, als mache der unsichtbare Verfasser kleinere Denkpausen, ehe er weiterschrieb. Seine Software funktionierte reibungslos, die wochenlange Arbeit daran hatte sich gelohnt. Sie simulierte perfekt einen arbeitenden Menschen am PC. Selbst längere Klo- und Kaffeepausen hatte er mit einprogrammiert. Und worauf er besonders stolz war: Das Programm konnte vorbereitete Mails formulieren und selbstständig senden. Er hatte es so eingestellt, dass etwa alle dreißig Minuten eine Nachricht von diesem Platz aus abgeschickt wurde. Für die kommenden fünf Stunden hatte er nun ein wasserdichtes Alibi. Und diese Zeit würde er auch brauchen.

Er schloss einen der Aktenschränke auf, bückte sich und holte einen schwarzen Rucksack hervor. Obwohl er genau wusste, was darin war, warf er noch einmal einen prüfenden Blick hinein: ein Paar Turnschuhe, eine kleine Taschenlampe, mehrere Einweghandschuhe aus Latex, Schlüsselbund und der in eine Plastiktüte eingewickelte große Stein. Mehr brauchte er nicht. Entschlossen zog er den Reißverschluss wieder zu, schlüpfte in seine gefütterte Jacke, setzte Mütze und Rucksack auf und kontrollierte erneut den Bildschirm. Dort sendete der Computer gerade eine Mail an einen Geschäftspartner. Er trank den letzten Schluck Kaffee im Stehen und verließ das beleuchtete Büro. Diesmal machte er kein Licht im Treppenhaus an. Im Innenhof zog er vorsichtig sein Mountainbike aus dem Fahrradständer. Lag er noch gut im Zeitplan? Das Display seines Handys leuchtete kurz auf, als er es antippte. Es war 04:14 Uhr.

Er war schon ein paar Hundert Meter weit geradelt, als er sein Fahrrad abrupt abbremste. »Verdammter Mist«, fluchte er flüsternd und kehrte wieder um. Im Torbogen lehnte er sein Rad an die Wand und eilte leise durchs dunkle Treppenhaus zurück in sein Büro. Dort schrieb sich noch immer der Text auf dem Bildschirm fort. Mit einem ärgerlichen Schnaufen legte er sein Mobiltelefon neben die Tastatur. Das war gerade noch mal gut gegangen. Der Teufel lag im Detail. Sollte die Polizei ihn jemals verdächtigen und die Ortungsdaten seines Handys überprüfen, hätte er sein ganzes Alibi vermasselt. Jetzt musste er sich aber wirklich beeilen.

*

Dein Ziel, mein Ziel. Dein Tod, mein Tod. Dein Traum, mein Traum ...

Keine zehn Minuten später hatte er den Kobergerplatz erreicht. Leicht schwitzend und mit klopfendem Herzen schloss er sein Rad an einem Verkehrsschild vor dem Bioladen an. Auch hier war zu dieser frühen Stunde keine Mensch unterwegs. In einer mit parkenden Autos dicht gesäumten Seitenstraße stoppte er seine Schritte vor einem roten Ford Ka. Gestern Abend hatte er extra noch mal nachgeschaut, ob der Wagen auch wirklich dastand. Er zog sich ein Paar Einmalhandschuhe über, holte den Schlüsselbund aus dem Rucksack und öffnete damit das Fahrzeug. Nachdem er den Sitz zurückgeschoben und die Spiegel eingestellt hatte, ließ er den Motor an. Der Benzintank war halb voll. Das würde reichen. Jetzt brauchte er wenigstens keine Tankstelle anzusteuern und nicht die Gefahr auf sich nehmen, von einer Überwachungskamera gefilmt zu werden. Das Schicksal meinte es offenbar doch gut mit ihm. Solange er in der Stadt unterwegs war und sich strikt an die Geschwindigkeitsregeln halten musste, ging es, aber als er erst mal die Autobahn Richtung Bayreuth erreicht hatte, ergriff ihn wieder die Ungeduld. Er war PS-starke Flitzer und schnelles Fahren gewöhnt. Doch dieser alten Schüssel hier fehlte es eindeutig an Power. Am Hienberg ging das Auto regelrecht in die Knie, sodass er unbeherrscht Verwünschungen ausstieß und am Lenkrad riss, als sei es das Steuer eines Flugzeugs. Er hätte sich besser doch einen anderen Wagen besorgt. Aber die Gelegenheit war einfach zu günstig gewesen.

Der Schlüsselbund lag an der Anmeldung bei seinem Hausarzt und gehörte der älteren Arzthelferin, die nur ab und zu dort aushalf. In einem unbeobachteten Moment, gerade als sie sein Rezept drinnen beim Arzt unterschreiben ließ, hatte er ihn unbemerkt in seine Tasche gesteckt. Das war vor zwei Monaten gewesen, als der Plan in ihm reifte. Die Frau musste bestimmt gedacht haben, dass sie ihre Schlüssel irgendwo verloren hatte. Womöglich hatte sie inzwischen ein neues Schloss an ihrer Wohnungstür anbringen lassen, aber die interessierte ihn nicht. Er brauchte lediglich das Auto.

*

Dein Baum, mein Baum. Dein Blühen, mein Blühen. Deine Gabe, meine Gabe ...

Als er die A 9 bei Gefrees verließ, hatte er etwa eine Viertelstunde verloren. Die anderen Male, als er diese Strecke mit seinem eigenen Wagen zum Auskundschaften zurückgelegt hatte, war es schneller gegangen, obwohl da mehr Verkehr geherrscht hatte. Aber da er eine halbe Stunde Puffer für Unwegsamkeiten dieser Art eingeplant hatte, lag er noch gut in der Zeit. Er folgte der kurvenreichen Straße durchs Fichtelgebirge mit gemäßigter Geschwindigkeit, weil hier oben Raureif auf dem Asphalt glitzerte. Außerdem konzentrierte er sich darauf, nicht in die vielen Schlaglöcher zu fahren. Kurz vor Weißenstadt drosselte er das Tempo und bog am Hinweisschild Richtung *Kurzentrum* links in einen schmalen Weg ab. Hinter der kleinen Brücke in einer Nische am Straßenrand parkte er das Fahrzeug. Er setzte sich den Rucksack auf und ging los.

Nach wenigen Metern erreichte er das Südufer des Sees. Schwarz und unheimlich lag das Wasser vor ihm. Dahinter im Nordosten erhob sich spärlich erleuchtet die kleine Stadt. Die gekräuselte Oberfläche vor ihm reflektierte schwache

Lichtpunkte. Ein kalter Wind strich über den See und ließ ihn frösteln. Er klappte den Kragen seiner Jacke hoch und marschierte den Uferweg entlang. Seine Augen gewöhnten sich schnell an die Dunkelheit, sodass er die Taschenlampe nicht brauchte. Gerade hier im Sichtbereich des Kurzentrums war es besser, sich nicht durch ein Licht zu verraten.

*

Dein Haus, mein Haus. Dein Jahr, mein Jahr. Deine Stunde, meine Stunde ...

Er wanderte etwa zehn Minuten lang stramm zwischen Äckern und See entlang. Nachdem er die dritte Granitstele am Wegrand passiert hatte, verlangsamte er seine einsamen Schritte und hielt nach dem Bootssteg Ausschau. Als er ihn in der Finsternis entdeckt hatte, verließ er den Pfad und ging durchs Gras zu ihm hinüber. Der Steg war kurz und aus hellem Holz. Unter ihm schwappten kleine schwarze Wellen ans Ufer, das hier sehr flach war. Das wusste er so genau, weil er bei einem Besuch im September den runden Stein in seinem Rucksack genau hier aus dem Wasser gefischt hatte. Da war sein Plan bis auf ein paar kleine Details schon fertig gewesen. Die ganze Zeit hatte er gehofft und gebetet, dass er ihn nicht ausführen musste. Doch die Saison war ohne das ersehnte Ergebnis vorübergegangen, und jetzt hatte er keine andere Wahl mehr.

Er hätte gern die genaue Uhrzeit gewusst. Doch da er schon lange keine Armbanduhr mehr trug, sondern das Handy benutzte, war das unmöglich. Es müsste etwa sechs Uhr sein, schätzte er. Zeit, um sich zu verbergen. Er holte den Stein aus dem Rucksack, wickelte ihn aus der Plastiktüte und wog ihn in seiner rechten Hand. Der hatte genau die richtige Größe und Schwere und ließ sich auch mit dem Handschuh gut packen. Nicht umsonst bedeutete sein Vorname Fels oder Stein. Für Elisabeth war er der Fels, auf den sie baute. Und mit diesem Stein würde er sämtliche Probleme lösen. Er schob den Gegenstand seiner Betrachtung in die Jackentasche und suchte nach einem Versteck in dem kleinen Wäldchen direkt neben dem Bootssteg. Er musste sich nur ein wenig durchs Unterholz schieben, dann fand er, gelehnt an einen Baum, einen bequemen Platz. Während er fast unsichtbar mit der dunklen Umgebung verschmolz, konnte er Weg und Steg gut überblicken. Der Kirchturm vom anderen Ufer schlug sechs Mal.

*

Dein Weg, meine Frage. Dein Weg, meine Kraft. Dein Weg, meine Gabe ...

Noch zehn Minuten, dann würde er kommen. Nachdem er ihn endlich aufgespürt hatte, kundschaftete er in aller Heimlichkeit sein Leben aus. Tagelang war er ihm gefolgt. Er kannte die Firma, in der er arbeitete, seine Wohnung, seinen Sportwagen, seinen Bäcker, seinen Friseur und sein Fitnessstudio. Und seine beiden Freundinnen, die hübsche Dunkelhaarige in Kirchenlamitz und die blasse Blonde in Bayreuth, die offenbar nichts voneinander wussten, kannte er auch. Florian Zeitler, 29 Jahre alt, gutaussehend, sportlich und erfolgreich, war ein echter Herzensbrecher, der es mit der Treue nicht so genau nahm. Dieser Mann besaß etwas, was er unbedingt brauchte. Und gleich würde er dafür sorgen, dass er es hergeben musste.

Gerade weil Zeitler zwei Liebesverhältnisse zu managen hatte, hielt er sich an feste Gewohnheiten. Die erste des

Tages war sein Frühsport. An jedem Wochentag joggte er vor dem Frühstück eine Runde um den See – bei Wind und Wetter. Und jedes Mal legte er an diesem Bootssteg eine Gymnastikpause ein.

*

Deine Frage, meine Kraft. Deine Frage, mein Weg. Deine Frage, meine Gabe...
Zwei Krähen flogen mit dem kalten Ostwind über den See. Obwohl er noch keine Viertelstunde hier verborgen stand, fühlten sich seine Glieder schon ganz steif an. Da entdeckte er in der Ferne ein schwankendes Licht, das schnell näherkam. Er duckte sich noch tiefer ins Unterholz und hielt unwillkürlich den Atem an. Schon war der Jogger mit der Stirnlampe und dem modischen Thermodress herangekommen, da schwächte er das Tempo ab und trabte locker zum Steg hinunter. Als Zeitler an ihm vorbeilief, bemerkte er die weißen Stöpsel in seinen Ohren. Er beobachtete, wie der Mann zu den Rhythmen einer für ihn unhörbaren Musik aus seinem iPod Dehnungs- und Lockerungsübungen machte. Zeitler stand dabei ganz vorn auf den Planken mit dem Rücken zum Ufer. Jetzt musste alles schnell gehen.

Er nahm den Stein in die Hand, löste sich behutsam aus dem Versteck und pirschte sich eilig an sein Opfer heran. Als er den Bootssteg betrat und nur noch zwei Meter von ihm entfernt war, musste Zeitler die Bewegung hinter sich gespürt haben. In dem Moment, als er sich erstaunt umdrehte, schlug er ihm auch schon den Stein mit voller Wucht an die Schläfe. Mit verdrehten Augen kippte Zeitler seitwärts und fiel bewusstlos mit einem dumpfen Platschen ins Wasser. Totenstille senkte sich über den See.

Leicht zitternd trat er an den Rand des Stegs und schaute hinab. Direkt vor ihm lag der leblose Zeitler mit dem Gesicht nach unten im Schwarzwasser. Er unterdrückte einen Fluchtimpuls und versuchte ruhig zu atmen. Fünfmal hintereinander zwang er sich langsam bis sechzig zu zählen. Erst dann war er sicher, dass der Mann tot war, ertrunken im flachen Uferbereich. Er hielt sich den Stein, den er immer noch fest gepackt hatte, dicht vor die Augen und betrachtete ihn eingehend. Auf ihm waren weder Blut noch andere Sekrete zu erkennen. Dann beugte er sich weit vor und ließ den Stein in der Nähe von Zeitlers Kopf ins Wasser fallen, wo er schon nach wenigen Zentimetern auf Grund sank. Es war alles genau so, wie es sein sollte.

*

Dein Tod, mein Lied. Dein Tod, meine Trauer. Dein Tod, mein Jahr ...

Das Adrenalin in seinen Adern ließ ihn die Kälte nicht mehr spüren. Er holte den Rucksack aus dem Unterholz und schaute sich noch einmal lauschend um. Über dem See zogen Wolken auf. Dann ging er schnell durch die Nacht am Uferweg zurück. Als er unterhalb des Kurzentrums vorbeikam, erblickte er die ersten erleuchteten Fenster des frühen Morgens. Ohne einem Menschen begegnet zu sein, kam er wieder beim Auto an. Erleichtert ließ er sich auf den Fahrersitz des Kleinwagens sinken. Das Blut in seiner Halsschlagader pochte laut, während der andere kalt wie ein Fisch im Wasser lag. Nicht, dass er darüber triumphierte, aber es tat ihm auch nicht leid. Er bereute die Tat nicht. Zeitler musste sterben. Für Lissy. In seiner digitalen Welt gab es keinen Raum für Zwischentöne und Kompromisse.

Eins oder Null, An oder Aus, Leben oder Tod. So einfach war das.

Er startete den Wagen und fuhr die kurvige Landstraße davon. Im Osten wurde der Nachthimmel blass, die Dämmerung setzte ein. Lange würde es nicht dauern, bis man die im kalten Wasser bestens konservierte Leiche entdecken würde. Natürlich war der Weißenstädter See in dieser Jahreszeit viel weniger frequentiert als im Sommer, doch auch jetzt gab es dort Gassigeher und Radfahrer. Er rechnete fest damit, dass schon innerhalb der nächsten Stunde ein Passant den entsetzlichen Fund machen würde. Doch was würden der Zeuge, der Notarzt und die Polizei dort erkennen? Ein Verbrechen? Wohl kaum. Eher doch einen jungen Sportler, der durch einen Schwächeanfall oder einen Ausrutscher so unglücklich auf einen Stein gefallen war, dass er im See ertrank. Ein groteskes Ende – gewiss. Aber auch nicht ungewöhnlicher als der Tod des Mädchens, das beim Betrachten seines Spiegelbildes kopfüber in der Regentonne ertrank. Oder als der Tod des Mannes, der in einen Brunnenschacht stürzte, weil die Abdeckung fehlte.

Selbst wenn sie Zeitlers Leiche obduzierten, würden sie zu keinem anderen Ergebnis kommen, als dass es ein Unglücksfall war. Und aufschneiden würden sie den Toten ja sowieso.

*

Deine Gabe, meine Frage. Deine Gabe, meine Kraft. Deine Gabe, mein Weg ...

Gegen acht Uhr schob er sich im Pendlerverkehr Richtung Zentrum. Eine dicke Wolkendecke hing schwer über der Stadt. Ab und zu rieselten ein paar unentschlossene

Schneeflocken herunter. Er stellte den Ford auf demselben Parkplatz wieder ab. Bestimmt hatte die Frau sein Fehlen noch gar nicht bemerkt. Bei dem Gedanken daran, wie sie sich wohl den fast leeren Tank erklären würde, musste er grinsen. Er streifte die Handschuhe ab und stopfte sie in seine Jackentasche. Am Fahrrad angekommen, wechselte er schnell die Schuhe. Dreimal unterbrach er die Fahrt nach Gostenhof kurz. Beim ersten Mal warf er die benutzten Einmalhandschuhe in einen öffentlichen Mülleimer. Beim zweiten Mal hielt er vor dem Restmüllcontainer eines Supermarktes und entsorgte darin die Turnschuhe, die er heute Nacht getragen hatte. Beim dritten Mal stoppte er auf der Johannisbrücke und ließ den Schlüsselbund der Arzthelferin in die Pegnitz fallen. Danach verspürte er wider Erwarten Appetit. In einer nahegelegenen Backstube deckte er sich mit einer Tüte frischer Brezeln ein. Die erste verschlang er heißhungrig noch auf dem Mountainbike. In der Toreinfahrt fegte der Hausmeister Laub zusammen. Sie grüßten einander freundlich und wechselten ein paar Worte. Gut, dass er die Tüte vom Bäcker dabeihatte. So konnte er ihm beiläufig erklären, dass er schon seit der Früh im Büro arbeitete und nur eben kurz Brötchen holen war.

*

Dein Blick, mein Wort. Dein Blick, mein Anfang. Dein Blick, mein Blühen ...
Oben erschienen noch immer Sätze eines unsichtbaren Schreibers auf dem Bildschirm. Die Luft war stickig. Er zog die Jalousie hoch und kippte das Fenster. Dann ließ er sich schwer auf den Bürostuhl fallen, deaktivierte sein Alibi-Programm und steckte den USB-Stick in seine Hosen-

tasche. Er legte die Füße auf den Schreibtisch und schloss erschöpft die Augen. Jetzt hieß es abwarten und nicht noch in der Zielgeraden einen Fehler machen. Das weitere Geschehen lag ohnehin nicht mehr in seiner Hand.

Er hatte alles getan, wozu ein liebender Vater überhaupt fähig sein konnte in diesem fast ausweglosen Kampf. Er hatte sich Tipps in der Hackerszene besorgt – anonym natürlich, war unentdeckt in die Datenbank im holländischen Leiden eingedrungen und hatte schließlich Florian Zeitler aufgespürt. Seine HLA-Merkmale stimmten zu fast hundert Prozent überein. Für dieses Wissen hätte er getötet. Nun hatte er es wegen dieses Wissens getan. Er massierte sich die schmerzende Stirn – wartete und hoffte. Am liebsten hätte er ein Stoßgebet gesprochen, doch das ging nun nicht mehr. Alle seine Gebete dieses Jahres waren ungehört verhallt. Alle seine gemachten Angebote darin – und er hatte viel geboten, sehr viel – waren ignoriert worden. Gott ließ dieses himmelschreiende Unrecht an Lissy einfach geschehen. Er nahm es noch nicht mal zur Kenntnis, war unerreichbarer als ein multinationaler Konzernchef. Was blieb ihm in seiner Not anderes übrig, als zur Gegenseite zu wechseln? Jetzt hatte er einen Pakt mit dem Teufel.

*

Dein Leib, mein Geist. Dein Leib, meine Herkunft. Dein Leib, mein Baum ...

Als es auf Mittag zuging, hielt er es nicht mehr länger aus. Warum meldete sich seine Frau nicht bei ihm? Der Anruf aus der Uniklinik müsste doch längst erfolgt sein. Hinter dem Steuer seines Wagens konnte er die Ungeduld kaum noch zügeln. Soweit es der dichte Verkehr zuließ, düste er, die Spur dauernd wechselnd und andere Fahrer bedrängend, heimwärts. Erst ab dem Wöhrder See konnte er Vollgas geben. Mit quietschenden Reifen stoppte er im Haselnussweg. Das empörte Kopfschütteln seines Nachbarn ignorierte er und lief durch das Gartentor zu seinem Haus.

»Du bist schon da?«, empfing ihn seine Frau. »Jetzt habe ich nichts fürs Mittagessen vorbereitet.«

»Ich habe keinen Hunger.« Er gab ihr einen Kuss.

Sie strich ihm durchs Haar. »Du siehst blass aus.«

»Ich bin schon ganz früh ins Büro. Ich konnte nicht schlafen.«

»Ich weiß. Du hast mir einen Zettel hingelegt.«

»Wie geht es Lissy?«

»Unverändert. Sie wird schon wieder leicht zyanotisch. Wenn nicht bald ein Wunder geschieht ...«

»Es wird ein Wunder geschehen.« Er tätschelte ihren Arm. »Ich gehe zu ihr.«

Er klopfte sanft an Elisabeths Tür und öffnete sie behutsam. Seine Tochter lag auf dem Bett und schlief. Ein Schlauch in ihrer Nase versorgte sie mit Sauerstoff – die Gasflasche zischte leise. Trotzdem hatten ihre Lippen schon wieder einen Stich ins Blaue. Er setzte sich neben das Bett und streichelte zärtlich ihre schmale zerstochene Hand. Obwohl Lissy siebzehn Jahre alt war, wirkte sie eher wie eine Dreizehnjährige. Sie war schon immer klein und zierlich gewesen und nie gern herumgetollt. Aber erst, als sie vor einem knappen Jahr plötzlich keine Luft mehr bekam, wurde ihr schweres Leiden entdeckt. In der Kinderklinik in Erlangen erfuhren sie, dass Lissy ein krankes Herz hatte. Durch einen angeborenen Herzfehler waren ihre beiden unteren Herzkammern viel zu klein, die beiden oberen aber durch Überanstrengung um ein Vielfaches zu groß. Deshalb kam sie immer so schnell aus der Puste, und deshalb war sie so klein geblieben. Einen größeren Körper hätte ihr Herz gar nicht versorgen können. Ohne eine Transplantation würde sie das nächste Jahr kaum überleben, sagten die Ärzte. Noch niemals hatte er sich so machtlos gefühlt.

Lissy stöhnte leise im Schlaf. Es zerriss ihm schier das Herz, wenn er sie so leiden sah. Seit drei Monaten stand sie ganz oben auf der Dringlichkeitsliste, doch ein Spender hatte sich noch nicht gefunden. Mit ihr warteten allein in Deutschland zwölftausend Menschen auf eine Organspende.

*

Dein Anfang, meine Herkunft. Dein Anfang, mein Weg. Dein Anfang, mein Ziel ...

Wann klingelte endlich das verdammte Telefon? Die Leiche hielt sich im kalten Wasser zwar lange frisch, aber zwischen Tod und Transplantation durften nur wenige Stunden liegen. Sonst wurde das Organ geschädigt und eine Verpflanzung unmöglich. Florian Zeitler war doch eingetragener Organspender. Und sein Gewebe passte optimal zu dem seiner Tochter. Hatte die Polizei etwa doch Verdacht geschöpft? Da klingelte es an der Haustür. Das musste der Krankenwagen sein! Bestimmt warteten sie schon auf Lissy. Und das neue Herz lag im Eiscontainer bereit. Ein heftig stechender Schmerz hinter seiner Stirn ließ ihn erstarren. Schwer atmend und mit unglaublicher Kraftanstrengung erhob er sich und wankte aus dem Zimmer.

Von der Tür her hörte er leise Männerstimmen.

»Peter, kannst du mal kommen«, rief ihm seine Frau zu, »die Polizei will dich sprechen.«

Das war der letzte Satz, den er in seinem Leben hörte. Dann fällte ihn ein Gehirnschlag wie der Gewitterblitz einen Baum. Er würde nie mehr erfahren, dass die Streifenbeamten gekommen waren, weil er von einem der bedrängten Autofahrer angezeigt worden war.

Natürlich war er Organspender. Seine Nieren, seine Leber und die Netzhäute wurden erfolgreich verpflanzt und retteten Leben. Peter Munks kaltes Herz aber schlägt jetzt warm in der Brust seiner Tochter.

Dein Anfang, mein Tod. Dein Anfang, mein Traum ...

Anmerkung: Die kursiven Zitate stammen aus dem Langgedicht »Das Stundenbuch« von Eugen Gomringer. Das Gedicht ist in 14 verschiedene Gesteinsstelen aus dem Fichtelgebirge eingemeißelt, die den Rundweg um den Weißenstädter See säumen und zur Meditation einladen.

Unser kleines Paradies

»Denk ja an meine Tabletten. Und sieh zu, dass du bald zurückkommst.«

Im Flur verdrehte Margarete die Augen und schlüpfte in ihre Sandalen. »Gegen fünf bin ich wieder da«, rief sie ins Wohnzimmer.

»In zwei Stunden erst? Ich möchte nur mal wissen, was du immer so lange treibst«, murrte er.

»Die Einkäufe erledigen sich nun mal nicht von allein. *Du* willst doch, dass ich immer die günstigsten Angebote nehme. Das dauert eben, wenn ich von Geschäft zu Geschäft laufen muss, bloß damit wir ein paar Cent sparen«, konterte sie.

»Sparsamkeit hat noch keinem geschadet.«

Aber Geiz schon, dachte Margarete, doch laut sagte sie nur »Ja, ja«, um nicht wieder eine Grundsatzdiskussion anzufangen. Sie schnappte sich den Schlüsselbund vom Haken, warf einen prüfenden Blick in den Spiegel und öffnete die Haustür. »Also dann, bis später.«

»Mach endlich die verdammte Tür zu.« Horst raschelte geräuschvoll mit seiner Zeitung. »Es zieht!«

Unten vor dem Mietshaus atmete sie erleichtert auf, obwohl die Luft von Abgaswolken erfüllt war, die aus dem steten Strom der Fahrzeuge hervorqualmten. Sie lebten an einer der großen Einfallstraßen in die Stadt, auf der zu fast jeder Tages- und Nachtzeit dichter Verkehr herrschte. Spazieren zu gehen, hier in dem Lärm und Gestank, war keine reine Freude, trotzdem war Margarete froh, den Fängen ihres Mannes wenigstens für kurze Zeit zu entkommen.

Horst hatte schon immer einen ziemlichen Kontrollwahn gehabt, doch seit seinem Unfall im Betrieb und der daraus folgenden Frühverrentung war es vorbei mit ihrem häuslichen Frieden. Seine Nörgeleien wurden immer unerträglicher. An allem hatte er etwas auszusetzen: am Lärm, den der Staubsauger machte, am Geruch des Blumenstraußes, den sie sich einmal in der Woche gönnte, an der Farbe einer neuen Bluse, die sie im Secondhandshop gekauft hatte. Selbst die falsche geometrische Ausrichtung seiner Abendbrotschnittchen, die sie ihm seit Jahr und Tag schmierte und garnierte, konnte einen seiner Wutanfälle auslösen. Manchmal in der Nacht, wenn sie von seinem Schnarchen geweckt wurde und neben ihm nicht mehr einschlafen konnte, stellte sie sich vor, wie es gewesen wäre, wenn er die Verpuffung in der Fertigungshalle nicht überlebt hätte. Aber dann erschrak sie über diesen Gedanken und strengte sich am nächsten Tag doppelt an, ihm alles recht zu machen.

Margarete eilte durch die Straßen ihres Viertels, hetzte in den Discounter, die Apotheke und zwei weitere Läden und erledigte ihre Besorgungen in Rekordzeit. Doch anstatt mit dem vollen Einkaufskorb nach Hause zurückzukehren, schlug sie den Weg zur nahe gelegenen Versicherungsgesellschaft ein. Die residierte nicht in einem dieser neuen, gesichtslosen Gebäude aus Glas und Stahl, die in der Stadt wie Pilze aus dem Boden schossen, sondern in einem altehrwürdigen Stadtpalais mit Türmchen, Erkern und Giebeln und wildem Wein an der rotbraunen Sandsteinfassade. Das Schönste aber war der parkähnliche Garten des Anwesens, der sich auf der Rückseite hinter hohen, efeubewachsenen Mauern befand.

Sie öffnete die schwere Eichentür und trat durch den Rundbogen in eine andere Welt. Mehrere Kieswege schlängelten sich durch englischen Rasen vorbei an Rosen und Rhododendren, Rittersporn und Ranunkeln. In den Rabatten blühten kühne Kompositionen kunterbunter Kolorierung: orangefarbene Fackellilien neben violettem Gartensalbei, knallgelbe Königskerzen inmitten feuerroter Dahlien. Es gab plätschernde Brunnen, allegorische Steinfiguren, weiß gestrichene Parkbänke und schattenspendende Laubbäume. Ein kleines Eden auf Erden. Margaretes Seligkeitsort. Hierher führten sie ihre kleinen Fluchten aus dem Alltag. Hier fühlte sie sich frei. Hier blühte sie auf.

Zu verdanken hatte sie dieses kleine Paradies den ordnenden Händen von Iris. Vor vier Jahren hatte die Versicherungsgesellschaft diese als Obergärtnerin angestellt, um den alten verwilderten Park zu neuem Leben zu erwecken. Mit zwei Mitarbeitern und sechs Freiwilligen hatte Iris geplant, gegraben, gesät, gepflanzt, gedüngt, gegossen, gejätet, geharkt, gezupft, geschnitten, gestützt und gestutzt und so inmitten der lärmenden Großstadt einen begrünten Ort der Stille und Kontemplation geschaffen. Und sie hatte bei ihren Arbeitgebern dafür gesorgt, dass der Garten, zumindest für ein paar Stunden täglich, auch der Öffentlichkeit zugänglich war. Doch noch war es eine Art Geheimtipp, nicht allzu viele Menschen fanden den Weg hierher. Margarete gehörte zu den treuesten Besuchern, auch wenn sie sich die Zeit dafür stehlen musste.

Sie flanierte über knirschenden Kies, beugte sich ab und zu über eine Blume, um an ihr zu riechen, und grüßte ihre Bekannten aus dem Gartenteam. Sie winkte Elke und Annemarie zu, die Unkraut jäteten, hielt ein kurzes Schwätzchen mit dem zierlichen Rudi, der die Erde zu Füßen der Clematis umgrub, und setzte sich schließlich auf ihre Lieblingsbank. Dort aß sie einen Apfel aus ihrem Einkaufskorb und hielt ihr Gesicht in die warme Nachmittagssonne. Ab und zu schielte sie auf ihre Armbanduhr, um nachzuschauen wie lange sie noch guten Gewissens bleiben konnte. Denn so sehr sie den himmlischen Frieden genoss, wenn sie zu spät nach Haus kam, würde ihr Horst die Hölle heiß machen. Aber es duftete so gut, die Bienen summten und die Sonne schien so warm ...

Sie erwachte, als ein Schatten auf ihr Gesicht fiel. Blinzelnd öffnete sie die Augen und sah in Iris lächelndes Gesicht.

»Hallo Margarete. Ich habe Sie doch nicht geweckt?« Sie schob die Schere, mit der sie verblühte Rosen geschnitten hatte, in den Gürtel zurück. Dort steckte griffbereit ein ganzes Arsenal an praktischen Gartengeräten.

»Aber nein. Ich habe nicht geschlummert, nur ein wenig sinniert«, rechtfertigte sie sich. Die kleinen Notlügen, die sie ihrem Mann auftischen musste, waren ihr so in Fleisch und Blut übergegangen, dass sie manchmal ganz automatisch welche erfand. »Es ist so schön und friedlich hier.« Das nun war allerdings völlig ehrlich gemeint.

Iris setzte sich neben sie auf die Bank, ließ den Blick durch den Park schweifen und fächelte sich mit ihrem Strohhut ein wenig Luft zu.

»Ja, das ist es. Da steckt aber auch viel Arbeit drin. Haben Sie sich meinen Vorschlag noch mal durch den Kopf gehen lassen? Ohne unsere freiwilligen Helfer würde hier gar nichts gehen. Und Sie interessieren sich doch so für Pflanzen.«

»Glauben Sie mir, Iris. Ich würde liebend gern in diesem Garten mitarbeiten. Aber Horst würde das niemals erlauben.« Sie seufzte tief.

Iris legte ihre raue Hand sanft auf Margaretes Arm. »Finden Sie nicht, dass Ihr Mann Sie ganz schön unter der Fuchtel hat? Also, wenn das meiner wäre, dann hätte ich ihn schon längst in die Wüste geschickt.«

Margarete wurde merkwürdig warm ums Herz. Sie war zärtliche Berührungen und aufrichtiges Interesse an ihren Problemen nicht gewohnt. Leise sagte sie: »Er ist manchmal wirklich ein Ekel. Aber was soll ich denn tun? Eine Scheidung kommt nicht infrage. Ich habe doch gar kein eigenes Einkommen.«

»Dann suchen Sie sich eben einen Job.«

»Wer soll mich denn einstellen, in meinem Alter, und ungelernt dazu? Und aufs Sozialamt gehe ich auf keinen Fall. Ich will doch nicht betteln.« Ihre Stimme bebte und ihre Augen brannten. Sie schluckte. Da nahm Iris sie in den Arm, und diese spontane Geste des Mitleids ließ alle Dämme brechen. Margarete weinte, sie heulte Rotz und Wasser an der Schulter der Obergärtnerin, sie ließ ihren ganzen angestauten Kummer einfach herausfließen.

Als sie in ein Taschentuch geschnäuzt, ihre Tränen halbwegs getrocknet und sich wieder etwas beruhigt hatte, sagte Iris nachdenklich: »Das ist allerdings ein Dilemma.« Und nach einer abwägenden Pause fügte sie vorsichtig hinzu: »Haben Sie schon mal darüber nachgedacht, Ihren Mann auf eine andere Art loszuwerden?«

Margarete blickte Iris aus verquollenen Augen ungläubig an. »Wie meinen Sie das?«, flüsterte sie.

Die Obergärtnerin wich diesem Blick nicht aus. »Sie könnten dem Schicksal doch ein wenig nachhelfen. Sagten Sie nicht, dass Ihr Mann krank ist?«

»Sie meinen, ich soll ihn umbringen?« Erschreckt über ihre Worte schlug sie die Hand vor den Mund.

»So wie Sie es formulieren, klingt das gleich so radikal«, schmunzelte Iris. »Ich würde es eher eine saubere Lösung für ein kompliziertes Problem nennen.«

»Aber das geht doch nicht.«

»Warum nicht? Sehen Sie sich doch nur mal diesen Garten an. Damit er so schön bleibt, muss hier eine strenge Auslese herrschen. Sträucher müssen geschnitten, Unkraut muss getilgt und Schädlinge müssen ausgemerzt werden. Sonst kann sich das blühende Leben nicht entfalten. Eine Gärtnerin darf da nicht zimperlich sein. Und was für einen Garten gilt, kann ja wohl im Leben nicht verkehrt sein.« Iris zog ihre Schere wieder hervor und ließ sie in der Luft geräuschvoll zuschnappen.

Margarete fuhr zusammen. »Ich kann mich doch unmöglich als Herrscherin über Leben und Tod aufspielen«, wagte sie einzuwenden.

»Tun wir das nicht alle? Jeden Tag? Wenn Sie ein Schinkenbrot mit Radieschen essen, musste dafür ein armes Schwein getötet und unschuldiges Gemüse brutal aus der Erde gerissen werden.«

»Da handelt es sich doch um Tiere und Pflanzen, nicht um Menschen.«

»Um Lebewesen, Margarete. Und Leben ist nun mal endlich. So will es die Natur.« Iris wies auf eines der Beete. »Nehmen Sie nur diese Margeriten dort drüben. Sehen Sie, wie der Bodendecker sie zu überwuchern droht und ihnen den Lebensraum abschnürt? Wenn ich den nicht bald rausreiße, gehen die Margeriten ein.«

»Sie meinen, Horst schnürt mir die Luft ab wie der Bodendecker dort?«, sagte Margarete nachdenklich.

»So ist es, meine Liebe. Eine erfahrene Gärtnerin sieht das auf den ersten Blick. Sie sind dabei zu verkümmern. Wenn Sie leben und sich entfalten wollen, muss Ihr Mann weichen.«

Ein Zitronenfalter flatterte herbei, ließ sich auf Iris Hand nieder und stieg nach kurzer Rast wieder auf in die Luft.

Margarete schaute dem Tier gedankenverloren nach. Grübelnd sagte sie schließlich: »Ich weiß ja nicht, Iris. Ich will schließlich nicht im Gefängnis landen. Und wie sollte ich das überhaupt anstellen? Horst ist doch viel stärker als ich.«

»Oh, da machen Sie sich mal keinen Kopf. Ich stehe Ihnen gern mit meinem botanischen Wissen zur Seite. Den anderen habe ich schließlich auch geholfen.«

»Den anderen?« Sie verschluckte sich vor Überraschung, und Iris klopfte ihr besorgt auf den Rücken, bis sie wieder Atem schöpfte.

»Sie sind nicht der einzige Mensch hier, den Sorgen drücken. Elke, die dort hinten Melde ausrupft, ist von ihrem Vater jahrelang missbraucht worden. Er starb einen ziemlich qualvollen Tod nach dem Genuss eines von ihr selbstgemachten Bärlauch-Pestos. Die giftigen Maiglöckchenblätter sehen dem Bärlauch aber auch zum Verwechseln ähnlich. Das hat auch die Polizei eingesehen.«

Iris kicherte vergnügt und zeigte auf den schmächtigen Mann mit der Schubkarre. »Und unser lammfrommer Rudi dort drüben war Opfer häuslicher Gewalt. Ja, das kann auch Männern passieren. Seine Frau wog mindestens doppelt so viel wie er und hat ihn regelmäßig verdroschen. Hier entschieden wir uns für den Klassiker: Einfach ein paar Knollenblätterpilze ins Champignonragout, und er war wieder ein freier Mann.«

Rudi, der bemerkt hatte, dass die beiden Frauen ihn anschauten, nickte ihnen freundlich zu.

»Raffinierter war da mein Plan für Mandy, unseren Lehrling. Die ist heute nicht da, weil sie Berufsschule hat. Ihr Freund hat sie nach Strich und Faden betrogen, und das auch noch ungeschützt, ohne an das Aidsrisiko zu denken. Sein Pech war seine hochgradige Haselnussallergie.

Ein leidenschaftlicher Kuss von Mandy mit einer Nougatpraline im Mund, und seine Luftröhre schwoll so schnell zu, dass er es nicht mal mehr geschafft hat, den Notruf zu wählen. Also darauf bin ich wirklich ein wenig stolz.«

Margarete starrte Iris ungläubig an. Es war einfach monströs, was sie ihr da erzählte – aber auch ungemein beeindruckend.

Die Obergärtnerin, die sich nicht um Margaretes Gemütslage zu kümmern schien, war ganz in ihrem Element. Mit einem Ruck erhob sie sich von der Bank und zog ihre Bekannte mit sich fort. Suchend blickte sie sich im Garten um. »Dann wollen wir doch mal sehen, was wir hier für Ihren Horst finden. Was halten Sie von Rotem Fingerhut? Digitalis purpurea wird sogar in der Medizin als Herzmedikament eingesetzt. Aber eine Überdosis kann leicht zum Herzstillstand führen.« Iris hakte Margarete unter und spazierte mit ihr durch den Park. »Brugmansia, die Engelstrompete, ist auch nicht schlecht. Die führt ebenfalls zu Herzversagen, schickt einen vorher aber noch auf einen ziemlichen Rauschgift-Trip. Wenn Sie Ihrem Mann noch was gönnen wollen bei seinem Abgang, sollten Sie sich dafür entscheiden.« Die Obergärtnerin lachte herzhaft. »Und wussten Sie eigentlich, dass auch die Samen der Eibe hochgiftig sind? Wenn er die schluckt, trübt sich zuerst sein Bewusstsein ein, dann folgt der Kreislaufkollaps und schließlich kommt es zum Atemstillstand.«

Sie erreichten den kleinen Hilfsgärtner, der sich auf den Spaten gestützt eine kleine Pause genehmigte. Freundlich zwinkerte Rudi Margarete zu: »Ist es nicht herrlich hier? Unser kleines Paradies.«

Schöne Bescherung

Ein Duft von Zimt und Tannengrün erfüllte das Zimmer. Vier Kerzen brannten auf dem Adventskranz. Ab und an flackerte eines der Flämmchen munter auf, wenn Stefan, der am Tisch saß, eine Mandarinenschale ausdrückte. Die ätherischen Öle spritzten in kleinen Tröpfchen wie aus einem Parfümzerstäuber ins Kerzenlicht und verwandelten es einen kurzen Moment lang in einen Miniaturflammenwerfer. Es roch nach bitterer Orange und ein wenig verbrannt. Es roch nach Weihnachten, dachte er. Aus dem Radio erklangen leise Weihnachtslieder.

Heute kommt der Weihnachtsmann, kommt mit seinen Gaben ...

Es lief die Sendung *Wir warten aufs Christkind*. So war es schon in seiner Kindheit Brauch an Heiligabend gewesen. Er konnte sich noch sehr gut an die Aufregung und das wohlige Kribbeln im ganzen Körper erinnern, an diesem besonderen Nachmittag, der sich hinzog wie sonst keiner im Jahr. Die Zeit für die Bescherung wollte einfach nicht kommen. Da sorgten dann die Lieder und Hörfunkgeschichten für Ablenkung, um die mörderische Spanne vom Mittagessen bis zum Dunkelwerden zu überbrücken. Und als er selber eine Familie gründete und zuerst Kevin und keine elf Monate später Laura auf die Welt kam, hatte er diese Tradition mit seinen Kindern fortgeführt.

Trommel, Pfeife und Gewehr, Fahn' und Säbel und noch mehr ...

Stefan schluckte. Sein Hals fühlte sich auf einmal ganz rau an. Er griff nach dem Henkelbecher in Form des rotnasigen Rentiers Rudolf und trank von dem lauwarm gewordenen

Früchtetee. Eine Weihnachtsmischung mit Hagebutten-, Zimt- und Nelkengeschmack aus dem Discounter um die Ecke, wo er auch den fertig geschmückten Kranz gekauft hatte. Kein Vergleich zu den wahren Kunstwerken aus frischem Grün, Schleifen, Kerzen, Kugeln und Sternen, die Sabine immer in der Vorweihnachtszeit zauberte. Geschmack hatte sie, das musste er ihr lassen. Darum war seine Frau auch so voller Spott gewesen, als er im vergangenen Jahr mit den kitschigen Rentier-Bechern vom Weihnachtsbasar zurückgekommen war. Aber seine vierjährige Tochter hatte nicht eher geruht, bis er einen kompletten Familiensatz erworben hatte. Er konnte Laura nur schwer einen Wunsch abschlagen.

Ja, ein ganzes Kriegesheer, möcht' ich gerne haben ...

Gedankenverloren ließ Stefan den Rest der dunkelroten Flüssigkeit im Becher kreisen. Er liebte Weihnachten und alles, was dazugehörte: täglich den Adventskalender öffnen, Nikolausstiefel vor die Tür stellen, das Aroma frisch gebackener Plätzchen, die selbst gebastelten Sterne seiner Kinder, ihre hingebungsvoll gemalten Wunschzettel, das geschmückte Haus, die Weihnachtsbeleuchtung in der Siedlung, Glühweinschwaden auf dem Christkindlesmarkt, diese ganze heimelige Vorweihnachtsstimmung. Selbst der Trubel in der Innenstadt gefiel ihm. Er nahm sich Zeit, um Geschenke zu kaufen, und ließ sich von der Hektik nicht anstecken. Und Sabine, wenn auch pragmatischer und weniger verklärt, liebte Weihnachten ebenso. Allzu viele Gemeinsamkeiten hatten er und seine Frau zugegebenermaßen ja nicht, aber darin waren sie sich einig: Weihnachten war das Fest der Familie und wurde mit großer Hingabe gefeiert. Dazu gehörte eine heimische Fichte – am besten selbst geschlagen im Wald, das Schmücken des Christbaumes, das Singen von Weihnachtsliedern, Würstchen mit Kartoffelsalat an Heiligabend, eine knusprige Gans am ersten Weihnachtsfeiertag und natürlich: eine schöne Bescherung.

Bring' uns, lieber Weihnachtsmann, bring' auch heute, bringe ...

Nur bei einer Frage waren sie sich lange nicht einig gewesen. Wer denn nun an Heiligabend die Geschenke bringen sollte: das Christkind oder der Weihnachtsmann? In Sabines Elternhaus hatte immer das Christkind die bunt eingewickelten Päckchen ins verschlossene Weihnachtszimmer gebracht, während sie mit ihren Eltern im Nachmittagsgottesdienst war. Bei ihm daheim kam mit einbrechender Dunkelheit der Weihnachtsmann persönlich im langen Mantel, dicken Winterstiefeln, roter Mütze und einem Sack voller Geschenke auf dem Rücken. Aus dem holte er zuerst sein Goldenes Buch heraus, las die darin verzeichneten guten und schlechten Taten von ihm und seinem Bruder vor, strich sich bedächtig über seinen langen weißen Bart, sprach ein paar ermahnende Worte, ließ sie beide noch ein Gedicht aufsagen oder ein Lied singen und übergab dann die Präsente. Sabine behauptete, dass der Weihnachtsmann eine Erfindung des Coca-Cola-Konzerns und eigentlich ein verkappter Nikolaus sei, gab dann aber doch nach, weil sie den pädagogischen Effekt mit dem Sündenregister gut fand. Dem Studenten vom Weihnachtsmannservice schickte sie immer schon Tage vorher eine Mail mit Kevins und Lauras kleinen Verfehlungen. In Erziehungsfragen war sie die Konsequentere, während er die Dinge lange laufen ließ, bis es ihm irgendwann zu bunt wurde und er dann unvermittelt heftig lospolterte.

Musketier und Grenadier, Zottelbär und Panthertier ...

Mit einem Zug trank Stefan den Becher leer und stellte Rudolf auf den Tisch. Automatisch langte er in die Packung mit dem Gewürzspekulatius, legte den Keks dann aber wieder zurück. Er hatte keinen Appetit. Und mit Sabines Weihnachtsgebäck konnte diese billige Industrieware sowieso nicht mithalten. Dabei müsste er mehr essen. In den vergangenen Monaten hatte er acht Kilo abgenommen und war von einem schlanken zu einem hageren Mann geworden. Aber er konnte sich einfach nicht dazu zwingen. Zwei Bissen von einem Hamburger oder einem Käsebrot, und er hatte genug. Sein Magen war wie zugeschnürt. Abwesend zupfte er eine Nadel aus dem Adventskranz und hielt sie in die Flamme. Es knisterte leise. Als er die Tannennadel zurückzog, war sie halb verkohlt und glomm noch immer. Er befeuchtete Daumen und Zeigefinger mit seinem Speichel und fasste den Glutpunkt an. Ein schwaches Zischen, dann war er erloschen. Feinwürziges Raucharoma drang in seine Nase. Auch das ein typischer Weihnachtsgeruch.

Ross und Esel, Schaf und Stier, lauter schöne Dinge ...

Stefan erhob sich vom Tisch und trat an die kurze Küchenzeile, die aus einem alten Kühlschrank, einer Nirostaspüle und einem Hängeschrank bestand. Er warf die zerquetschten, angekokelten Mandarinenschalen in den Mülleimer, stellte den benutzten Becher zu dem übrigen schmutzigen Geschirr und verstaute die Spekulatius-Packung im Schrank. Dann ging er ans Fenster und sah in den Hinterhof hinunter. Im kahlen Kastanienbaum hing eine Lichterkette mit eisblauen LED-Leuchten. Am Fenster der Wohnung gegenüber blinkte ein Stern made in China sich hastig wiederholende Muster in Blutrot, Kalkweiß und Giftgrün, die mehr an eine Diskothek als an besinnliche Weihnachtsbeleuchtung erinnerten. Der Himmel über dem Mietsblock war grauverhangen. In einer halben Stunde würde die Dämmerung anbrechen. Langsam wurde es Zeit.

Doch du weißt ja unsern Wunsch, kennest unsere Herzen ...

Er holte die Geschenke unter dem Bett hervor und breitete sie auf dem Tisch aus. Für Kevin ein Set mit Playmobil-Piraten und das schwarzrote Trikot seines Lieblingsfußballvereins. Für Laura ein pinkfarbenes Glitzernachthemd und einen Plüschteddy in der gleichen Farbe – Hauptsache pink. Er hatte sogar an Lillifee-Weihnachtspapier gedacht. Das für Kevin war mit winterlichen Motiven aus Entenhausen bedruckt. Mit geübtem Auge schnitt Stefan die Geschenkpapiere zu, wickelte die Gaben sorgfältig ein und versah sie sogar noch mit passenden Schleifen. Er war schon immer geschickt mit seinen Händen gewesen. Andächtig betrachtete er die fertigen Weihnachtspräsente. Eine Träne fiel aufs pinkfarbene Papier und hinterließ einen Wasserfleck. Sabine hatte kein Recht, ihm die Kinder vorzuenthalten. Vor einem halben Jahr war seine Welt und alles, was er darin sicher glaubte, vollständig zusammengebrochen. Seine Frau hatte ihm aus heiterem Himmel eröffnet, dass sie einen anderen Mann liebe und mit ihm zusammenziehen werde. Da die Kinder bei ihr blieben, verlangte sie von ihm auszuziehen – aus dem eigenen Haus! Da hatte er zugeschlagen, aus Wut und dem Gefühl der Demütigung heraus. Als er aus der Untersuchungshaft entlassen wurde, waren die Würfel längst gefallen. Seine Sachen durfte er sich an einem Wochenende holen, an dem Sabine mit den Kindern zu ihrem Vater gefahren war. Weil er seiner Familie nachstellte und den Liebhaber bedrohte, verhängte das Gericht eine Kontaktsperre wegen Stalking. Kevin und Laura durfte er bis auf Weiteres nicht sehen. Jetzt lebte der Neue mit seiner Frau und seinen Kindern in seinem Haus, während er allein in dieser Bruchbude hier saß und seinem Prozess wegen Körperverletzung entgegensah, der Mitte Januar beginnen sollte.

Kinder, Vater und Mama, auch sogar der Großpapa ...

Mittlerweile war es fast dunkel geworden. Stefan wusste genau, was sich in diesem Moment ein paar Kilometer weiter in seinem Haus abspielte. Er hatte vor Augen, wie Sabine Kaffee kochte und den Weihnachtsstollen anrichtete, während ihr Vater versuchte, den aufgedrehten Kindern eine Geschichte vorzulesen, um die Zeit bis zur Ankunft des Weihnachtsmannes zu verkürzen. Und sein Nachfolger deckte den Tisch, entzündete statt seiner die Lichter am Christbaum und wanzte sich an die Kinder heran. Stefans Kiefer mahlten fest aufeinander. Gewissenhaft legte er die Weihnachtsgeschenke in einen Jutesack, band sich den watteweißen Bart vors Gesicht, setzte die rote Mütze mit dem weißen Kunstpelz auf, zog den langen roten Mantel an und schlüpfte in seine Stiefel. Er pustete die Kerzen aus, schaltete das Radio ab, schulterte den Sack und ging durch das Treppenhaus hinunter. Die Luft draußen roch nach Schnee, und tatsächlich rieselten ein paar vereinzelte Flocken zu Boden. »Fröhliche Weihnachten!«, rief ihm eine Frau zu, die auf dem Gehsteig gegenüber mit ihrem Hund Gassi ging. Sonst war niemand auf der Straße zu sehen. Als sie um die Ecke gebogen war, öffnete Stefan den Kofferraum seines Wagens und legte den Jutesack hinein. Dem Weihnachtsmannservice hatte er schon heute Mittag abgesagt. Noch einmal schaute er sich prüfend um. Dann wickelte er das Sportgewehr aus der Decke und steckte die Waffe zu den Geschenken.

Alle, alle sind wir da, warten dein mit Schmerzen.

Herrn Meyers Obsessionen.
Ein Krimi in fünf Brillen

1. Die Meisterdetektive von Feuchtwangen

Der Schrei einer Frau gellte durchs Fränkische Museum. Der Schall breitete sich von den Kellerräumen des Fachwerkhauses bis ins Obergeschoss aus, erreichte auch den modernen Anbau und drang schließlich in das Büro der Museumsleiterin. Die sah erschreckt von ihrem Computerbildschirm auf und ging ins Vorzimmer, wo die Sekretärin gerade damit beschäftigt war, ihren Schreibtisch aufzuräumen. Die beiden Frauen schauten sich fragend an und eilten in die große Halle. Von links kam ihnen ein erstauntes Pärchen entgegen, während rechts ein asiatischer Besucher das Museum verließ. Sie stürmten die Treppe hinunter, durchquerten eine menschenleere Abteilung mit historischen Holzschlitten und erreichten das Magazin. Dort stand die Putzfrau fassungslos in der Tür.

»Da drinnen liegt ein Toter«, schrie sie.

Die beiden schoben sie zur Seite und betraten den Raum. Vor einem geöffneten Archivschrank lag der leblose Nikolaus Leberecht Meyer auf dem Boden. Der leidenschaftliche Brillensammler, der eine der größten und besten Sammlungen historischer Brillen besaß, war gerade dabei gewesen, eine Ausstellung seiner Schätze im Museum vorzubereiten. Die Leiterin kniete sich neben den wachsbleichen Mann und versuchte, seinen Puls zu fühlen. Da schlug Meyer die Augen auf und stammelte mit letzter Kraft: »Die wertvollste Brille ist gestohlen.«

Dann verdrehte er die Augen und starb.

»Schnell«, sagte sie zur Sekretärin, »rufen Sie einen Arzt. Und am besten auch die Polizei.«

*

Kommissar Kleinlein saß im Rauchsalon der *Greifen-Post*, ließ sich die Havanna schmecken, die Dr. Watson ihm angeboten hatte, und schaute befriedigt in die erlauchte Runde. Neben ihm stopften Kommissar Maigret und Sherlock Holmes ihre Pfeifen. Auf dem Sofa lümmelte Philip Marlowe und nippte an seinem Whiskey. Und weiter hinten am Kartentisch plauderten Miss Marple, Mister Stringer und Pater Brown darüber, ob das soeben verzehrte fränkische Schäufele nicht gar englischem Roastbeef vorzuziehen sei. Kleinlein war stolz darauf, diese Meisterdetektive zu einem Internationalen Kriminalistikkongress nach Feuchtwangen gelockt zu haben. Und das, obwohl in seiner Stadt das Verbrechen, von einigen Ladendiebstählen und Trunkenheitsfahrten einmal abgesehen, normalerweise eher nicht zu Hause war.

In diesem Moment betrat Polizist Götz mit ernster Miene den Raum, steuerte auf seinen Chef zu und flüsterte ihm etwas ins Ohr. Die Gespräche verstummten, gespannt sahen die Kongressteilnehmer Kommissar Kleinlein an. Der erhob sich, steifte das Rückgrat und sprach eine Spur zu bedeutungsvoll: »Meine Dame, meine Herren, wie es aussieht, haben wir drüben im Museum einen Toten. Verzeihen Sie, wenn ich mich zurückziehe, aber die Pflicht ruft.«

»Lieber Kleinlein«, entgegnete Pater Brown, »Sie wollen uns doch nicht eine Leiche vorenthalten. Wann gab es schon mal so viel kriminalistischen Sachverstand auf einem

Haufen. Natürlich begleiten wir Sie.« Und so setzte sich die Gruppe, beinahe vergnügt, in Bewegung.

*

Vor dem Museum standen ein Krankenwagen und ein Polizeiauto. Die Sekretärin empfing die Detektive und wies sie auf die Garderobe hin, doch weder wollte Sherlock Holmes seinen Deerstalker absetzen noch Philip Marlowe seinen Trenchcoat ausziehen. Also führte sie die Gruppe ins Magazin. An der Leiche knieten eine Ärztin und ein Sanitäter. Eine Polizistin befragte die Putzfrau, ihr Kollege tat dasselbe im Nebenraum mit einem Besucherpaar.

Noch ehe Kleinlein eine Frage an die Ärztin richten konnte, hatte Dr. Watson das Gespräch mit seiner Kollegin begonnen.

»Kein Blut, keine äußere Gewalteinwirkung, das sieht nicht gerade nach einem Mord aus?«

»Ganz genau kann ich das erst nach der Obduktion sagen«, entgegnete die Ärztin, »aber es deutet alles auf akutes Herzversagen hin.«

»Vermutlich ist der Mann durch einen großen Schreck gestorben«, wandte sich Polizist Götz an die Detektive, »und die Ursache ist eine gestohlene Brille.«

Dann berichtete er in knappen Worten, was im Museum vorgefallen war und um wen es sich bei dem Toten handelte.

»Konnten Sie feststellen, ob tatsächlich eine wertvolle Brille gestohlen wurde?«, fragte Kommissar Kleinlein die Museumsleiterin.

»Leider nein. Herr Meyer war zwar ein leidenschaftlicher Sammler, aber ein schlechter Archivar. Nur ein Bruchteil seiner genau 448 Brillen umfassenden Sammlung ist bislang wissenschaftlich erfasst. Das einzige, was meine Sekretärin und ich nach dreimaligem Durchzählen feststellen konnten, ist, dass tatsächlich eine Brille fehlt. Aber fragen Sie mich nicht, welche.«

»Wenn das jemand herausbekommen kann, dann diese Herrschaften hier.« Kleinleins Stimme bebte vor Stolz. »Miss Marple, Mister Holmes, Monsieur Maigret, Pater Brown, Mister Marlowe, Sie haben alle Freiheiten. Es ist jetzt 13.20 Uhr. Ich schlage vor, dass wir uns um 20.00 Uhr in der *Greifen-Post* zum Abendessen wieder treffen. Es müsste doch mit dem Teufel zugehen, wenn wir bis dahin die fehlende Brille nicht aufgespürt hätten.«

2. Sherlock Holmes und der Ferne Osten

Sherlock Holmes ließ sich von Dr. Watson die Lupe reichen und untersuchte zunächst eingehend die Leiche Meyers. Dann inspizierte er systematisch die Sammlung, zog Schublade um Schublade des Archivschrankes auf und sah sich jede der 447 Brillen genau an. Eine moderne Ray-Ban-Sonnenbrille, die inmitten chinesischer Schläfenbrillen lag, hob er mit einer Pinzette hoch und legte sie vorsichtig auf ein Seidentuch. Während er Watson anwies, die Fingerabdrücke auf der Brille sicherzustellen, ging er im Magazin umher und richtete seinen prüfenden Blick in jeden Winkel, um danach, begleitet von seinem treuen Assistenten, das Museum zu erkunden. Kein Raum entging seiner Aufmerksamkeit. Als die beiden von diesem Rundgang zurückkamen, war von ihren Detektivkollegen nichts mehr zu sehen, der Tote war fortgeschafft worden, die Polizei gegangen. Lediglich die

Museumsleiterin und die Putzfrau, die gerade den Fußboden im Erdgeschoss wienerte, waren noch da. Nach einer Befragung der beiden Frauen verabschiedeten sich Holmes und sein Freund und traten hinaus in die Dämmerung.

»Nun, mein lieber Watson, was halten Sie von der Sache?«

»Rätselhaft, äußerst rätselhaft«, beeilte sich der Arzt zu antworten, »ich habe keine Ahnung, wie Sie Licht in diese trübe Angelegenheit bringen wollen.«

»Ich bitte Sie, Watson«, sagte Sherlock Holmes und nickte freundlich Marlowe zu, der sich hinter einem Baum verborgen hielt und das Museum beobachtete, »wir müssen nur noch den Chinesen finden, und der Fall ist gelöst.«

»Den Chinesen?«

Holmes schaute amüsiert in das völlig verständnislose Gesicht Watsons.

»Nun gut, es könnte auch ein Tibeter sein«, schränkte er ein.

*

Die Tafel im Bankettsaal der *Greifen-Post* war festlich gedeckt. Pünktlich hatten sich die Meisterdetektive versammelt und an den Tisch gesetzt, lediglich der Platz neben Miss Marple blieb leer. Man kam überein, Sherlock Holmes als dienstältestem Ermittler das erste Wort zu erteilen.

Auf sein Zeichen hin erhob sich Dr. Watson und verließ den Saal. Es wurde still, und alle Augen richteten sich auf den Gentleman-Detektiv, der die Aufmerksamkeit sichtlich genoss.

»Verehrte Kollegen«, er machte eine dramaturgische Pause, »hiermit präsentiere ich Ihnen eine vermisste Brille und einen Dieb.« Daraufhin zog er aus seiner Brusttasche ein mit Schnitzereien verziertes Brillenfutteral hervor, legte es auf den Tisch und rief: »Dr. Watson, bitte treten Sie ein!«

Die Tür öffnete sich, und der dickbäuchige Arzt kam herein. An seiner Seite, mit einer Handschelle an seinen Arm gefesselt, ein zierlicher Asiate.

»Das ist Herr Wong Cha aus Tibet. Er ist Schüler eines bedeutenden Mönches dort. Und er ist extra nach Deutschland gereist, um sich in den Besitz dieser Brille hier zu bringen, was ihm auch, zumindest für ein paar Stunden, geglückt ist.«

Damit öffnete Sherlock Holmes das vor ihm liegende hölzerne Futteral und entnahm daraus eine randlose Brille mit grauen Gläsern und Messingbügeln, die sich zweimal nach innen abklappen ließen.

»Das ist eine 200 Jahre alte tibetische Gelehrtenbrille«, fuhr der Detektiv fort, »die Bügel werden nicht hinter den Ohren fixiert, sondern an die Schläfen gepresst. Die Gläser sind aus Rauchtopas gefertigt, aber sie haben keine optische Wirkung, denn diese Brille ist ein Statussymbol. Wie ich von Herrn Wong Cha erfahren habe, gehörte sie seinem Meister, bis der sie mit dem Touristen Nikolaus Leberecht Meyer gegen dessen Sonnenbrille tauschte. Dieses Geschäft reute ihn schon bald, denn es war ein altes Erbstück, das nur von Mönch zu Mönch weitergegeben wird. Und so schickte er schließlich seinen Schüler aus, um die Brille zurückzutauschen. Gestern kam er aus Tibet hier an und sprach bei Meyer vor, doch der wollte von dem Rücktausch nichts wissen. So musste er diesen heimlich im Museum vornehmen.«

Ein Raunen ging durch die Reihen der anwesenden Detektive.

»Und wie, verehrter Mister Holmes, sind Sie auf diese Lösung gekommen?«, fragte Miss Marple.

»Zuerst einmal fiel mir die gar nicht museale Sonnenbrille inmitten lauter chinesischer Gelehrtenbrillen auf. Und als dann noch die Leiterin erklärte, sie haben kurz nach dem Schrei einen asiatisch aussehenden Besucher das Museum verlassen sehen, war mir klar, dass es da einen Zusammenhang geben musste. Denn soweit ich weiß, besuchen asiatische Touristen zwar gern Nürnberg und Rothenburg, aber hierher verirrt sich nur selten einer. Doch mir war ein Gast aus Fernost heute Morgen in diesem Hotel beim Frühstücksbüfett aufgefallen. Wir mussten nur noch die Fingerabdrücke an der Klinke seines Hotelzimmers mit denen auf der Sonnenbrille vergleichen, und die waren identisch. Damit konfrontiert gestand unser Verdächtiger den heimlichen Brillentausch im Museum.« Er schaute geziert in die Runde. »Allerdings behauptet der Dieb, den Tausch erst nach Meyers Zusammenbruch vorgenommen zu haben. Er will in der Nähe des Magazins herumgelungert und auf eine günstige Gelegenheit gewartet haben, als er von dort ein lautes Poltern hörte. Er beteuert, dass Meyer bereits wie tot dalag, als er die Tür öffnete und in einem spontanen Akt die Brillen austauschte.« Sherlock Holmes schmunzelte. »Aber ein paar offene Fragen muss ich ja noch für Sie übrig lassen.«

Damit gab er Dr. Watson einen Wink, der den Tibeter wieder abführte.

3. Philip Marlowes schlagkräftige Beweise

Philip Marlowe war nicht der Typ Detektiv, der mit kulturgeschichtlichem Wissen glänzte. Aber er konnte Spuren lesen, und er hatte ein Gefühl für den wunden Punkt. Während Holmes und Watson sich an der Leiche zu schaffen machten und die anderen die Brillensammlung anschauten, stellte sich Marlowe eine wesentliche Frage. In diesem Raum war ein wertvoller Gegenstand abhandengekommen. Wie war er hier herausgelangt? Marlowe steuerte auf das Fenster zu. Merkwürdig, dass es offen stand, denn es war kalt hier. Er beugte sich vor und schaute in einen kurzen Lüftungsschacht. Eineinhalb Meter über ihm fiel Tageslicht durch ein Gitter. Er kletterte in den Schacht und drückte gegen den Rost, der sich nach etwas Ruckeln anheben ließ. Dann stieg Marlowe ins Magazin zurück, verließ den Raum und ging nach oben. Draußen umrundete er das Fachwerkhaus, bis er den Gitterrost im Boden entdeckte. Er studierte das Rechteck und seine Umgebung eingehend. Zurück im Museum suchte er die Leiterin und fragte: »Wer hat alles einen Schlüssel zum Magazin?«

»Nur ich und mein Mitarbeiter, Herr Lehmann. Aber der ist gerade auf Dienstreise«, antwortete sie.

»Wie ist Meyer ins Magazin gekommen?«

»Ich habe ihm die Tür geöffnet.«

»Was ist mit der Putzfrau?«

»Normalerweise schließe ich ihr auf und warte dann die paar Minuten, bis sie dort fertig ist. Im Magazin sind schließlich unsere Schätze. Und die Putzfrau arbeitet erst seit Kurzem bei uns.«

»Heute war es aber anders?«

»Ja, heute konnte sie so hinein, da Herr Meyer ja im Raum arbeitete.«

Danach stöberte Marlowe im Magazin und dem angrenzenden Ausstellungsraum herum und durchsuchte auch den Putzwagen. Schließlich ging er wieder aus dem Museum und postierte sich hinter einem Baum, von dem aus er das Gebäude gut überblicken konnte. Er wartete und rauchte.

*

Am Abend in der *Greifen-Post* hörte sich Philip Marlowe mit Interesse und wachsendem Zorn die Ausführungen von Sherlock Holmes an. Als amerikanischer Detektiv, der gern seine Fäuste einsetzte, konnte er der blasierten Art des Briten so gar nichts abgewinnen. Nachdem dieser geendet hatte, sprang Marlowe auf und rief: »Tolle Geschichte, Holmes, aber das erklärt noch nicht, wo die fehlende Brille abgeblieben ist.«

»Nun, da Sie hier so siegesgewiss herumpoltern, nehme ich an, wir werden gleich eine Antwort von Ihnen darauf hören«, entgegnete Sherlock Holmes ironisch.

»Worauf Sie sich verlassen können. Fakt ist doch: Es fehlt eine Brille. Und zwar eine sehr wertvolle, sonst wäre Meyer ja wohl kaum wegen 'nem Herzkasper über den Jordan gegangen.«

»Ach, und Sie, Mister Marlowe, haben diese Brille gefunden?« Sherlock Holmes lehnte sich zurück und führte seine gespreizten Finger an den Fingerkuppen geziert zusammen.

»Ich will nicht behaupten, dass ich genau diese habe. Aber ich habe definitiv eine, die heute gestohlen wurde.« Und dann zog er aus seinem verbeulten Jackett eine große, massivgoldene Brille hervor.

»Eine Scherenbrille«, warf Miss Marple ein, »ich habe selber mal so eine besessen, sie ist hübsch, aber wenig praktisch. Die beiden Bügel lassen sich auf Augenabstand auseinander klappen, und dann hält man die Brille wie einen

Fächer vor die Augen. Ihr Exemplar ist wirklich besonders schön mit den kunstvollen Verzierungen. Wo haben Sie es gefunden?«

Jetzt war es an Marlowe, triumphierend zu lächeln. »Ich habe sie von der Putzfrau bekommen. Ich brauchte nur ein ganz klein wenig Gewalt anzuwenden, und schon hat sie sie mir gegeben.«

»Aber Mister Marlowe«, sagte Miss Marple erschreckt.

»Keine Sorge, ich habe die Puppe nicht verletzt, nur etwas unter Druck gesetzt. Danach rückte sie die Beute fast freiwillig heraus.«

»Und wie kamen Sie auf die Putzfrau?«, fragte Kleinlein neugierig.

»Mich irritierte das trotz der Kälte geöffnete Fenster zum Luftschacht. Das sah aus wie ein Fluchtweg. Aber durch diesen Schacht ist definitiv niemand abgehauen. Der Gitterrost ist zugewachsen und wurde schon lange nicht mehr geöffnet. Wer hatte also ein Interesse daran, uns einen Täter zu präsentieren, der durchs Fenster ein- und wieder aussteigt? Doch nur jemand, der ganz normal durch die Tür kommt, wie die Putzfrau.« Marlowe ballte seine Faust.

»Ich hatte sie von Anfang an auf dem Kieker. Die Putze kam in den Raum und sah Meyer tot auf dem Boden liegen. Sie dachte tatsächlich, dass er abgekratzt ist. Aber sie schrie nicht sofort, denn sie sah auch diese dicke goldene Brille in der offenen Schublade funkeln. Sie packte das Ding, und aus Angst vor einer Leibesvisitation versteckte sie es dort, wo sie jederzeit rankonnte: im Ausstellungsraum nebenan. Dann erst legte sie mit ihrer Brüllerei los.«

»Und wo war die Brille versteckt?«, fragte Kleinlein.

»Unter dem Sitzpolster eines Schlittens. Ich habe sie dort gefunden, als ich den Raum durchsuchte, aber ich wollte ja noch den Täter dazu. Ich musste also nur warten, bis sich die Putzfrau das Diebesgut schnappte und die Fliege machte. Dann habe ich ihr die Brille und das Geständnis gleich mit abgenommen.« Marlowe zog einen Mundwinkel nach oben.

»Eine aufregende Erzählung, Mister Marlowe«, entgegnete Sherlock Holmes spitz, »aber doch nur ein zu vernachlässigender Nebenaspekt. Die Ursache für den Tod des Sammlers ist immer noch Herr Wong Cha.«

»Wenn Sie sich da mal nicht täuschen, Holmes. Die Putze hat mir gesteckt, dass sie auf dem Weg ins Magazin beinahe mit so einem Schlitzauge zusammengestoßen wäre, der es wahnsinnig eilig hatte. Sieht ganz so aus, als ob auch Ihr Täter erst nach dem Zusammenbruch Meyers im Magazin war.«

»Dann muss es ja noch einen dritten Brillendieb geben, der das ganze Drama ausgelöst hat«, sagte Kleinlein aufgeregt.

4. Pater Brown und der Fingerzeig Gottes

Pater Brown beobachtete, mit welcher Präzision und Aufmerksamkeit sich Sherlock Holmes und Dr. Watson der Brillensammlung widmeten und buchstäblich jedes Stück unter die Lupe nahmen. Auch Miss Marple und Mister Stringer unterhielten sich eifrig über die Ausstellungsstücke. Also zog auch er eine der Archivschubladen auf, setzte seinen Zwicker auf die Nase und warf einen Blick hinein. Etwa vierzig Lorgnetten befanden sich darin, aus Schildpatt und fein zisieliertem Silber. Pater Brown seufzte. Er hatte nicht die geringste Ahnung von Brillen und würde durch zielloses Anschauen niemals feststellen können, welches Exemplar denn nun fehlte. Auch fand er es pietätlos, sich um diese materiellen Dinge zu kümmern, während die Leiche noch immer auf dem Boden lag. In dem Moment kamen zwei Beerdigungsunternehmer ins Magazin und hoben den Toten auf eine Bahre. Pater Brown sprach ein kurzes Gebet und folgte den Männern, er brauchte frische Luft und Bewegung.

Oben angekommen ging er am Leichenwagen vorbei und marschierte mit kleinen federnden Schritten, seinen Schirm als Spazierstock nutzend, ins Zentrum. Dort fand er das, was in jeder Stadt im Zentrum zu finden war: die Kirche. Diese hier war eine alte Klosterkirche, allerdings seit Jahrhunderten protestantisch. Da das Hauptportal verschlossen war, ging er durch den Seiteneingang hinein. Er bekreuzigte sich und schritt langsam den Mittelgang entlang. In der ersten Reihe nahm er Platz, schnäuzte sich die Nase und ließ den Raum auf sich wirken. Wäre jetzt ein Besucher in die Kirche getreten, hätte er gedacht, Pater Brown sei ins Gebet vertieft oder in tiefe Meditation versunken. Doch das Gegenteil war der Fall, die Sinne des Geistlichen waren aufs Äußerste geschärft. Und gerade als er seinen Blick über die Altarbilder schweifen ließ, die aus der Werkstatt von Dürers Lehrer Michael Wohlgemut stammten, sah er auf einer gemalten Marienverkündigung etwas, was ihn mit einem Ruck hochschnellen ließ. Er ging näher. Kein Zweifel, einer der abgebildeten Schriftgelehrten auf dem Altar trug eine Brille. Pater Brown lächelte. Als nächstes musste er mit der Museumsleiterin sprechen und, wenn alles klappte, einen erneuten Blick auf die Brillensammlung werfen. Aber dieses Mal gezielt.

In der *Greifen-Post* ergriff nach Sherlock Holmes und Philip Marlowe Pater Brown das Wort und stand auf.

»Es gibt einen dritten Täter, den kann ich Ihnen aber leider nicht auf einem Tablett servieren. Doch ebenso wie meine beiden Vorredner habe ich Ihnen eine Brille mitgebracht.« Er hob eine unscheinbare kleine Holzbrille ohne Bügel in die Höhe.

»Das ist eine sogenannte Nietbrille, eine der ältesten Brillen, die es überhaupt gibt. Sie stammt vermutlich aus dem 14. Jahrhundert und heißt so, weil sie aus zwei gestielten Eingläsern zusammengenietet ist. Man konnte sie sich auf dem Nasenrücken festklemmen, aber da das schlecht hielt, mussten sie die Gelehrten meist mit der Hand festhalten.«

»Bitte, Pater«, warf der ungeduldige Sherlock Holmes ein, »keine gelehrten Vorträge. Kommen Sie zur Sache, bitte.«

»Nun, Mister Holmes, ich gebe gern zu, dass dieses Wissen für mich so neu ist wie frisch gefallener Schnee. Ich habe es gerade erst in der Museumsbibliothek und im Gespräch mit der Leiterin erworben. Mich trieb die Frage um, seit wann es überhaupt Brillen gibt, und war sehr erstaunt, als ich auf dem Altar hier in der Feuchtwanger Stiftskirche einen Gelehrten an der Seite Marias abgebildet fand, der eine Nietbrille trägt.«

»Sie wollen doch nicht behaupten, dass dieses unscheinbare Holzding da die gesuchte Brille ist«, warf Marlowe ein. »Außerdem haben Sie sie ja, dann kann sie wohl kaum gestohlen worden sein.«

»Doch. Genau diese Brille hier hat Nikolaus Leberecht Meyer den tödlichen Herzinfarkt zugefügt. Diese Art Brillen sind an der Niete so zerbrechlich, dass sich nur ganz wenige Exemplare erhalten haben. Dieses ist die seltenste und deshalb teuerste Brille, die es gibt. Nur leider ist das hier eine plumpe Fälschung, wie ein herbeigerufener Experte aus dem Germanischen Nationalmuseum bestätigen konnte. Der Täter, den ich Ihnen, wie gesagt, leider nicht mitliefern kann, muss die Brille gestern oder heute ausgetauscht haben. Denn vorher lag die Sammlung sicher in Meyers Tresor verwahrt.«

Pater Brown schob seinen Zwicker zurecht und schaute zufrieden in die Runde.

5. Maigret und die kalte Pfeife

Maigret beobachtete irritiert, wie sich die Detektive eifrig an die Arbeit machten. Er war der einzige Kommissar unter ihnen und daran gewöhnt, Anweisungen zu erteilen und nicht alles selbst zu ermitteln. Ohne seinen Stab vom Quai des Orfèvres fühlte er sich wie amputiert. Wenn er doch wenigstens Lucas oder Janvier nach Franken mitgenommen hätte. Langsam stopfte er sich eine Pfeife und zündete sie an. Eine strenge Stimme riss ihn aus den Gedanken.

»Herr Maigret, im Museum herrscht absolutes Rauchverbot. Wenn Sie also bitte mit Ihrer Pfeife nach draußen gehen würden.« Die Leiterin schaute ihn empört an.

Wortlos drehte Maigret sich um und ging langsam, fast trotzig, die Treppe hoch. So konnte er nicht arbeiten. Es fehlte diesen Deutschen einfach an Charme. In Frankreich wurde es auch immer schwieriger, in der Öffentlichkeit zu rauchen, aber so hatte ihn noch kein Franzose zurechtgewiesen. Vor dem Museum schlug er ohne nachzudenken den Weg nach links ein, weg vom Zentrum. Er machte einen langen Spaziergang und grübelte über den Fall nach. Die deutsche Polizei würde die Spurensicherung hier auch nicht schlechter machen als seine Leute daheim. Er würde später in der Wache vorbeigehen und sich die Ergebnisse der Kollegen zeigen lassen. Vielleicht kam ihm dann eine Eingebung. Jetzt hatte er jedenfalls Durst. Er trat in die nächste Eckkneipe und bestellte ein Bier. In einem Zug trank Maigret das Glas leer und orderte sofort ein zweites.

»Pfeife aus«, riss ihn die Stimme des Wirts aus seinen brütenden Gedanken. Er deutete auf das Schild mit dem großen roten Kreis und der durchgestrichenen Zigarette darin. »Alle Gastwirtschaften in Bayern müssen rauchfrei bleiben. Anordnung von oben.«

Klingt, als habe Gott persönlich das Rauchverbot erteilt, dachte Maigret, vielleicht war es aber auch nur der bayerische Ministerpräsident – ist sowieso fast dasselbe. Mürrisch legte er einen Fünfeuroschein auf die Theke, setzte seinen Hut auf und ging. Sie übertreiben, die Deutschen.

Er schlenderte mit gebeugtem Kopf stadteinwärts. Wie kam man nur auf die Idee, Brillen zu sammeln? Merkwürdiges Hobby. Er hatte noch niemals über Brillen nachgedacht. Er war froh, dass er, anders als Madame Maigret, keine Lesebrille brauchte. Brillen waren überhaupt nicht sein Thema. Er achtete nicht auf sie, er sah sie nicht, er las nichts über sie ... oder doch? Hatte da nicht etwas im *Figaro* gestanden, den er gestern auf der langen Zugfahrt hierher ausgiebig studiert hatte? Irgendetwas in Wien? Er musste die Zeitung noch im Hotel haben. »Werd' doch mal nachschauen«, brummte er.

*

In der *Greifen-Post* hatte Kommissar Maigret mürrisch den Reden von Holmes, Marlowe und Brown gelauscht und dabei ein Pils getrunken. Er war schlechter Laune. Das Bier hier war nicht bitter genug, das Essen mit dem von Madame Maigret nicht zu vergleichen und – was ihm am meisten zusetzte – er durfte schon wieder nicht rauchen. So kaute er auf seiner kalten Pfeife herum, als die Gemeinschaft ihn bat zu sprechen.

Er bewegte seinen massigen Körper und setzte sich im Stuhl aufrecht.

»Chapeau, Pater Brown«, sagte er zu dem Geistlichen und deutete tatsächlich eine Bewegung an, als zöge er den Hut.

»Ihre Erkenntnisse decken sich absolut mit meinen Recherchen. Ich kann Ihnen zwar weder eine verschwundene Brille noch einen verhafteten Täter präsentieren, aber ich kann Ihnen zumindest seinen Namen nennen. Er heißt Lorenzo Occhiali, stammt aus Treviso und ist ein international gesuchter Dieb, Betrüger und manischer Sammler.«

In der Runde machte sich Erstaunen breit. Mit den letzten Worten Maigrets trat Mister Stringer in den Saal, schaute irritiert auf den Kommissar und setzte sich neben Miss Marple. Er flüsterte ihr erregt etwas ins Ohr, und Miss Marple schlug die Hände zusammen. Als sich die Unruhe wieder gelegt hatte, fuhr Maigret fort.

»Oh, das war wirklich nicht schwer herauszubekommen. Ich sagte mir, wer hier eine museumsreife Brille stiehlt, wird es auch schon woanders getan haben. Und das hat er. Vor zwei Tagen wurde in Wien im Geburtshaus von Franz Schubert die Brille des Komponisten entwendet. Wenn Sie schon mal Porträts von Schubert gesehen haben, wissen Sie, wie sie aussieht: ein ziemlich unscheinbares kleines

Ding aus Nickeldraht. Ich habe es im *Figaro* gelesen und musste nur noch eins und eins zusammenzählen.«

»Und woher haben Sie seinen Namen?«, fragte Miss Marple erregt.

»Interpol, ma chère. Lorenzo Occhiali ist in sechs Ländern aktenkundig. Ihm werden mehrere Museumsdiebstähle vorgeworfen, darunter etliche Brillen. Auch in Wien hat er sich zur Tatzeit aufgehalten. Aber als die Polizei sein Hotel ausfindig machte, war er schon abgereist, angeblich in Richtung München. Ich bin zwar ein Feinschmecker, aber ich fresse einen Besen, wenn das nicht unser Mann ist.«

Daraufhin erhob Maigret sein volles Bierglas und trank es in einem Zug leer. Es schmeckte ihm plötzlich viel besser als das erste.

6. Miss Marple und der Adler

Miss Marple sagte zu Mister Stringer: »Ist das nicht aufregend? Kaum sind wir einen Tag da, und schon in ein echtes Verbrechen verwickelt.«

So ganz teilte ihr Begleiter diese Begeisterung nicht, wollte aber seine Freundin nicht enttäuschen. Um sie von der Leiche wegzulotsen, machte er ihr den Vorschlag, doch zuerst einen Blick auf die Brillen zu werfen. Außerdem hatte er etwas übrig für Sammlungen. Er selbst war ein begeisterter Eisenbahn-Liebhaber und sammelte Modellbahnen.

»Schauen Sie nur, Mister Stringer, was für ein kurioses Modell. Es hat keine Bügel, sondern nur einen Faden, um es damit hinter den Ohren zu befestigen.«

»Ich glaube, so etwas trug man im Ersten Weltkrieg unter der Gasmaske. Oh, sehen Sie nur!« Mister Stringer hatte eine weitere Schublade aufgezogen und war völlig begeistert. »Eisenbahnerbrillen! Die waren nicht zum schärferen Sehen da, sondern zum Schutz der Augen.« Er nahm eine Brille mit blau gefärbten Gläsern in die Hand. »Nicht nur gegen Helligkeit, sondern auch gegen Rauch und Wind. Dazu musste der Lokführer die doppelten Gläser im 90-Grad-Winkel aufklappen, dann waren auch die Seiten geschützt. Liebe Miss Marple, wenn wir diesen Fall hier abgeschlossen und den Kongress beendet haben, können wir dann nicht über Nürnberg nach England zurückreisen? Ich würde mir zu gern dort im Museum den *Adler* ansehen. Das ist die erste deutsche Eisenbahn, wissen Sie, ein Import aus Newcastle, und sie wurde natürlich von einem Engländer gesteuert. Er soll auch in Nürnberg begraben sein. Was haben Sie denn?«

Er schaute besorgt zu Miss Marple, die in leicht gebückter Stellung stocksteif dastand.

»Haben Sie einen Hexenschuss?«

Sie richtete sich auf, drückte ihre Brust heraus und sagte mit resoluter Stimme: »Nein, ich habe eine Idee. Und wenn mich nicht alles täuscht, haben Sie heute noch eine kleine Reise vor sich.«

*

Miss Marple war die Letzte, die am Abend das Wort ergriff.

»Ist es nicht wunderbar, Kommissar Kleinlein, welch geballter kriminalistischer Sachverstand hier versammelt ist? Vier hervorragende Ermittler, und jeder hat einen Teil der Lösung parat.« Sie schaute anerkennend in die Runde.

»Fehlt nur noch, dass Sie uns jetzt diesen verflixten Italiener hier anschleppen«, rief Kleinlein fröhlich.

»Nein, meine Herren, er ist nicht hier. Aber ich kann Ihnen die erfreuliche Mitteilung machen, dass Occhiali vor drei Stunden in Nürnberg festgenommen wurde. Er sitzt dort in Untersuchungshaft.«

Applaus brandete los und Miss Marple erhob sich huldvoll.

»Nein, danken Sie nicht mir, danken Sie Mister Stringer. Ich habe heute Nachmittag hier in einem Handarbeitsgeschäft entzückende fränkische Stickmuster erstanden, während er nach Nürnberg gefahren ist und dort alles Nötige veranlasst hat. Ohne seine Begeisterung für Eisenbahnen wäre mir sowieso nie der zündende Gedanke gekommen.«

»Und welcher Gedanke war das, verehrte Miss Marple?«, wollte Maigret wissen.

»Derselbe wie Ihrer. Auch ich ging davon aus, dass wir es hier mit einem zwanghaften Dieb zu tun haben. Einem manischen Sammler, dessen Leidenschaft nicht vor Verbrechen zurückschreckt. Auch ich habe von dem Diebstahl der Schubert-Brille in Wien gelesen. Nicht im *Figaro*, sondern in der *Times*, natürlich. Und da der Dieb offensichtlich auf, sagen wir mal ›Einkaufstour‹ war, musste ich nur noch überlegen, was nach Wien und Feuchtwangen sein nächstes Ziel sein würde.«

Miss Marple sah beifällig auf ihren Freund hinunter, der schüchtern zur Seite blickte. »Und da brachte mich Mister Stringer auf die glänzende Idee mit dem *Adler*. Eine Nachbildung dieser Eisenbahn, die 1835 erstmals in Deutschland zwischen Nürnberg und Fürth fuhr, ist im Museum der Deutschen Bahn in Nürnberg zu bewundern. Nebenbei bemerkt, es ist ein Produkt britischer Ingenieurskunst, und der Lokomotivführer war natürlich ein Landsmann. Er hieß William Wilson und seine originale Eisenbahnerbrille ist im Museum ausgestellt. Mister Stringer gelang es, den Museumsleiter dort von der drohenden Gefahr für sein Ausstellungsstück zu überzeugen. Der postierte zwei kräftige Mitarbeiter unauffällig in der Nähe, und tatsächlich, heute Abend kurz vor der Schließung, als alle Besucher dem Ausgang zustrebten, schlug der als Installateur verkleidete Italiener zu und wurde in flagranti erwischt. Als die Polizei *Einblick* in sein Gepäck nahm und sich dort einen *Überblick* über die gestohlenen Brillen aus Wien und Feuchtwangen verschaffte, hatte Occhiali den *Durchblick*, dass jedes Leugnen zwecklos sei und sitzt jetzt hinter Gittern mit *Ausblick* auf den Gefängnishof. Ich hoffe, Sie verzeihen mir mein kleines Wortspiel.«

Anmerkung: Diese Geschichte wurde für die Sonderausstellung »Herrn Meyers Obsessionen. 250 historische Brillen und ein Krimi« geschrieben, die vom 08.05.2008 bis 02.11.2008 im Fränkischen Museum Feuchtwangen zu sehen und als Hörspiel zu hören war.

Black Coffee

»Halten Sie dort vorn an der Espressobar, Huber. Ich brauche dringend einen Kaffee.«

Der Chauffeur sah in den Rückspiegel und nickte seiner Chefin zu. Die dunkelgraue Limousine wurde langsamer, doch ein freier Parkplatz war nicht in Sicht. Also betätigte er den Warnblinker und hielt auf der belebten Straße an. Zwar hupten jetzt die Autos hinter ihm, doch das war immer noch besser, als die für ihre Wutanfälle berüchtigte Frau Direktor zu verärgern. Der Chauffeur stieg aus, ging um das Fahrzeug herum und öffnete den hinteren Wagenschlag. Isabel Landauer erhob sich, strich ihr schwarz-weißes Chanel-Kostüm glatt und gab Huber Anweisung, in genau fünfzehn Minuten wieder vorzufahren. Dann stöckelte die große, schlanke Blondine, die ihren nicht gerade kleinen Fahrer beinahe um Kopfgröße überragte, auf den Eingang des Cafés zu. Das Hupkonzert schien sie gar nicht wahrzunehmen.

Innen orderte sie einen doppelten Espresso und eine Zartbitterpraline und ließ sich auf einem der niedrigen Sessel nieder. In ihrem Handspiegel kontrollierte sie ihr Make-up. Sie sah makellos aus, dennoch fühlte sie sich leicht abgespannt. Der Börsengang ihres Unternehmens stand in ein paar Wochen bevor. Sie hatte zahlreiche Termine zu absolvieren und noch mehr Entscheidungen zu treffen. Wenn sie es schaffte, würde sie DriveTekk zum vierten börsennotierten Unternehmen im kleinen Herzogenaurach machen. Seit dem plötzlichen Tod ihres vierunddreißig Jahre älteren Mannes hatte sie das europaweit agierende Zulieferunternehmen durch aggressive Aufkäufe der Konkurrenz in den vergangenen Jahren zu einem Global Player ausgebaut. Es gab kaum ein Auto, einen Zug oder ein Flugzeug, in dem nicht Bauteile von DriveTekk steckten. Und das verdankte die Firma allein ihrer Führungsstärke, ihren Visionen, ihrer Risikobereitschaft und ihrem, wie man in der Branche sagte, Killerinstinkt. Die Verhandlung heute mit ihrer Nürnberger Hausbank war nicht einfach gewesen. Doch ihr wohldosierter, manipulativer Charme hatte gezogen. Die Bank würde ihre kurzfristigen Liquiditätsengpässe mit weiteren Millionenkrediten überbrücken.

Genüsslich ließ sie die Praline auf ihrer Zunge zergehen und trank einen Schluck des heißen, ungesüßten Kaffees hinterher. Aus den Lautsprecherboxen tönte dezente Jazzmusik. Ella Fitzgerald sang: *I'm feeling mighty lonesome, haven't slept a wink, I walk the floor and watch the door, and in between I drink black coffee.* Obwohl Isabel die Aussage des Textes fremd war – niemals würde sie sich mit der obsessiv auf ihren Mann wartenden und dabei wie paralysiert Kaffee trinkenden und rauchenden Frau identifizieren können –, mochte sie diesen Song. Schwarzer Kaffee war auch ihre Leidenschaft. Allerdings bevorzugte sie die stimmlich etwas dreckigeren Interpretationen von Sarah Vaughan oder Peggy Lee.

Da sie ihr iPad im Wagen liegen gelassen hatte, auf dem sie in freien Minuten den Wirtschaftsteil der *FAZ* oder das *Handelsblatt* las, blätterte sie gedankenverloren in einem der Coffeetable Books, einem Bildband des berühmten Fotografen Jakob Tanner mit Schnappschüssen aus den Kaffeebars dieser Welt. Neben Baristas und Kellnern in Aktion hatte Tanner, der aus Franken stammte, immer wieder auch Kaffeehausgäste porträtiert. Intime, großformatige Fotografien von sich unbeobachtet wähnenden Kaffeeliebhabern. Doch was Isabel jetzt sah, ließ ihr den Atem stocken.

Eine Doppelseite mit dem Porträt einer schlanken Frau um die vierzig. Streng zurückgekämmtes, blondes Haar, hohe Stirn, stark gezupfte Augenbrauen, dezentes Make-up. Der entschlossene, fast arrogante Blick war auf die dampfende Espressotasse vor ihr auf dem Tisch gerichtet, die dünnen Lippen hatten sich zu einem triumphalen, fast boshaften Lächeln verzogen. Das alles andere als schmeichelhafte Foto zeigte sie: Isabel Landauer. Das konnte nicht sein! Es gab nur ganz wenige Fotos von ihr, und die waren alle erst offiziell von ihr freigegeben worden. Isabel achtete extrem auf ihr Image. Und diese abscheuliche Aufnahme hier präsentierte sie quasi ungeschminkt der Öffentlichkeit.

Wie konnte der Fotograf es wagen, sie so unverfroren heimlich abzulichten? Wenigstens stand ihr Name nicht unter dem Foto. Vielleicht hatte Jakob Tanner ja gar nicht gewusst, wen er da erwischt hatte. Sie konnte sich nicht erinnern, ob sie ihm schon einmal auf einem der vielen gesellschaftlichen Anlässe, die sie zu absolvieren hatte, begegnet war. Immerhin war DriveTekk auch im Kultursponsoring aktiv. Möglich war es also.

Wo hatte Tanner dieses Foto überhaupt geschossen? Jetzt wurde Isabel kreideweiß, und Schweiß brach ihr aus. Der helle Marmortisch, die roten Polster, die goldenen Zierleisten, das weiße Jackett eines vorbeihuschenden Kellners. Das war eindeutig das *Caffè Florian*, das berühmteste Café von Venedig, direkt am Markusplatz. Und auf dem Tisch vor ihr lag eine Ausgabe des *Corriere della Sera* mit dem Datum vom 13. November 2011 und der Schlagzeile von Berlusconis Rücktritt als Premierminister. Aber sie hätte auch so gewusst, an welchem Tag und in welcher Situation dieses Foto entstanden war. Denn sie hatte gerade ganz in der Nähe, im *Gritti Palace*, die größte Herausforderung ihres bisherigen Lebens gemeistert. Kaltblütig und erfolgreich. Und um ihren Triumph wenigstens mit einem echten italienischen Kaffee zu feiern, war sie noch auf einen Sprung ins von Touristen bevölkerte *Florian* gegangen. In dieser Viertelstunde musste der Fotograf Isabel erwischt haben. Denn danach war sie über den Markusplatz zum Fährterminal geeilt, hatte das Vaporetto zum Flughafen genommen und war wieder zurück nach Frankfurt geflogen. Sie hatte sich keine zwei Stunden in Venedig aufgehalten. Ihr streng geheimer und minutiös geplanter Tagesausflug war in der Abtei Münsterschwarzach, wo sie gerade eine Meditations- und Fastenkur absolvierte, von niemandem bemerkt worden. Genau so, wie sie es geplant hatte. Und nun das!

My nerves have gone to pieces, my hair is turning gray, all I do is drink black coffee since my man's gone away, beendete Ella ihren Song. Nun, Isabel würde sich keine grauen Haare wachsen lassen. Und sie würde handeln. Geräuschvoll klappte sie den Bildband zu, stand auf und wandte sich an den Barista, der an der Kaffeemaschine hantierte.

»Ich möchte gerne dieses Buch hier.«

»Das gehört zur Deko. Das kann ich Ihnen nicht verkaufen. Leider.« Der junge Mann lächelte entschuldigend.

Isabel legte einen Hunderteuroschein auf die Theke. »Alles ist käuflich«, erwiderte sie und ging mit dem Buch unterm Arm hinaus, wo ihre Limousine gerade vorfuhr.

*

Isabel Landauer erhob sich vom Konferenztisch, knöpfte das Sakko ihres eleganten dunkelblauen Hosenanzugs zu und verabschiedete den Betriebsrat. Allein zurückgeblieben öffnete sie ihre Handtasche und zog daraus nicht ihr Smartphone hervor, sondern ein billiges kleines Prepaidhandy. Sie las die während der Besprechung mit einem dezenten Pling eingetroffene Kurznachricht. »Werfen Sie einen Blick ins heutige Feuilleton. F.«, stand auf dem Display, und ein süffisantes Lächeln huschte über Isabels Lippen. Dann verließ auch sie den Konferenzraum und kehrte in den Direktionstrakt zurück. Im Vorzimmer angekommen, orderte sie bei ihrer Sekretärin einen Espresso, griff sich die aktuelle Ausgabe der *Süddeutschen Zeitung* und zog sich mit der Anweisung, in der nächsten halben Stunde nicht gestört werden zu wollen, in ihr Büro zurück.

Der Artikel, den sie suchte, war nicht so umfangreich wie das Interview mit dem neuen Staatsminister für Kultur oder die Besprechung der Premiere mit Anna Netrebko in der Staatsoper, aber prominent auf Seite eins des Kulturteils platziert.

Kunstdiebstahl im Atelier

Erlangen – In das Atelier des bekannten Fotografen Jakob Tanner ist eingebrochen worden. Zahlreiche wertvolle Fotografien und Negative sowie ein Computer und etwa 200 Euro Bargeld wurden geraubt, teilte die Kriminalpolizei heute mit. Den Gesamtschaden schätzen die Beamten auf rund 100.000 Euro.

Der oder die Täter waren in der Nacht zum Dienstag gewaltsam in das Atelier im 2. Stock eines Wohn- und Geschäftsgebäudes in der Nürnberger Straße eingedrungen. Jakob Tanner, der das Atelier auch bewohnt, war zur Tatzeit nicht anwesend. Er soll sich derzeit beruflich auf der Fashion Week in Paris befinden. Die Einbrecher raubten etwa 50 großformatige Fotografien sowie sämtliche Negative aus dem Atelier und entkamen unerkannt mit ihrer Beute. Zuvor hatten die Täter die installierten Überwachungskameras zerstört. Die Kripo Erlangen bittet um Hinweise aus der Bevölkerung.

Der in Erlangen geborene Jakob Tanner zählt zu den international anerkanntesten Modefotografen. Zahlreiche Ausstellungen sprechen für Tanners Popularität. Die berühmtesten Museen der Welt sammeln seine Fotokunst. Nach über 25 Jahren in der Modemetropole London ist er vor zwei Jahren in seine Heimatstadt zurückgezogen. Seit drei Jahren ist er außerdem als Professor für Fotografie an der Akademie der Bildenden Künste Nürnberg tätig. Der Künstler war nicht für eine Stellungnahme zu erreichen.

Ähnliche Artikel, die sich nur in Details voneinander unterschieden, fand Isabel auch in der Onlineausgabe der *FAZ* und bei *BR 24*. Äußerst zufrieden wickelte sie ein kleines Schweizer Schokoladentäfelchen aus der Silberfolie und steckte es sich genießerisch in den Mund. Dann zog sie das Prepaidhandy aus der Tasche und wählte die einzige Nummer, die sie dort gespeichert hatte.

»Und, sind Sie zufrieden, Frau Direktor?«, fragte eine dunkle Männerstimme.

»Wenn Sie das für mich haben, wonach ich suche, auf jeden Fall.«

»Keine Sorge. Es ist alles da.«

»Gab es irgendwelche Probleme?«

»Nein. Wann und wohin soll ich es liefern?«

Isabel Landauer dachte kurz nach. »Ist die Ware bei Ihnen sicher, Faber?«

»Selbstverständlich. Das war eine überflüssige Frage.«

Sie ignorierte seinen empfindlichen Ton. Der Ex-Soldat und Ex-Detektiv Faber war als freier Securitymann auf nicht legale Aufgaben spezialisiert und Profi durch und durch. Isabel nutzte seine diskreten Dienstleistungen seit Jahren, wenn es darum ging, Konkurrenten und Mitarbeiter auszuspähen, belastendes Material gegen sie zu sammeln und sie damit unter Druck zu setzen. Insgeheim nannte sie ihn ihren Müllmann. »Dann kann das noch ein paar Tage warten. Ich habe einen Anschlussjob für Sie. Wir arrangieren die Übergabe, wenn Sie den erledigt haben.«

»In Ordnung. Worum geht's?«

»Der Fotograf hat vor zwei Jahren in einem kleinen fränkischen Kunstverlag einen Bildband mit dem Titel *Kaffee, bitte!* herausgebracht. Ich möchte, dass Sie die vorhandene Auflage des Buches vernichten und sicherstellen, dass es nicht mehr nachgedruckt werden kann. Der Einmannverlag heißt FKV und befindet sich am Stadtrand von Schwabach.« Wenn das erledigt war, würde sie die letzten noch lieferbaren Exemplare des Buches im Großhandel aufkaufen. Da der Bildband bereits vor zwei Jahren erschienen war, lag er kaum noch in den Buchhandlungen. Nur auf die bereits verkauften Exemplare der kleinen Auflage hatte Isabel keinen Zugriff. Zumindest hatte sie das Risiko maximal minimiert.

»Haben Sie sonst irgendwelche Vorgaben?«

»Die Wahl der Mittel überlasse ich wie immer Ihnen. Je weniger ich weiß, desto besser für mich. Sind Sie mit weiteren fünfzigtausend Euro einverstanden?«

Faber zögerte einen Moment. »Ich denke schon. Sollte sich die Angelegenheit doch als komplizierter herausstellen, müssen wir eben nachverhandeln.«

»Das wird nicht nötig sein. Bis wann haben Sie den Auftrag erfüllt? Schaffen Sie es innerhalb einer Woche?«

»Ich melde mich wieder bei Ihnen.« Faber legte auf.

Isabel nahm den letzten, kalt gewordenen Schluck aus der Espressotasse und runzelte nachdenklich die Stirn.

*

Gerade hatte Isabel eine Sarah-Vaughan-Platte aufgelegt und es sich mit einem Gin Tonic auf ihrem Lieblingssofa bequem gemacht, als ihr Prepaidhandy klingelte.

»Schalten Sie den Fernseher ein. Den *Bayerischen Rundfunk*«, sagte Faber und legte sofort wieder auf.

Sie nahm die Fernbedienung zur Hand. Im *Bayerischen Fernsehen* lief eine Magazinsendung namens *Frankenschau aktuell*. Die Moderatorin redete gerade mit dem Literaturkritiker des Studio Franken über den neuen Bestseller der Bamberger Autorin Tanja Kinkel. Das konnte Faber wohl kaum gemeint haben. Dann leitete die Moderatorin vom Buchtipp zum Nachrichtenblock über, der auch etwas mit der Welt der Bücher zu tun habe. In Schwabach habe es nämlich in den frühen Morgenstunden gebrannt, und zwar beim Fränkischen Kunstverlag.

Jetzt sah Isabel Bilder vom nächtlichen Feuerwehreinsatz. Ein altes Fachwerkhaus und das danebenstehende Gebäude, das der Sprecher aus dem Off als Buchlager bezeichnete, standen lichterloh in Flammen. Mehrere Feuerwehrmänner zielten mit ihren Wasserstrahlen auf den Brandherd, doch kamen sie offenbar wegen der starken Hitze nicht nah genug an das Feuer heran. Dann gab es einen Schnitt, und man sah qualmende Trümmer im Morgengrauen. Die beiden Gebäude waren bis auf die Grundmauern niedergebrannt und einsturzgefährdet. Von einem sichtlich erschöpften Feuerwehrhauptmann erfuhr Isabel, dass das Haus und das Nebengebäude nicht mehr zu retten gewesen waren.

Wenigstens seien keine Personen zu Schaden gekommen. Der Verleger und seine Frau befänden sich derzeit auf der Frankfurter Buchmesse. Nachbarn hätten den Brand entdeckt und die Feuerwehr alarmiert. Und ein Polizeisprecher ergänzte, dass sich der Schaden auf über eine halbe Million Euro belaufe. Zur Brandursache konnte er noch nichts sagen. Erst müsse ein Brandsachverständiger der Polizei die Trümmer untersuchen. Es werde in jede Richtung ermittelt.

Isabel schaltete den Fernseher wieder aus und nahm einen großen Schluck von ihrem Gin Tonic. Ihre Oberlippe zitterte leicht. Der Unterschied zwischen Theorie und Praxis war doch eindrucksvoller, als sie gedacht hatte. Aber sie hatte keine Wahl und durfte nicht zimperlich sein. Also straffte sie ihren Rücken, drückte die Schultern durch, atmete tief ein und aus, nahm das Handy vom Tisch und rief Faber an.

»Da haben Sie ja ganze Arbeit geleistet. Musste das so brachial sein?«

»Es sind jedenfalls alle Bücher im Lager vernichtet, und der Verlag ist erst mal am Ende. Das wollten Sie doch. Ich konnte ja schlecht nur die Tanner-Bücher aus dem Lager klauen. Erstens hätte ich dafür zwei Lieferwagen gebraucht und extra Leute anheuern müssen. Und zweitens hätte die Polizei dann bestimmt einen Zusammenhang zu dem Ateliereinbruch hergestellt. Und das möchten Sie ganz sicher nicht.« Faber lachte auf. Es klang irgendwie hämisch, fand Isabel. »Das Feuer war die einfachste und sauberste Lösung. Kein Mensch wird eine Verbindung zu Ihnen herstellen können.«

»Sie haben ja recht, Faber. Sehr gute Arbeit. Wie immer.«

»Dann sollten Sie vielleicht das Honorar erhöhen.«

Der Ton der Direktorin wurde schneidend kalt. »Ich schätze Ihre Professionalität und Ihre Loyalität und bin bereit, noch einmal zehntausend Euro draufzulegen. Ende der

Diskussion. Wir sehen uns zur Übergabe heute um dreiundzwanzig Uhr. Und zwar am Treffpunkt zwei.«

Isabel sah auf ihre Breguet-Armbanduhr. Noch fünf Stunden. Dann konnte sie endlich wieder aufatmen.

*

Es war drei Minuten vor dem vereinbarten Zeitpunkt, als Isabel ihren Sportwagen über einen einsamen Waldweg in der Fränkischen Schweiz steuerte. Vor der verwaisten Jagdhütte ihres Mannes sah sie im Mondschein einen dunkelblauen Golf stehen. Sie parkte daneben. Als sie aus ihrem Wagen stieg, löste sich Faber aus dem Schatten der Hütte und nickte ihr zu. Misstrauisch, wie er war, hatte er die ganze Umgebung hier bestimmt schon eine Stunde vorher ins Visier genommen, dachte Isabel.

»Ist Ihnen jemand gefolgt?«, fragte Faber.

»Natürlich nicht.«

Isabel holte den Schlüssel aus ihrer Handtasche, schloss auf, öffnete und ging voran. Faber warf einen letzten Blick über die Schulter und folgte ihr.

»Kalt hier, nicht wahr?« Isabel rieb sich die Hände, die in dünnen Lederhandschuhen steckten. »Aber Sie wissen ja, dass die Hütte nicht mehr benutzt wird.«

»Für die paar Minuten wird es schon gehen.«

»Also ich brauche dringend einen heißen Espresso.« Sie ging in die Küche. »Irgendwo steht hier doch eine Maschine. Möchten Sie auch einen?«

»Meinetwegen«, brummte er, knipste das Licht im Wohnzimmer an, sah sich prüfend um und kontrollierte auch das anschließende Schlafzimmer. Die Hütte war leer.

»Haben Sie das Geld dabei?«

»Sicher.« Isabel kam mit zwei dampfenden Espressotassen aus der Küche. »Wenn Sie die Fotos haben?«

Sie schob ihm eine Tasse hin und setzte sich. Auch Faber nahm Platz und übergab ihr den DIN-A4-Umschlag, den er die ganze Zeit in der Hand gehalten hatte.

Isabel holte im Gegenzug einen prall gefüllten Briefumschlag aus der Handtasche und reichte ihn hinüber. »Das sind sechzigtausend. Zählen Sie ruhig nach.«

Während Faber genau das tat, öffnete sie ihren Umschlag und entnahm ihm das Foto, das sie im *Caffè Florian* zeigte. Eine Welle von Scham und Genugtuung überflutete sie. Scham, weil dieses Foto überhaupt entstanden war, und Genugtuung, weil sie es endlich in Händen hielt. Sorgfältig zerriss sie es in kleine Fetzen und streute diese zurück in den Umschlag, den sie zweimal faltete und in ihre Handtasche steckte. Dann trank sie einen Schluck Espresso, sah Faber direkt in die Augen und fragte: »Haben Sie nicht etwas vergessen? Wo sind die Negative?«

Faber schaufelte einen Löffel Zucker in den Espresso und lehnte sich entspannt zurück. »Ich wusste zuerst nicht, was Sie gegen das Tanner-Foto haben. Nun gut, es ist ein ziemlich treffendes Porträt und nicht gerade schmeichelhaft für Sie. Aber so viel Geld und kriminelle Energie auf die Vernichtung des Fotos zu verwenden, bloß weil Sie in Ihrer Eitelkeit gekränkt sind? Das kam mir spanisch vor. Oder sollte ich besser sagen italienisch?«

Isabel schnaubte zornig. »Was soll das heißen?«

Faber blickte überlegen und rührte in seiner Tasse. »Was für ein Zufall, dass Sie am selben Tag in Venedig waren, als ihr Mann dort einsam in seiner Suite im *Gritti* einem Herzinfarkt erlag. Das kann ja schon mal vorkommen mit Mitte siebzig, nicht? Und die trauernde Witwe erbt endlich die Firma.« Er legte den Löffel beiseite. »Wie haben Sie das gemacht, Frau Landauer? Barbiturate? Insulin? Gift?«

Isabel fixierte ihn voller Hass. »Wo sind die Negative?« Sie betonte jedes Wort gleich stark.

»Die habe ich hier bei mir.« Er klopfte auf die Brusttasche seines Mantels. »Ich dachte an eine monatliche Zahlung von zehntausend Euro. Das sollte Ihnen mein Schweigen doch wert sein.« Er führte die Tasse zum Mund. Doch dann hielt er inne und sagte grinsend: »Und glauben Sie nicht, dass ich diesen Espresso hier trinke. Ich wette, so haben Sie das auch bei Ihrem Gatten gedeichselt. Was für ein gerissener Tod in Venedig.«

Mit einem Zornesschrei stürzte sich Isabel auf ihn und fegte ihm die Tasse aus seiner Hand, die an der Wand zerschellte. Faber war ebenfalls aufgesprungen und packte Isabel hart an den Armen.

»Cool down!«, zischte er. »Oder wollen Sie als Mörderin ins Gefängnis gehen?«

Isabels Widerstand erlahmte, und sie versuchte wieder Haltung zu gewinnen. »Dann bleibt mir wohl nichts anderes übrig«, brachte sie mühsam hervor.

»Ganz genau.« Faber ging langsam zur Tür. »Und wenn es Ihnen nichts ausmacht, plädiere ich für halbjährliche Zahlungen. Im Voraus. Ich kann mir vorstellen, dass Sie wenig Lust verspüren, mich monatlich zu treffen.« Er tippte galant an die Krempe seines nicht vorhandenen Hutes und verschwand durch die Tür.

Isabel Landauer stand unbeweglich da wie eine Statue und lauschte.

Da peitschte draußen ein Schuss durch die Stille. Und unmittelbar darauf ein zweiter aus derselben Waffe. Sie hörte ein Röcheln und dann, wie etwas Schweres über den

Boden geschleift wurde. Eine Autotür wurde geöffnet und kurz darauf wieder zugeworfen. Dann kamen Schritte auf die Hütte zu. Die Haustür ging auf, und im Dunkeln blieb ein Mann stehen.

»Wohin mit der Leiche, Frau Direktor?«

»Vergraben Sie sie irgendwo im Wald, nur nicht hier auf dem Grundstück. Und den Wagen fahren Sie über die Grenze nach Tschechien, parken ihn auf irgendeinem vollen Parkplatz und schrauben die Nummernschilder ab. Dann kehren Sie mit dem Zug wieder zurück, Huber.« Sie ging auf ihren Chauffeur und Bodyguard zu und öffnete ihre Hand. »Den Inhalt seiner Taschen, bitte.«

Huber überreichte ihr eine Brieftasche, einen Schlagring, zwei Handys, die Negative und den Umschlag mit dem Geld. Den Schlüssel für den Golf behielt er bei sich.

Isabel verstaute alles in ihrer Handtasche – bis auf den Umschlag. Den gab sie zurück. »Sechzigtausend Euro. So, wie wir es vereinbart haben für den Fall der Fälle.«

Dann löschte sie die Lichter und sperrte die Hütte ab. Gemeinsam gingen sie zu den beiden Autos. Huber öffnete seiner Chefin die Fahrertür, ließ sie einsteigen und schloss sie sanft. Isabel startete den Motor und lächelte stolz. Nicht nur in der Wirtschaftswelt war es lebenswichtig, immer einen Plan B zu haben. Jetzt konnte sie sich endlich voll auf den Börsengang von DriveTekk konzentrieren. Immerhin hingen von ihrem Verhandlungsgeschick weltweit rund neunzigtausend Arbeitsplätze ab. Also an die Arbeit. Sie legte den Vorwärtsgang ein. Mit einem Knopfdruck ließ sie das Seitenfenster herunter. »Vielen Dank, Huber. Wirklich. Und morgen werde ich Ihre Dienste selbstverständlich nicht brauchen.« Dann fuhr Isabel Landauer in die Dunkelheit davon.

Sand-Tragant

Die beiden schwarz gekleideten Mitarbeiter der Messe-Security trugen schwer an dem Werkzeugkasten und der Reisetasche. Mit eiligen Schritten verließen sie den Verbindungsgang, durchquerten die leer stehende Halle H und traten aus dem Notausgang ins Freie. Dort parkte in der Dunkelheit der Sommernacht ein grauer Kastenwagen des privaten Sicherheitsdienstes, der das Messezentrum überwachte. Der Kleinere der beiden öffnete die Heckklappe, während der große Hagere die Lasten hinein hievte. Zügig bestiegen die beiden das Fahrzeug. Der Kleinere startete den Motor und steuerte den Wagen in gemäßigtem Tempo hinter der Frankenhalle entlang. Der Größere nahm die Kappe ab und wischte sich den Schweiß von der Stirn. Als unvermittelt Sirenen über das Messegelände heulten, gab der Kleinere Gas, durchbrach eine Schranke und fuhr direkt auf die Münchener Straße, Richtung Innenstadt. Drei Minuten später bogen sie gerade auf den unbeleuchteten Parkplatz vor dem Kleinen Saal der Meistersingerhalle, als mehrere Streifenwagen mit rotierenden Blaulichtern zur Messe rasten.

»Das läuft ja optimal nach Plan«, grinste der Kleinere.
»Noch sind wir nicht außer Gefahr. Beeil dich.«
Im Nu schälten sich die Männer aus ihren Uniformen, verstauten Kleiderbündel, Werkzeugkasten und Reisetasche im Kofferraum eines vor dem Kulturzentrum abgestellten Renaults und fuhren damit weiter stadteinwärts. Über Nebenwege erreichten sie nach kurzer Fahrt die abgelegene Gleißhammerstraße und parkten den Wagen in einer müllübersäten, schummrigen Ecke beim Rangierbahnhof.

Im aufgesperrten Kofferraum öffneten sie Reisetasche und Werkzeugkasten und blickten einen Moment lang beinahe andächtig auf schimmernde Goldbarren, Silbermünzen und Platinschmuck. Dann packten sie die viele Kilos wiegende Beute in zwei handliche Stahlkästen um und verstauten diese in zwei Rucksäcken, die sie sogleich schulterten. Der Größere reichte seinem Kumpan einen Spaten, packte sich selbst einen Seitenschneider und schloss die Heckklappe.

Ein Güterzug rumpelte über die nahegelegenen Gleise. Hinter einem Busch durchtrennte der Größere so viele Maschen des Drahtzaunes, dass sie bequem durchschlüpfen konnten. In der Finsternis passierten die beiden Männer mehrere Bahntrassen, bis sie auf ein rund 3.000 Quadratmeter großes Gleisdreieck gelangten. Der sandige Boden war mit trockenem Gras und knöchelhohen Grünpflanzen bewachsen. Weit und breit war kein Mensch zu entdecken. Genau zehn Meter östlich von einem auffälligen Mast entfernt begann der Kleinere ein Loch zu graben, während der andere ihm dabei zuschaute und auf einem Grashalm kaute.

»Warum verstecken wir die Beute ausgerechnet hier?«, keuchte der mit dem Spaten.

»Weil hier außer ein paar Bahnmitarbeitern kein Mensch Zutritt hat. Wo sonst gibt es mitten in der Stadt ein so abgeschiedenes Plätzchen?«

Als das Loch tief genug war, hoben sie die schweren Metallkisten hinein.

»Sollen wir uns nicht wenigstens ein paar Goldmünzen mitnehmen? Ich bin gerade echt knapp bei Kasse.«

»Spinnst du, Schorsch? Du weißt doch, dass dieser Kommissar Blümlein uns auf dem Kieker hat. Mein Ruf als ›Mister Goldfinger‹ ist längst bis zur Polizei durchgedrungen. Das lassen wir hier schön ein paar Monate liegen, bis Gras über die Sache gewachsen ist – im wahrsten Sinne des Wortes.«

Er lachte leise, zupfte sich ein kleines Stielchen mit unscheinbaren lilafarbenen Blüten vom Boden und steckte es in das Knopfloch seiner Jeansjacke, während der Kleinere die Grube mit dem Schatz wieder zuschaufelte.

Unterwegs auf der Ostendstraße entsorgten sie bei einem kurzen Halt Uniformen, Reisetasche und Werkzeugkasten in einen Müllcontainer und fuhren, am Wöhrder See vorbei, nach St. Jobst hinüber. Schließlich hielt der Renault im Hof eines Einfamilienhauses.

»Kommst du noch mit rein auf einen Siegestrunk?«, fragte Goldfinger. Doch ehe der andere antworten konnte, waren sie von einem halben Dutzend Polizisten umstellt und blickten in die Läufe der auf sie gerichteten Handfeuerwaffen.

»Hände in den Nacken!«, ertönte ein Befehl. »Und jetzt ganz langsam rauskommen.«

Als die beiden Komplizen ausgestiegen, durchsucht und mit Handschellen gefesselt worden waren, trat ein kleiner untersetzter Mann mit einem grauen Haarkranz an sie heran.

»Sieh an, Kommissar Blümlein. So spät noch auf?« Der Größere lächelte überlegen.

»Ihre Scherze werden Ihnen noch vergehen. Sie beide sind festgenommen.« Blümlein wandte sich an seinen Assistenten: »Klären Sie die Kerle über ihre Rechte auf.«

»Was werfen Sie uns denn vor? Ist es nicht mehr erlaubt, in einer lauen Sommernacht ein wenig herumzufahren?«

»Es besteht dringender Tatverdacht, dass Sie vor einer guten Stunde die ›Gold and Silver‹-Messe beraubt und mehrere Kilogramm Edelmetall gestohlen haben.«

»Blümlein, Blümlein, Sie verrennen sich da in etwas und verleumden unschuldige Bürger«, entgegnete Goldfinger ironisch.

»Es gibt Aufnahmen von Überwachungskameras in der Messe, die Ihnen verdammt ähnlich sehen sollen, Leinleiter.«

»Da werde ich wohl einen Doppelgänger haben.«

Einer der Polizisten kam mit einem Seitenschneider und einem Spaten zum Kommissar gelaufen. »Das ist alles, was wir im Fahrzeug gefunden haben.«

Blümleins Blick verriet Verärgerung. »Wo ist das Gold?«, wandte er sich wieder an Goldfinger. »Reden Sie endlich! Dieser ganze Raub trägt doch eindeutig Ihre Handschrift.«

»Selbst wenn ich es genommen hätte ... glaubst du wirklich, ich würde es dir verraten? Träum weiter, Benjamin Blümchen.« Er schürzte höhnisch die Lippen zu einem Kuss.

Zornig schoss der Kommissar vor, packte den Verhafteten am Revers, schüttelte ihn und schrie: »Ich bring dich so lange hinter Gitter, bis du da drinnen vermoderst. Spuck's endlich aus!« Bei diesem Übergriff verlor der Gefesselte das Gleichgewicht und fiel so unglücklich nach hinten, dass er eine blutende Platzwunde am Kopf und eine Gehirnerschütterung erlitt. Zwar wurden Harry Leinleiter alias Mister Goldfinger und sein Komplize Georg Müller auch ohne Geständnisse in einem Indizienprozess zu fünf Jahren und drei Monaten Haft verurteilt, doch auch der Kommissar musste sich einem Disziplinarverfahren stellen, was ihn dermaßen erboste, dass er seinen Dienst quittierte und sich ins Privatleben zurückzog.

*

Dreieinhalb Jahre später, an einem sonnigen Tag, erwachte Blümlein, sich wohlig in den Laken seines Wasserbettes räkelnd, als sein Butler das Schlafzimmer betrat und die Vorhänge zurückzog, um den Blick aufs azurblaue Mittelmeer freizumachen. Wie üblich servierte er ihm das Frühstück auf einem Silbertablett: Milchkaffee, Hörnchen, Ei, die aktuelle *Bild* und eine frische Blüte in einem Väschen. Genüsslich schlürfte Blümlein seinen Kaffee und blätterte desinteressiert die Zeitung durch, bis er an der Schlagzeile »Ganovenmord im Gleisdreieck« hängen blieb. Der Artikel berichtete in reißerischen Worten darüber, wie sich im Nürnberger Stadtteil Tullnau zwei wegen guter Führung vorzeitig entlassene Räuber auf dem Gelände des Rangierbahnhofes gegenseitig umgebracht hatten. Die Obduktion hatte ergeben, dass Georg M. aufgrund einer Schädelfraktur durch den Hieb mit einem Spaten hingerafft wurde, während Harry L. – in Ganovenkreisen auch als »Mister Goldfinger« bekannt – durch einen Schuss in die Brust verschied, der von seinem sterbenden Ex-Komplizen auf ihn abgegeben worden war. Die beiden vor zwei Tagen aus der Justizvollzugsanstalt Straubing freigelassenen Männer waren für den spektakulären Raub auf der »Gold and Silver«-Messe in Nürnberg verurteilt worden, bei dem Edelmetall im Wert von über drei Millionen Euro gestohlen worden war. Die Beute war seitdem spurlos verschwunden. Über die Motive des gegenseitigen Mordes konnte die Kriminalpolizei noch keine Angaben machen.

Horst Blümlein faltete die Zeitung zusammen und blickte auf das glitzernde Meer hinaus. Als Polizeibeamter hatte er es mit seinem Namen immer schwer gehabt, sich bei Verbrechern und Kollegen Respekt zu verschaffen. Dass er sich darüber hinaus tatsächlich für Botanik interessierte und ein großes Herbarium besaß, hatte zusätzlich für Spott gesorgt. Als dann auch noch das Disziplinarverfahren gegen ihn verhängt wurde, hatte er die Nase endgültig voll gehabt.

Blümlein lächelte. Dabei zahlte es sich aus, botanisches Fachwissen zu besitzen. So wie er als Kommissar lichtscheue Verbrecher aufgespürt hatte, machte er als Hobbybotaniker Jagd auf schwer zu findende Pflanzen – je seltener, desto besser. Er hatte sich im Laufe der Jahre zu einem echten Spezialisten für Schmetterlingsblütler entwickelt und damit sogar Anerkennung in botanischen Fachkreisen erworben. Die unscheinbare Blume, die er Goldfinger im Eifer des Gefechts vom Revers gerissen hatte, entpuppte sich bei genauerem Hinsehen als Astragalus arenarius, auch »Sand-Tragant« genannt. Die zarte Pflanze aus der Familie der Hülsenfrüchtler mit ihren violetten Blüten war östlich der Elbe beheimatet. In ganz Süddeutschland wuchs sie nur an einer einzigen Stelle: einem Gleisdreieck in der Tullnau, mitten in Nürnberg. Blümlein hatte dort schon vor Jahren einige der raren Exemplare für sein Herbarium gepflückt.

Behaglich sank er in die Kissen zurück und gähnte herzhaft. Sollte seine ignoranten Ex-Kollegen doch alle die Winterdepression ereilen. Minus fünf Grad und eine dicke Wolkendecke hatte der Wetterbericht in der Zeitung für Nürnberg angekündigt. Das geschah ihnen recht. Er würde noch ein kleines Nickerchen machen und dann im warmen Sonnenschein auf Exkursion gehen, die Botanisiertrommel über der Schulter. Auf dieser Insel waren einige einzigartige Pflanzenarten beheimatet. Und sollte er irgendwann tatsächlich ein noch nie beschriebenes Exemplar entdecken, würde er es pietätvoll nach dem Finanzier seiner Forschungsreisen benennen: Goldfinger.

Short Cuts III

Großwildjagd

Traugott Dämlein, der Leiter des Coburger Naturkundemuseums, steckte die Betäubungspistole in den Bund seiner Anzughose und brach zu seinem letzten Rundgang des Tages auf. In einer halben Stunde würde das Museum schließen. Danach würde er mithilfe eines Mitarbeiters die beiden kiloschweren Nashornhörner in den Safe schließen, die Alarmanlage einschalten und eine ruhige Winternacht in der Gewissheit verbringen, den Räubern ein Schnippchen geschlagen zu haben. Vor drei Tagen hatte er einen Warnanruf von seinem Bamberger Kollegen bekommen. Die Bande hatte dort im Naturkundemuseum einen Schädel des extrem seltenen Java-Nashorns gestohlen. Davor hatte sie schon erfolgreich in Museen in Frankfurt und Hamburg zugeschlagen. Die Diebe gingen immer nach demselben Muster vor. Sie nutzen den Trubel und die fehlende Aufmerksamkeit kurz vor der abendlichen Schließung und stahlen sich mit der tierischen Beute davon. »Aber nicht in meinem Haus«, schnaubte Dämlein. Seine Leute waren in höchster Alarmbereitschaft. Der Wächter des unteren Stockwerks hatte strengste Anweisung, den Raum der zoologischen Sammlung nicht aus den Augen zu lassen. Außerdem hatte der Haushandwerker heute eine Sirene installiert, die sofort losheulte, wenn jemand die Rhinozeroshörner fortnahm. Der Direktor spähte in jeden Raum des Museums auf der Suche nach verdächtigen Subjekten, schnauzte die Putzfrau zusammen, weil die trotz des Frostes das Wischwasser mal wieder direkt aus der Tür des Hintereingangs gekippt hatte und blieb schließlich aufmerksam gespannt in der Eingangshalle stehen. Noch zehn

Minuten war geöffnet. Bislang hatte die Öffentlichkeit von den Raubzügen nichts erfahren. Die Museumsleute wollten potentielle Diebe nicht auf dumme Gedanken bringen, die noch nicht wussten, dass die Schwarzmarktpreise für Nashornhörner rapide in die Höhe geschnellt waren. Bis zu 140.000 Euro war ein großes Exemplar wert. Es wurde zu Pulver zerrieben und in der asiatischen Medizin als Wundermittel gegen Krebs und Potenzschwäche verwendet. Das war wissenschaftlicher Humbug, wusste Dämlein. Da das Horn hauptsächlich aus Keratin besteht, einem Protein, das auch in Haaren und Nägeln vorkommt, müsste es demnach ebenso wirkungsvoll sein, bei Erektionsstörungen Fingernägel zu kauen.

Lautes Sirenengeheul riss den Direktor aus seinen Überlegungen. Im nächsten Moment lief ihm ein durchtrainierter Kerl mit einem Rhino-Horn in Händen entgegen. Dämlein zückte seine Pistole und rief: »Halt, stehen bleiben!«, woraufhin der Räuber blitzschnell zum Hintereingang abdrehte. Obwohl der Direktor dem Unbekannten sofort nachsetzte, vergrößerte sich der Abstand zwischen ihnen. Schon war der Flüchtende durch die Tür gerannt, als er auf den eisglatten Stufen ausrutschte, zappelnd versuchte das Gleichgewicht zu halten, hart auf dem Boden landete und von dem auf seinem Kopf niederstürzenden Horn k.o. geschlagen wurde. »Die Großwildjagd ist eben nicht ganz ungefährlich«, bemerkte der Direktor grinsend zum herbeigeeilten Wärter und spendierte der Putzfrau drei Tage Extraurlaub.

Der Schnappschuss

Ich hab Fotos von mir noch nie leiden können. Die dicke Unterlippe und die Blumenkohlohren, die zusammengewachsenen Augenbrauen und die fliehende Stirn, die sind echt zum Fürchten. Kein Wunder, dass mich alle »Der Neandertaler« nennen. Ich bin nicht fotogen. Ich sehe auf Fotos nicht nur hässlich aus, sondern auch noch dumm. Deshalb gibt es von mir auch keine. Da sorge ich schon für. Nicht nur aus Eitelkeit, ich weiß ja, dass ich keine Schönheit bin. Auch aus Sicherheitsgründen natürlich. Wenn du, wie ich, für die Familie arbeitest – du weißt schon: Schmuggel, Mädchenhandel, Schutzgeldeintreiben, was man da eben so macht – dann willst du schon berufsbedingt auf keinem Foto drauf sein. Und dann ist es doch passiert, wegen einer saudummen Lapalie. Schuld daran ist der Bürgermeister mit seiner dämlichen Kampagne »Saubere Stadt: Null Toleranz«. Die haben mich erkennungsdienstlich behandelt, bloß weil ich am helllichten Tag gegen das Kirchenportal gepisst hab. Na gut, vielleicht hätte ich diesem zeternden Rentner, der mich deswegen angepöbelt hat, nicht gleich die Nase brechen sollen. Aber seitdem die auf dem Revier ein Fahndungsbild von mir haben, so ein richtig fieses Foto von vorn und von der Seite, hab ich keine Ruhe mehr. Erst haben sie mich wegen Drogenbesitz drangekriegt – dabei war das nur ein bisschen Koks für den Hausgebrauch. Und dann haben sie mir einen Bruch angehängt, an den ich mich kaum noch erinnern konnte. Über ein Jahr saß ich im Bau. Ich hatte eine Stinkwut auf den Bürgermeister, kannst du mir glauben. Ohne den gäb's heut noch kein Foto von mir. Also habe ich ihm Rache geschworen. Ich wollte den nur

Quellenverzeichnis

- »It started with a kiss« aus: *Literarischer Krimikalender 2021*, ars vivendi verlag, Cadolzburg 2020
- »Tod und Verklärung« aus: *Literarischer Krimikalender 2011*, ars vivendi verlag, Cadolzburg 2010
- Bei »Tod in der Gustavstraße« handelt es sich um eine Erstveröffentlichung
- »Die schöne Unbekannte« aus: *Tatort Franken No. 6*, ars vivendi verlag, Cadolzburg 2015
- Bei »Beichte eines Mörders« handelt es sich um die überarbeitete Fassung des Buches: Dirk Kruse, *Beichte eines Mörders*. Mit 27 farbigen Originalgraphiken von Anja Tchepets, Witzwort 2010, Quetsche Verlag für Buchkunst.
- »Gänsemord in Ochsenschenkel« aus: *Der Pelzmärtelmörder*, ars vivendi verlag, Cadolzburg 2010
- »Das Verdi-Komplott« aus: *Tatort Franken No. 5*, ars vivendi verlag, Cadolzburg 2014
- »Der Fall des Faktotums« aus: *Tatort Franken No. 1*, ars vivendi verlag, Cadolzburg 2009
- »Der Sniper« aus: *Mord in Dosen – Krimi-Puzzle*, ars vivendi verlag, Cadolzburg 2013
- »Last Exit« aus: *Literarischer Krimikalender 2013*, ars vivendi verlag, Cadolzburg 2012
- »Smoking« aus: *Literarischer Krimikalender 2010*, ars vivendi verlag, Cadolzburg 2009
- »Stalking« aus: *Literarischer Krimikalender 2010*, ars vivendi verlag, Cadolzburg 2009
- »Das kalte Herz« aus: *Kältestarre*, ars vivendi verlag, Cadolzburg 2011
- »Unser kleines Paradies« aus: Thomas Kastura (Hrsg.), *Tatort Garten*, ars vivendi verlag, Cadolzburg 2012
- »Schöne Bescherung« aus: *Christkindlesmorde*, ars vivendi verlag, Cadolzburg 2013
- »Herrn Meyers Obsessionen« aus: *Tatort Franken No. 2*, ars vivendi verlag, Cadolzburg 2011
- »Black Coffee« aus: *Fränkische Hausmacherkrimis*, ars vivendi verlag, Cadolzburg 2018
- »Sand-Tragant« aus: *Tatort Franken No. 4*, ars vivendi verlag, Cadolzburg 2013
- »Großwildjagd« aus: *Literarischer Krimikalender 2013*, ars vivendi verlag, Cadolzburg 2012
- »Schnappschuss« aus: *Literarischer Krimikalender 2012*, ars vivendi verlag, Cadolzburg 2011

noch kaltmachen. Wie sie mich dann an Silvester rausgelassen haben, hab ich noch am selben Abend meine Knarre aus dem Versteck geholt und bin zum Haus von unserem Stadtoberhaupt. Der feierte gerade eine Riesen-Fete. Und während ich noch überlegt hab, wie ich ihn mir schnappen soll, wurd's Mitternacht, und alle kamen raus in den Garten, um sich das Feuerwerk anzuglotzen. Der Bürgermeister in bester Laune mittendrin, mit einem Fotoapparat in der Hand. Kannst du dir das vorstellen! Er war eben dabei, seine Familie zu knipsen, da hab ich mich unters Partyvolk gemischt, die Pistole gezückt, ihn mit drei Schüssen ins Jenseits befördert und bin abgehauen. Ging alles tadellos. Blöd ist nur, dass der Kerl mich auch erwischt hat. Nein, nicht mit einer Waffe. Auf seinem letzten Foto bin ich drauf! Man sieht mich ganz deutlich hinter seinen Leuten stehen, die Waffe im Anschlag, das Gesicht vom Mündungsfeuer erhellt. Ist wirklich scheiße gelaufen. Jetzt warte ich auf meinen Prozess. Viel zu leugnen gibt's da ja nicht mehr. Aber weißt du was: Der Schnappschuss von mir sieht richtig cool aus. Dieser entschlossene Blick, diese Konzentration. Noch keiner hat mich so klasse fotografiert. Fast tut's mir leid, dass ich ihn abgeknallt hab.